Alle in diesem Buch geschilderten Handlungen und Personen sind frei erfunden. Ähnlichkeiten mit lebenden oder verstorbenen Personen sind gegebenenfalls zufällig und nicht beabsichtigt.

FSC
www.fsc.org
MIX
Papier aus verantwortungsvollen Quellen
FSC® C083411

Auflage:
4 3 2 1
2019 2018 2017 2016

HAYMON tb **210**

Originalausgabe

www.haymonverlag.at

ISBN 978-3-7099-7843-6

Umschlag- und Buchgestaltung nach Entwürfen von hœretzeder grafische gestaltung, Scheffau/Tirol
Umschlag: Eisele Grafik · Design, München, unter Verwendung von Bildelementen von bigstock.com/drakonova (Tapete), depositphotos.com/astral (Zuckerdose), depositphotos.com/wabeno (Kakaopulver), depositphotos.com/Pics4ads (Schlagsahne), bigstock.com/Bragin Alexey (Kaffeetasse), bigstock.com/Bytedust (Chemisches Warnzeichen)
Satz: Da-TeX Gerd Blumenstein, Leipzig
Autorenfoto: Kurt-Michael Westermann

Gedruckt auf umweltfreundlichem, chlor- und säurefrei gebleichtem Papier.

Peter Wehle

Wenn einer einen Mord begeht

Ein Wien-Krimi

Peter Wehle

Wenn einer einen Mord begeht

Meinem Vater zum 30. Todestag

Seit Jahrzehnten …

Der erste Mord war nicht geplant.
Nicht gewollt, aber gekonnt.
Und was man kann, das macht man auch.
Noch dazu geht es immer leichter, je mehr man übt.
Übung macht ... den Mörder.
Lust?
Schon. Doch. Etwas.
Aber auch Angst.
Und dann noch dieser verdammte Fehler.
... jahrelange Angst!

Freitag, 6. Dezember 2013, 14.49 Uhr

„... dann sollte Ludwig da sein!"

Verena Planner zuckte nur kurz zusammen. Sie hatte schon zu viele Wutanfälle ihres „Chef-Chefs" erlebt, um heftiger zu reagieren.

„Ja, Herr Hofrat, da haben Sie Recht. Es tut mir leid, Herr Hofrat, dass der Herr Hofrat Halb gerade jetzt nicht da ist. Selbstverständlich werde ich ihm ausrichten, dass Sie, Herr Hofrat, ihn gesucht haben." Gebetsmühlenartig wiederholte sie Hofrat Doktor Ernst Strakas Rangbezeichnung, um ihn zu beruhigen. In den vergangenen Monaten hatte diese Strategie fast immer funktioniert, doch heute ...

„Ich weiß schon, dass sich der Ludwig einen Dreck um so etwas wie Dienstzeiten schert. Ich weiß auch, dass heute Freitag ist. Noch dazu Freitag, der 6. Dezember. Aber da ich mir bei bestem Willen nicht vorstellen kann, dass Ludwig als Nikolo in einem Kindergarten auftritt, hätte ich angenommen ... er sollte eben da sein!"

Da Hofrat Strakas Ausbrüche erfahrungsgemäß nicht so rasch abebbten, wappnete sich Verena mit stählerner Geduld. Zu Recht ...

„Was soll ich denn jetzt dem Sektionschef Pomovsky sagen? Vor fünf Minuten hat er mich angerufen, was wir zum achtzigsten Geburtstag des letztendlich doch sehr verdienstvollen Kollegen Wolf geplant hätten? Trotz allem – immerhin war er ja der Leiter einer unserer Vorgänger-Abteilungen. Kommissarischer Leiter, um genau zu sein. Mehr nicht. Aber diese Provisorien halten ja gerade in Österreich am längsten! Immer schon! Gerade der Pomovsky! Der war ja damals in diese grässliche Geschichte involviert, die zu Wolfs völlig überzogener Reaktion geführt hat. Und dann natürlich zu seinem frühzeitigen Ausscheiden aus dem Dienst. Aber wem erzähle ich das, Sie kennen die Geschichte ja sicher in- und auswendig."

„Nein, Herr Hofrat" – kurz hatte Verena überlegt, ob sie einfach nur nicken sollte, aber sie war doch zu neugierig, um nicht nachzubohren. „Ich weiß nicht, von welcher grässlichen Geschichte Sie sprechen. Und der Herr kommissarische Abteilungsleiter Wolf ist mir auch kein Begriff."

„Wieso? Aber Sie müssen doch Grolf kennen! ... also den Kollegen Wolf, aber wir haben ihn immer nur Grolf genannt" – Verenas Ahnungslosigkeit ließ Strakas Wutanfall schwinden – „sagen Sie bloß, Frau Magistra, Sie hätten noch nie was von Grolf gehört? Gerolf Wolf, der legendäre ..."

„Nein! Ich nehme an, das liegt an meinem Alter. Ich bin doch erst seit zwei Jahren hier. Und eben aufgrund meiner Jugend habe ich die Zeitungen von vor Jahrzehnten nicht so intensiv studiert, dass ich mich an alle berühmten Wiener Kriminalisten erinnern könnte."

„Nein, nein, natürlich nicht ... entschuldigen Sie, ich vergesse immer wieder, dass Sie ja bereits einer anderen Generation angehören. Nicht, dass Sie so alt wirken würden, nein, das habe ich selbstverständlich nicht sagen wollen. Sondern ... ach Gott, heute ist wirklich nicht mein Tag. Bitte!"

„Danke" – folgsam nahm Verena auf dem ihr zugewiesenen Sessel Platz. Dass Straka auf ihren eigenen Bürostuhl gedeutet und sich selber auf einen munter umherrollenden Gymnastikball gesetzt hatte, zeugte von seiner anhaltenden Irritiertheit.

„Es war eine Tragödie! Ende Oktober 1990 begann eine Mordserie, die uns bis Dezember 1991 in Atem gehalten hat. Wobei, eigentlich beschäftigt sie uns noch heute, weil der Täter wurde nie gefasst. Vermutlich gab es damals in dieser kurzen Zeit von knapp über einem Jahr zwölf Opfer, es wurden aber nur sieben Leichen gefunden. Gleich nach den ersten zwei Toten war klar, dass es sich um eine Serie handeln musste. ... der Mörder ging nämlich immer nach demselben Muster vor. Das Ziel war stets eine Prostituierte – er betäubte sie und tötete sie dann mit einer Spritze, die er mit Parfum gefüllt hatte. Der Tatort war jedes Mal perfekt gesäubert, es gab lediglich einen zusätzlichen Hinweis, und zwar einen Zettel, auf dem armselig poetische Worte standen. ‚Der Duft der Jugend' oder ‚Der Duft der Schönheit' ... so ähnlich. Der krönende Abschluss war, dass der Mörder diesen Papierfetzen direkt an der Leiche befestigte ... und das tat er mit der Injektionsnadel, die er in den Oberarm des Opfers stach." Straka deutete auf seinen linken Bizeps, eine Handbreit unter seiner Schulter. „Der damalige Star-Ermittler war Gerolf Wolf, und er wurde im Lauf dieser Mordserie natürlich noch berühmter. Auch deshalb, weil er ein sehr grimmiger Typ war ... er hatte etwas von diesen alten Westernhelden an sich. Einsam, unbeirrbar, hart, aber gerecht. Und gnadenlos. Manchmal knurrte er nur, wenn er unzufrieden war ... und er war oft unzufrieden. Dieses Geräusch war auch der Grund, warum wir ihn ‚Grolf' nannten. ... was ihn natürlich noch mehr geärgert hat, weshalb er noch mehr geknurrt hat. Aber er konnte sich diese Art leisten, weil er bis zu dieser schrecklichen Serie ausnahmslos alle seine Fälle aufgeklärt hatte. Manche zwar erst nach Jahren, aber er ließ nie locker, bis er den Täter gefasst hatte. Und dann die Parfum-Morde! Zwar gab es mehrere Verhaftungen, aber es war rasch klar, dass er die Falschen geschnappt hatte. Irgendwann war Grolf überzeugt davon, dass ein ‚Jungstar' unter den Zuhältern, ein gewisser Johannes Parcher, hinter dieser Mordserie stecken musste. Aber der war dann verschwunden, wie vom Erdboden verschluckt. Die Situation wurde zunehmend angespannt, die Medien hackten immer mehr auf uns ein. Und als sich dann die Wut gegen die ‚unfähigen Politiker, die das Leben der Bürgerinnen und Bürger nicht schützen können' wandte, wurde Grolf auch von dieser Seite her bedrängt. Und dann der Supergau! Das letzte Opfer war zwar auch eine Prostituierte, aber ihre Geschichte war eine ... wie soll ich sagen, eine herzzerreißende. Und daher ganz besonders medientauglich. Die Meldungen überschlugen sich geradezu. Angeblich war diese arme junge Frau mehr oder minder zur Prostitution gezwungen worden ... was ja durchaus stimmen mag, nur waren das andere vermutlich auch. Aber es kam noch besser – angeblich wollte sie aus dem Milieu aussteigen, weil sie von der Liebe ihres Lebens schwanger geworden war. Und ‚am allerangeblichsten' wollte sie sogar mit diesem Mann an einem anderen Ende der Welt ein neues Leben beginnen. Wer's glaubt, wird selig – aber wir haben uns immer gefragt, woher manche der Zeitungen ein derartiges Insiderwissen hatten?"

Strakas Blicke wanderten in die Vergangenheit. Erst als sie über Verenas gespanntes Gesicht glitten, sprangen die Augen wieder in die Gegenwart zurück. „Was mich schon damals geärgert hat, war diese entsetzliche Scheinheiligkeit! Die ersten Opfer hatten keinerlei Empörung ausgelöst, bei den folgenden war das Rauschen im Blätterwald auch noch ein laues Lüfterl. Aber die letzte Tote, die hübscheste, die mit der angeblich tragischsten Lebensgeschichte, die ... ja, wie soll ich das jetzt formulieren – erst diese Leiche hatte das Fass medialer Anteilnahme zum Überlaufen gebracht."

„Und dieses Fass ..." – dank ihrer „Straka-Routine" gelang es Verena, nicht zu breit zu grinsen – „zwang Herrn Wolf, frühzeitig aus dem Dienst auszuscheiden?"

„Ja, genau ... also nein, nicht sofort. Da gab es dann noch einen finalen Skandal. Es war bei einer Pressekonferenz, zuerst wurde sein Tonfall immer gröber, aber dann beschimpfte er die Medienleute richtig brutal. Seine letzten Worte wurden wirklich berühmt. Mein Gott, mir ist das heute noch peinlich, wenn ich daran denke! Ich kann Ihnen gar nicht sagen, wie peinlich das für uns alle war. Aber egal, das ist ja nun schon lange vergangen und ..."

„Herr Hofrat, das ist aber nicht Ihr Ernst! Erst machen Sie mich wahnsinnig neugierig, und jetzt wollen Sie mir nicht verraten, womit der Herr Grolf ... also, Wolf, dem Anteilnahme-Fass die Wutkrone aufgesetzt hat?"

Erstaunen, Verlegenheit, ein spitzbübisches Lächeln – Strakas Gesichtsmuskeln konnten sich nur schwer entscheiden.

„Na ja, Frau Magistra, es waren gleich in mehrfachem Sinn finale Worte. Zum einen waren es die letzten dieser Pressekonferenz, zum anderen die letzten, die die Polizei – quasi offiziell – zu dieser Mordserie verlauten ließ, und die letzten, die Grolf in seiner Funktion als kommissarischer Leiter der ‚Leib-Leben-Gewalt-Abteilung' von sich geben sollte. Denn er stürmte unmittelbar nach diesen legendären Schluss-Beschimpfungen hinaus und ... na ja, er reichte schon am nächsten Tag seine Kündigung ein. Wir konnten ihn noch überreden, sie zurückzunehmen, sodass sein Ausscheiden in eine Pensionierung umgewandelt werden konnte. Es war nicht einmal eine Frühpensionierung, weil Grolf dann noch fünf Dienstjahre wegen psychischer Probleme angerechnet wurden. Die nahm ihm jeder ab, davon hatten sich ja alle zur Genüge überzeugen können. Und daher …"

„Herr Hofrat, zur Sache bitte!" – jetzt war es an Verena, ihre Stimme etwas lauter werden zu lassen. „Wie lauteten diese Worte? Diese Worte, die so schrecklich waren, dass … also, wie?"

Straka wand sich noch ausgiebig, bevor er ermattet aufgab.

„Leichengeile Schweine."

Aus, Schluss – Verenas Anspannung fiel in sich zusammen wie geschäumte Milch.

„Leichengeile Schweine?"

„Leichengeile Schweine. Wenn es schon damals YouTube gegeben hätte, diese Pressekonferenz wäre ein Klick-Hit geworden."

Verstohlen versuchte Verena, eine Lachträne wegzublinzeln. „Vermutlich. Ja, dann vielen Dank für den interessanten Ausflug in die Vergangenheit. Dann …" – beinahe hätte ihr Trick funktioniert, Straka war schon fast bei der Tür, als es ihm doch noch einfiel.

„Und sollten Sie Ihren Chef rein zufällig irgendwann einmal wieder sehen, richten Sie ihm bitte Folgendes aus: … und es ist mir völlig egal, wie sehr er sich aufführt, ob er brüllt oder tobt – er ist dafür verantwortlich, dass Grolfs achtzigster Geburtstag in zwei Wochen gebührend gefeiert wird! Immerhin war der ja einst Ludwigs Vorgesetzter und nicht meiner. Da wird er doch wissen, was Grolf schmeckt, wo wir die Feier am besten ausrichten und was wir dem Jubilar schenken könnten. So, das wär's, auf Wiedersehen! Noch einen schönen Freitagnachmittag."

Ein-und-zwan-zig, zwei-und-zwan-zig ... noch während Verena die Sekunden zählte, dankte sie still und heimlich dafür, dass Straka sie nicht gefragt hatte, wo ihr Chef denn nun tatsächlich sei. ... und wieso sie überhaupt noch da war.

Vier-und-zwan-zig, fünf-und-zwan-zig ... erfahrungsgemäß fiel Straka immer noch eine allerletzte Frage ein, weshalb man rund neun Sekunden mit einem neuerlichen „Was ich noch fragen wollt" rechnen musste.

Neun-und-zwan-zig, drei-ßig – nein, offenbar war Strakas Hinausstürmen ein endgültiger Abschied gewesen ... zumindest für heute.

Lächelnd wandte sich Verena wieder dem Gerät zu, das eine gewisse Ähnlichkeit mit einem Kopierer hatte. Erfreulicherweise sah der neue XK-20F31 völlig unspektakulär aus, weshalb er Hofrat Straka nicht aufgefallen war. Ansonsten hätte er garantiert einen weiteren Wutausbruch gehabt ... was denn dieses Gerät hier bei ihnen zu suchen habe? Wieso es nicht vorschriftsgemäß in der Bibliothek stehe? Sie werde das Gerät doch nicht verwenden, um eine Verletzung des Urheberrechts zu begehen? Hier, im Bundeskriminalamt!

„Im Übrigen, wo ist denn der Ludwig?" – Verena hatte Strakas Fähigkeit, Türen lautlos zu öffnen, unterschätzt. ... wie auch seine raffinierte Klugheit, die ihn diesmal vor seiner allerletzten Frage dreißig Sekunden hatte warten lassen.

„Ja, also, Herr Hofrat, der Herr Hofrat, der ist ..." – mühsam sortierte Verena ihre Ausreden. Welche hatte sie schon länger nicht verwendet? Leider fiel ihr keine halbwegs originelle ein, weshalb sie notgedrungen bei der Wahrheit bleiben musste ... zumindest in deren Nähe. „... ja, der ist bei einem Treffen mit ... mit potentiellen ...“

„Lassen Sie mich raten – potentiellen Mieterinnen und Mietern? War eh klar, dass mein sauberer Freund Ludwig sich wieder einmal als Hausbesitzer aufführt. Und das in der Dienstzeit! Aber ihm wird das Lachen schon noch vergehen, zumindest für die nächsten zwei Wochen! Weil den Geburtstag vom Grolf organisiert er mir, da fährt die Eisenbahn drüber! Jawohl!“

Das Krachen der Tür verriet Verena, dass die Gefahr einer zweiten Straka-Rückkehr gebannt war. Na ja, wenigstens hatte er vergessen, sie nach dem Grund für ihr spätes Hiersein zu fragen. Vergnügt wandte sie sich wieder dem XK-20F31 zu. So ein Buchscanner war doch eine feine Sache, wenn man eine leidenschaftliche Kochbuch-Leserin war, aber kein Geld für die edelsten dieser Exemplare ausgeben wollte.

Selbst hier im Bundeskriminalamt! ... oder vielleicht sogar gerade hier.

Freitag, 6. Dezember 2013, 14.49 Uhr

„Gestatten!“ Routiniert manövrierten die Männer in schwarz-grau den Metallsarg durch das geschäftige Treiben.

Robert Stallner hatte sich auf die Galerie der Maisonette-Wohnung zurückgezogen, von hier aus sah er gut, wie sich die Mitarbeiter der Bestattung Wien mit der Leiche abmühten. Die Totenstarre hatte bereits voll eingesetzt, weshalb es einiger Kraftanstrengungen bedurfte, um die ausgestreckten Arme ...

Stallner wandte sich rasch ab ... und tröstete sich damit, dass es sein erster echter Mord war. Freilich hatte er schon Opfer von Schlägereien oder Messerstechereien gesehen, aber die Tote da unten war so ... so gezielt getötet worden.

Oder vielleicht auch nicht.

Eigentlich wussten sie bisher nur, dass ein anonymer Anrufer von einer toten Frau in der Behrenberggasse 27 gesprochen hatte. Die Streife hatte Julia Polgar dann in dieser seltsamen Position gefunden. Auf dem Bauch liegend, die Arme rechts und links des Kopfes ausgestreckt, der ganze Körper eine gerade Linie. Aber das Erschreckendste war der Zettel, der von einer Injektionsnadel durchbohrt neben dem linken Oberarm der Leiche lag. Und diese Nadel steckte auf einer Spritze.

Sie roch eindeutig nach Parfum.

Freitag, 6. Dezember 2013, 14.49 Uhr

Seufzend bemühte sich Halb, seinen Bauch noch mehr herauszustrecken. Tief Luft holen! Während er im Spiegel seine Kugelrundheit betrachtete, stiegen in ihm längst vergessene Erinnerungen hoch. Ludwig Halb, österreichischer Meister im Kugelstoßen – damals hatte ihm ein ehemaliger Weltmeister eine spezielle Entspannungstechnik beigebracht.

Tief Luft holen, Muskeln anspannen, Muskelspannung fünf Sekunden halten und dann alles, auch noch aus den letzten Luftbläschen, aus sich herausblasen.

Diese Technik hatte er gut beherrscht, was ihm in den letzten Jahren gleich zweifach zugutegekommen war. Zum einen, als sein Körper immer barockere Formen anzunehmen drohte. Zum anderen bei seiner monatelangen Rehabilitation, nachdem ihm ein wahnsinniger Dealer mehrere Kugeln in den Rücken gejagt hatte.

Aber dass er sich einmal im Bauch-Aufblasen üben würde, hätte er sich nie träumen lassen.

Bis vor drei Wochen.

Da hatte ihn Maria Korber am Ende ihrer Klavierstunde gefragt, ob sie ihn ... na ja, es sei schon eine sehr ungewöhnliche Bitte ...

Liebe Frau Korber, nur heraus damit!

Ihr Vater sei ja leider schon verstorben, und ihr Schwiegervater sei nur einen Meter sechzig groß, und weil doch der Herr Hofrat einerseits so eine imposante Gestalt sei und andererseits ihr Flitzi ihn schon als „eigentlichsten" Opa ansehe, also ...

Trotz dunkler Vorahnungen hatte er immer noch freundlich gelächelt.

... also wolle sie ihn bitten, ob er nicht bereit wäre, in Flitzis Kindergarten den Nikolo zu spielen. Die Kinder würden sich wahnsinnig freuen und ...

Halb war zu erstaunt gewesen, um rechtzeitig „Nein!" zu rufen. Er hatte sich schon viel anhören müssen – Morddrohungen, Beschimpfungen, ja sogar ernst gemeinte Verfluchungen, aber dass er als Nikolo gehen sollte, darauf war noch nicht einmal der perfideste Schwerverbrecher gekommen.

Und da er seine Lieblingsmieter ... und, wenn er ehrlich war, einstweilen auch seine einzigen ... nicht verärgern wollte, hatte er nur ein undefinierbares Grunzen von sich gegeben.

... welches Frau Korber prompt mit strahlendem Lächeln und einem herzhaften „Danke!" quittiert hatte.

Ab dann setzten die Rückzugsgefechte ein. Er mache es, aber ganz, ganz sicher nur, wenn es auch niemand erfahre! ... nicht auszudenken, wenn sich herumspräche, dass der Leiter des „Referats 3.2.1. – Gewaltkriminalität“ im österreichischen Bundeskriminalamt als Nikolo in einem Kindergarten auftritt.

... und ganz, ganz sicher auch nur dann, wenn er ein echtes Nikolo-Kostüm – „Wie eben vom heiligen Nikolaus ... zwar mit dickem Bauch, aber mit Bischofsstab, Mitra und Mantel!“ – tragen dürfe und nicht als „Ho ho ho“ trällernder und Rentiere misshandelnder Santa-Claus-Verschnitt durch die Gegend wackeln müsse.

„Onkel Luzi, Onkel Luzi, im Kindergarten, ganz toll, da kommt bald der Nikolo! So brav bin ich“ – Mörderjäger hin, Kriminalisten-Zyniker her, spätestens da war Halbs Widerstand endgültig in sich zusammengebrochen.

Sein Reserve-Enkel!

Oder, besser gesagt, seine Reserve-Enkel. Antoine Korber war zwar erst heuer geboren, aber auch dieser spuckende und Windel vernichtende Schreihals hatte Halbs mühsam abgehärtete Seele rasch und gründlich erweicht.

Und Flitzi? Mit seinem fast vierjährigen ... oder schon fünfjährigen? Nein, doch noch dreijährigen! – Halb wusste nie so genau, wie alt sein Leih-Enkel war. Auf jeden Fall konnte er sich mit Flitzi fast schon wie von Mann zu Mann unterhalten.

Es war ein wildes Jahr gewesen! Ende 2012 war er nur knapp einer Querschnittslähmung entgangen, nachdem er in eine Falle geraten war und drei Kugeln seinen Rücken getroffen hatten. Anfang Mai dieses Jahres hatte er dann vom Tod eines ebenso entfernt verwandten wie unseriösen Onkels erfahren – und zwar von einem Notar, der ihn über die Erbschaft eines komplett leeren Mietshauses verständigt hatte. Und weil er es inzwischen heftig bereute, dass er vor knapp drei

Jahren den Bitten seines „befreundeten Vorgesetzten“ Ernst Straka gefolgt und zum Leiter des 3-2-1er-Referats aufgestiegen war, war er seit seinem unerwarteten Erbe in ein massives inneres Trudeln geraten.

Wer wollte er sein? Bequemer Verwaltungsbeamter oder abenteuerlicher Mordermittler?

Und dann war – zu allem scheinbaren Überdruss, in Wirklichkeit aber beglückendem Überfluss – auch noch Delia in sein bis dahin kaum existierendes Privatleben getreten.

Gesättigter Hausbesitzer-Single oder rotierender „Spätes-Glück“-Genießer?

Am schlimmsten waren Tage wie dieser, an denen er am Vormittag viel Hofrat und ein wenig Kriminalist, am Nachmittag Hausbesitzer und danach Privatmensch war. An solchen Tagen zerriss es ihn förmlich.

Und das Allerschlimmste war ... er liebte das.

Bauch aufblasen? Oder doch lieber als schlanker Bischof von Myra die Kinder begeistern?

Schlank? ... vollschlank! Bestenfalls.

Schluss, aus – er würde als ganz normaler Nikolo mittleren Alters und daher auch mittleren Bauchumfangs vor sein großes, hauptsächlich kleines Publikum treten.

Freitag, 6. Dezember 2013, 15.17 Uhr

„Du wirst nicht darum herumkommen. Und je länger du es hinauszögerst, desto schlimmer wird es. Glaub mir, der Halb kann sehr unangenehm sein. Ruf ihn an! Informiere ihn. Weil wenn er das erst aus den Zeitungen erfährt, dann ...“ – die Geste war eindeutig, der Kriminaltechniker ließ keine Zweifel an Stallners baldigem Ende.

„Ja, schon, aber ...“ – der junge Kriminalist wand sich wie ein paarungswütiges Blindschleichenmännchen – „... aber ich kann ihn doch nicht jetzt noch anrufen. Wer weiß, wo der an einem Freitagnachmittag steckt.“

„Na, er wird ja wohl kaum als Nikolo kleine Kindelein bescheren. Außerdem, wie ich den Halb einschätze, würde der sogar noch mit Rauschebart und Zipfelmütze zu ermitteln beginnen. Das ist ein Vollblut-Bluthund! Daher ... ruf ihn an.“

Stallner nickte gottergeben ... und wartete, bis sein eifriger Kollege das Feld geräumt hatte.

Nicht, weil er den legendären „Mord-Rat“ erreichen wollte. Auch nicht, weil er sich fürchtete, ihn anzurufen. Sondern, weil er zu karriereversessen war, um mit leeren Ermittlungshänden eine Legende aus dessen Nikolo-Ruhe zu reißen. Er hatte nicht den Hauch einer Idee, wo er ansetzen könnte. Der Täter hatte den Tatort offenbar perfekt gesäubert, es gab mehrere „Visitkarten“ dieses Serienkillers, aber keine Spuren. Stallner seufzte, er konnte nur hoffen, dass der Mörder sich nicht nur in den Details an sein altes Muster halten würde. Vielleicht würde er bei der „zweiten zweiten“ Leiche, der zweiten in seiner Wiederauferstehungsserie, einen Fehler machen. Oder spätestens bei der dritten.

Freitag, 6. Dezember 2013, 16.24 Uhr

„Ja bitte, danke, gerne.“ Genüsslich griff Halb nach dem Teller voller Würste. Vorsichtig legte er die Mischung aus Schinkenblättern und Extrawurst-Scheiben in das Loch zwischen dem Weichkäse-Gupf und den drei Brotscheiben, bevor er nach der Butter griff.

„Noch einmal vielen lieben Dank für die Nachtmahl-Einladung."

„Ich bitte Sie, Herr Hofrat! Ein winziger Dank für Ihre schauspielerische Leistung als ..." – ein Seitenblick ließ Frau Korber mitten im Satz hängen bleiben – „für Ihre schauspielerische Leistung als ..."

„Mami, was ist eine schauspiele-sche Leitung?" Flitzi war unbemerkt ins Wohnzimmer gekommen.

„Das ist, also, wenn ..."

„... wenn jemand den Leuten etwas vorspielt."

„Das versteh ich nicht, Onkel Luzi."

„Schau, wenn du etwas angestellt hast und nicht willst, dass wir das gleich merken, dann bist du ganz besonders brav und ..."

„Aber ich hab doch nix angestellt!"

„Nein, Flitzi, das mein ich ja gar nicht. Ich ..."

„Was dir der Onkel Luzi sagen will, ist Folgendes: Ein Schauspieler tut so, als ob er lustig oder traurig wäre, obwohl er das gar nicht ist. Und ‚eine schauspielerische Leistung erbringen' heißt ..."

„So wie der Nikolo vorher im Kindergarten."

Triumphierend blickte Klein-Friedrich um sich. Offensichtlich waren auch die Erwachsenen von der lustigen Art des Nikolo beeindruckt gewesen, so still, wie sie plötzlich waren.

Frau Korber fing sich als Erste wieder.

„Meinst du denn, dass der Nikolo ein Schauspieler war? Eben so jemand, der vor anderen so tut, als ob er jemand anderer wäre?"

Beinahe zornig blitzte sie ihr Dreieinhalbjähriger an.

„Mami, ich bin ein Kindergartenbub, aber doch kein kleines Kind mehr! Natürlich weiß ich, dass es den echten Nikolo nicht gibt. Aber das macht ja nichts, weil ...“ – Flitzi hob seine Ärmchen und schlang sie seinem Reserve-Opa um den Hals – „... Onkel Luzi, du warst schon sehr toll, aber nächstes Jahr wirst du noch viel nikolausiger sein!“

„Ja, also, das ist aber ...“ – vielleicht sollte er doch einen pädagogischen Ratgeber für Großväter lesen?

„Und jetzt möcht ich bitte noch eine Extrawurst und dann geh ich wieder spielen.“

„Aber nicht mehr lange, weil bald kommt das Traummännlein.“

„Nein, nein, ich will aber noch nicht schlafen ge...“ – der übliche Gefechtslärm erstarb mit dem Schließen der Kinderzimmertür.

„Hoffentlich war ich heute Mittag ein besserer Schauspieler.“

„HerrHoa...“ – Korber schluckte etwas zu hastig seinen letzten Bissen hinunter. „Entschuldigung! Herr Hofrat, was meinen Sie denn? Das waren doch nur potentielle Mieter. Denen muss man doch nichts vorspielen. Schon gar nicht bei so einem ausgezeichneten Angebot, Sie bieten ja die Wohnungen immer noch viel zu günstig an.“

Halb grinste.

„Soll ich vielleicht mehr verlangen?“

„Warum nicht? Vielleicht kämen dann nicht solche Heerscharen wie vor ein paar Stunden.“

„Schon, aber ...“ – Halb biss lustvoll in sein nächstes Brot – „aber dann müsste ich ja auch Ihre Miete erhöhen. Sonst wäre das doch nicht fair, oder?“

Korber stutzte nur kurz.

„Doch, das wäre fair. Weil wir sind ja immer noch Ihre Lieblingsmieter. Gut, wir sind auch nach wie vor Ihre einzigen Mieter, aber selbst, wenn es hier im Haus mehrere ...“

Da war sie wieder, die Unentschlossenheit. Einerseits genoss Halb die Beinahe-Leere seines Erbhauses sehr, andererseits waren die Kosten, die ein so riesiger Kasten verursachte, auch nicht zu verachten. Einerseits genoss er die Stille – wenn er das Haustor zur Verkehrshölle des Gürtels schloss, hatte er immer wieder den Eindruck, sich in einem Kokon zu befinden und schon morgen als edler Schmetterling die Welt zu beglücken. Andererseits mochte er den Lärm, wenn sich Flitzi und sein kleiner Bruder zeitweise wie die Brüllaffen aufführten.

Und das alles nur, weil ihn sein Onkel für einen Zuhälter gehalten und ihm deshalb dieses Zinshaus – noch dazu ohne Mieter – vererbt hatte. Onkel Alois hatte ihm in einem Brief, der posthum verschickt worden war, vorgeschlagen, aus diesem steinernen Prachtstück ein Bordell zu machen, doch Halb hatte jene letzte Idee ignoriert und beschlossen, eines nahen Tages sein Einkommen mit einem stinknormalen Mietshaus voller netter Menschen zu bestreiten. Korbers waren dann sehr bald seine ersten Mieter geworden – Halb hatte den jungen Justizwachebeamten bei einem dramatischen Fall vergangenen Mai kennengelernt.

„... aber selbst wenn es hier im Haus mehrere Parteien gäbe, müssten ja nicht alle ...“

Sollte er wirklich von seinem Haus leben können? Wollte er das? Die Gefahr, dass er dann seinen einst so geliebten Kriminalisten-Posten an den Nagel hängen würde, war groß. Und wurde immer größer, da er zunehmend mit Verwaltungsaufgaben überschüttet wurde. Aber wenn er – vielleicht in einem überhitzten Moment – tatsächlich kündigen würde, wäre er dann glücklicher? Immerhin schaffte er es trotz der anhaltenden Sitzungs-Tagungs-Repräsentations-Attacken seines Vorgesetzten und Immer-noch-Freundes Ernst Straka, sich zeitweise freizuschaufeln und wieder als echter Kriminalist zu agieren. Vielleicht hatte das Straka in seiner tiefsten Seele sogar so gewollt, ansonsten hätte er ihm nach seiner Rückkehr aus dem Rehabilitations-Jahr wohl kaum wieder mit der Leitung seiner ehemaligen Ermittlergruppe betraut, sondern ihm nur den Verwaltungsposten wieder gegeben.

Diese Funktionsdualität hatte Halb gerade in den letzten Monaten weidlich ausgenützt und war einige Male aus der Verwaltung ausgebrochen, um die reine, edle Jagd auf Mörder zu pflegen.

Sollte er diesen Genuss riskieren, nur weil er mit seinem Haus Geld verdienen konnte?

„... müssten ja nicht alle gleich viel zahlen. Sie könnten ja die Höhe der Mieten immer noch unterschiedlich gestalten, Herr Hofrat."

„Herr Korber, ich muss Ihnen als Justizwachebeamten nicht erklären, dass das auf einer Rechtsgrundlage geschehen müsste. Ich kann doch nicht einfach so, nur weil mir die Nase eines Mieters besser oder schlechter gefällt, weniger oder ein Mehrfaches an Geld verlangen. Gut, natürlich hängt die Miete von der Wohnungsgröße ab. Eventuell auch von ihrer Lage innerhalb des Hauses. Aber ..."

„Herr Hofrat, bitte, bei der nächsten Zeitungsannonce müssen Sie konkrete Quadratmeter-Mieten hineinschreiben! So wie diesmal ... ‚günstiges Angebot in hervorragender Lage, Besichtigung ab 12 Uhr' – so was schreibt man nur bei Bruchbuden unter Autobahnbrücken. Aber nicht bei so einem Schmuckstück wie unserem Haus hier! ... ich meine natürlich Ihrem, Herr Hofrat."

Ob er noch ein halbes Brot mit dieser herrlichen Pastete vertrüge? Delia war auf einem Seminar, daher müsste er sich zumindest keine Vorwürfe anhören, wenn er die ganze Nacht Fencheltee schlürfte.

„Einverstanden, Herr Korber! Aber glauben Sie mir, ich war selber überrascht, wie da die fordernden Massen aufgetaucht sind. Und dann die richtige Mischung aus Freundlichkeit und leiser Arroganz zu treffen, dafür muss man schon ein schauspielerisches Talent haben. ... das habe ich vorhin gemeint – hoffentlich habe ich in der Mittagsvorstellung als locker-distanzierter Hausbesitzer mehr überzeugt als in der Nachmittagsvorstellung als Nikolo. ‚Ich freue mich, dass Sie sich für unser Angebot interessieren' – der Text ist mir nicht leicht über die Lippen gekommen. Und bei manchen hatte ich den Eindruck, dass ich sie gleich hinausschmeißen sollte. Zum Beispiel diese eine Frau, die war ja allein schon von ihrem Äußeren her extrem ... na ja, sagen wir halt, beeindruckend. Wie groß war die ... ein Meter fünfundneunzig? Und erst die vielen schwarzen Haare! Und forsch – wie die sich vorgedrängt hat, das war schon auch irgendwie beeindruckend."

„Sehen Sie, Sie haben sich in der Gegenwart dieser ... dieser südländischen Brünhild auch nicht wohl gefühlt. Aber warum haben Sie ihr denn dann eine Wohnung zugesagt? Das ist so ein Fall, wie ich ihn vorhin gemeint hab. Ich weiß schon, es steht uns im Grunde überhaupt nicht zu, Ihnen vorzuschlagen, wen Sie als Mieter nehmen und wen Sie abweisen sollen. Natürlich nicht. Aber wenn Sie schon die wunderbare Vision haben, die Wohnungen nur an wirklich liebe Menschen zu vergeben, dann ... dann versteh ich nicht, warum Sie diesem Riesenweib versprochen haben, dass es in vier Wochen einziehen kann!“

Ein letzter Bissen ging noch! Halb suchte den Tisch ab – nein, offenbar war nichts Süßes geplant, also brauchte er dafür keinen Platz im Magen zu reservieren.

„Mein Gott, Herr Korber, ich bin im Grunde ja selber vollkommen unentschlossen, was ich mit dem alten Kasten will. Und wen ich in dem alten Kasten will. Aber andererseits ... ein paar Mieter wären schon nicht schlecht, dann würden uns die Betriebskosten nicht die Haare vom Kopf fressen, wir ...“

„Aber Herr Hofrat, bei uns brauchen Sie doch keine Haare zu essen“ – Frau Korber hatte die letzten Worte offensichtlich nur bruchstückhaft verstanden. „Kann ich schon die Nachspeis servieren? Dann mach ich die Vanillesauce warm. Sie mögen doch Buchteln, oder?“

Samstag, 7. Dezember 2013, 8 Uhr

Halb irrte durch unendliche Gänge. Manche der Türen kamen ihm bekannt vor, aber jene, die sich wie durch Geisterhand vor ihm öffneten, waren ihm vollkommen fremd. Plötzlich hörte ... nein, er fühlte eine unangenehm wabernde Masse hinter sich, deren Raunen immer lauter wurde. „Günstig, günstig“ – wie ein Nebelhorn drangen die Silben immer deutlicher an sein Ohr. Plötzlich stellte sich ihm eine dunkle Figur in den Weg, eine mächtige Gestalt, die ihn mit forscher Stimme nach Details eines unbefristeten Mietvertrags fragte. Er konnte ihr nicht antworten, weil sich ihre wallenden schwarzen Locken plötzlich in eine Bischofsmütze und einen langen weißen Bart verwandelten. „Nikolausiger, Nikolausiger!“ – eine helle Kinderstimme wurde immer greller, ihr Schrillen schien zuerst seinen Schädel und dann den restlichen Körper zu zersprengen. Halb sah auf die Scherben seines Kopfes hinab und ...

Ein dumpfer Krach beendete das finale Dröhnen.

Mühsam versuchte Halb nach dem Telefon zu greifen. Er hatte darin schon einige Übung, da er es in den letzten Monaten geschätzte einhundert Mal von seinem Nachttisch gewischt hatte.

„Ja? Und wehe, die Welt geht nicht unter.“

„Herr Hofrat Halb, nehme ich an.“

„Wer?“

„Wie bitte?“

„Wer das annimmt? Wer ist so mutig zu glauben, dass er mich am Telefon hat?“

„Stallner. Robert Stallner. Landeskriminalamt.“

„Das tut mir leid. Aber was kann ich dafür?“

„Gar nichts, Herr Hofrat. Es tut vielmehr mir leid, schrecklich leid, Sie offenbar geweckt zu haben und ...“

„Geweckt? Es ist Samstag um ... wie Nacht ist es?“

„Es ist acht Uhr und sieben, nein, Verzeihung, acht Minuten.“

„Sie sind ein Spaßvogel, gell? Acht Uhr acht am Samstag! Da schläft jeder ehrbare Bürger. ... und ich auch.“

„Natürlich, Herr Hofrat. Aber das Böse schläft leider nie.“

„Dann geben S’ ihm einen Likör, der macht auch das schwerste Verbrechen müde. Gute Nacht, Herr Kollege.“

„Herr Hofrat, bitte nicht auflegen! Leider bin ich mir absolut sicher, dass Sie sich wenigstens diese Leichen anschauen sollten ... was heißt sollten, ganz sicher anschauen müssen. Und wollen.“

Eines der Worte in Stallners für diese Tageszeit viel zu langem Sermon hatte den letzten Rest an Wachheit in Halbs Hirn mobilisiert. Aber welches?

„Herr Hofrat, sind Sie noch ..."

„Wenigstens?" ... das war's.

„Ja. Es ist die zweite Leiche innerhalb von vierundzwanzig Stunden, die ..."

„Ruft's ihr jetzt bei jeder Leiche gleich mich an? Es ist zwar meistens tragisch, wenn wer stirbt, aber ..."

„... die offensichtlich mit einer Parfum-Spritze getötet wurde."

Jetzt war Halb endgültig wach. Und munter dazu.

„Herr Hofrat, sind Sie noch ..."

„Jaja, bin ich, immer noch. Ich wusste nur nicht, ob ich doch noch in irgendwelchen Albträumen wandle oder ob ich plötzlich in eine Zeitmaschine geraten bin oder ..."

„Nein! Sie schlafen nicht, und es ist Samstag, der 7. Dezember 2013, acht Uhr und ..."

„Wenn Sie jetzt ‚nein, Verzeihung, zwölf Minuten' sagen, reiß ich Ihnen durch das Telefon den Kopf ab!"

„... und ... also, knapp nach acht."

Halb hatte sich im Bett aufgesetzt, er betrachtete mit grimmigem Wohlwollen das Telefon, das zu seinen Füßen lag. Schön, dass es wieder einmal im Wesentlichen ganz geblieben war. ... und irgendwie doch auch schade, dass es wieder einmal ...

„Wenn Sie von einer Parfum-Spritze sprechen, dann könnten Sie ja von einem Mord berichten, bei dem zufällig eine Parfum-Spritze ..."

„Nein, Herr Hofrat, kein Zufall. Ich meine, natürlich sind Sie der kriminalistische Fachmann, aber wenn ich mein bescheidenes Wissen ..."

„Herr Kollege, vor mir brauchen Sie nicht im Staub zu kriechen. Schon gar nicht an einem Samstag um acht Uhr was-auch-immer."

„... also, wenn mich meine Erinnerung nicht trügt, dann ist die Bestie nach über zwanzig Jahren ..."

„Wieso Erinnerung?"

„Wie bitte?"

„Sie haben gesagt, ‚wenn mich meine Erinnerung ...' – wie alt sind Sie?"

„Ah so, nein, also, siebenundzwanzig. ‚Meine Erinnerung' bezieht sich auf meine Ausbildung, da haben wir diesen Serienmord durchgenommen."

„Sagen Sie bloß, ich bin Unterrichtsstoff."

„Ein begehrter, Herr Hofrat."

„Wo?" – Halb bellte die eine Silbe, um nicht in selbstironisch-wehmütiges Lachen auszubrechen. Er, ein Lehrstoff!

„Wo? Wo muss ich hin?"

„In die Schmidt-von-Lübeck-Gasse 17, Wohnung Nummer 8. Auf der Sprechanlage steht ..."

„Ich bin mir sicher, dass ich es finde. Ich werde einfach den Uniformen nachgehen."

„Ja, Herr Hofrat. Soll ich Sie mit einer Streife abholen lassen?"

„Um Gottes willen, nein. Was glauben Sie, was ..."

„Ah, Sie meinen wegen der schiefen Optik. Steuergelder-Verschwendung und so."

„Das wär mir egal! Nein, ich brauch noch eine halbe Ewigkeit, bis ich ein Mensch bin. Mit dem Alter steigt die Badezimmerverweildauer auch bei Männern wieder an. Ich bin frühestens in einer Stunde bei Ihnen – noch dazu, wo das so weit draußen am Stadtrand liegt."

„Dann auf doch recht bald, Herr Hofrat."

„Jaja, schon gut ... ach so, noch etwas. Sie müssen für mich unbedingt einen extrastarken Assam-Tee herrichten. Wo immer Sie den herkriegen, bitte lassen Sie ihn höchstens zwei Minuten ziehen."

„Sehr wohl, Herr Hofrat. Plastikbecher oder Keramiktasse?"

„Literkanne! Mindestens!"

Samstag, 7. Dezember 2013, 9.17 Uhr

Halb schüttelte irritiert den Kopf. Das war neu, das passte nicht ins Bild. Vor dreiundzwanzig Jahren war keines der Opfer stilvoll drapiert worden. Jetzt aber hatte der Mörder die Leiche wie eine Kunstinstallation hergerichtet. Auf dem Bauch liegend, mit gestreckten Beinen und den Armen rechts und links vom Kopf schien die Tote in der nächsten Sekunde in ein Turnierbecken springen zu wollen. Lediglich ihre Kleidung passte nicht dazu, der Hosenanzug, die Seidenbluse, die Perlenkette wie auch die eleganten Damenschuhe aus weichem Leder hätten ein Spitzenergebnis im Schwimmen vermutlich verhindert. Diese Pose hätte Halb noch nicht entsetzt, aber die restliche Inszenierung ließ auch ihn zusammenzucken.

„Es tut mir leid, Herr Hofrat, dass wir die Fenster offen gelassen haben. Aber wir dachten, Sie wollten noch die Leiche sehen, bevor sie abgeholt wird."

„Sehr vernünftig, Herr ..."

„Stallner, Robert Stallner."

„... Herr Stallner. Nein, mich hat's nicht wegen der Kälte gerissen. Da glaubt man, dass einen nichts mehr erschrecken könnte, und dann ..."

„Das da, nicht wahr?“ Stallner hob das seltsame Gebilde auf, das neben dem linken Ellenbogen der Toten lag.

„Bitte, Herr Hofrat“ – einer der Kriminaltechniker reichte Halb das obligate Paar Gummihandschuhe.

„Danke“ – vorsichtig zog er das Papier von der Nadel.

„Genau deshalb habe ich Sie heute früh angerufen, trotz Samstag. Weil den Hofrat Grolf, Verzeihung, Wolf, den kann ich wohl kaum mehr nach den damaligen Details fragen. Ob die genau so waren wie hier? Auch so eine Spritze? Also die war eindeutig mit Parfum gefüllt ... es ist nicht zu ‚überriechen‘. Auf der Nadel der aufgespießte Zettel: ‚Und wieder der Duft der Lust‘ – eine seltsame Botschaft. Gleich drunter dieses Datum: 17.10.1966. Das ist schon etwas unheimlich. Bei der gestrigen Leiche, da lag auch so einer, auf dem stand ...“

„Lassen Sie mich raten: ‚Und wieder der Duft eines Anfangs.‘ Stimmt's oder hab ich recht?“

Stallners Augenbrauen hoben sich.

„Ich verstehe, dieselben Sätze wie vor dreiundzwanzig Jahren.“

„Nicht ganz. ‚Und wieder‘ ist neu. Damals hieß es immer ‚Der Duft ...‘, und dann kam irgendein Begriff, wie eben ‚Der Duft eines Anfangs‘ oder ‚Der Duft der Lust‘. Lediglich bei dem Opfer, das als Letztes gefunden wurde, da stand statt ‚Der Duft ...‘ seltsamerweise ‚Ein letzter Atemhauch‘. Und sonst nix. Kein Genitiv. Aber das war die Ausnahme von der Regel.“

„Und was war mit der Jahreszahl? Gab es die auch schon 1990?“

„Nein, die ist neu. War die gestrige Tote mit derselben versehen?“

„Jein – Datum ja, aber ein anderes. 13.7.1965. Sagt Ihnen das was, Herr Hofrat?“

Halb lächelte süßsauer.

„Also, die Französische Revolution war früher, die Mondlandung später, und ich – na ja, im Juli 1965, da werd ich grad zu gehen begonnen haben. Ich bin mir aber sicher, dass unsere Computergiganten schon irgendeinen Zusammenhang zwischen den Daten finden werden. Aber jetzt wollen wir uns die Vorderseite genauer ansehen. Können wir die Leiche umdrehen?"

Samstag, 7. Dezember 2013, 9.30 Uhr

Bei dem Gesicht passte irgendetwas nicht. Zumindest nicht auf den ersten Blick, aber auch auf den zweiten konnte Halb nicht erkennen, was genau ihn störte.

Er versuchte es mit einem alten Trick.

„Was sehen Sie, Herr Stallner? ... und jetzt sagen Sie bitte nicht, ‚eine Leiche'."

„Aber das ist genau das, was ich sehe, Herr Hofrat."

Halb merkte, wie in ihm der Zorn aufzusteigen begann. Entsprechend scharf drehte er sich zu seinem jungen Kollegen um und ... bremste sich gleich wieder ein.

„Stimmt, an den Anblick gewöhnt man sich nie. ... was ja im Grund gut ist. Aber man lernt, den ersten Schreck auszublenden und dann diesen ehemaligen Menschen nur mehr als Ermittlungsobjekt zu betrachten. Also, was sehen Sie?"

Stallner schluckte noch einmal, bevor er mit betont sachlicher Stimme antwortete.

„Das Gesicht ist besonders rund, fast prall. Es passt nicht zum restlichen Körperbau – die Dame scheint ja sehr sportlich gewesen zu sein, jedenfalls ..."

„Lassen Sie sich nicht von der Position der Toten täuschen. Sie wirkt zwar so, als ob ihr Körper immer noch wie eine Sehne gespannt wäre, aber wenn Sie das ausblenden, dann ...“

„... dann sehe ich wegen der Kleidung nicht viel, aber mir scheint, dass sie nur aus Haut und Knochen besteht. Extrem dürr, bis auf das Gesicht.“

„Ausgezeichnet. Noch was?“

Stallners Augen wanderten Zentimeter um Zentimeter über die erstarrte Maske. Dann wandte er sich mit einem Seufzer Halb zu.

„Nein. Also, ich seh zumindest nichts Besonderes.“

Bedächtig griff Halb nach dem kleinen Plastiksack mit der Spritze und hob sie langsam vor Stallners Augen. In der nächsten Sekunde nahm er den jungen Kollegen mit zwei geübten Handgriffen in den Schwitzkasten und setzte ihm die Spritze an den Hals.

„Bleiben sie genau so. Fritz, machst du bitte ein Bild von uns.“

Der Polizeifotograf kannte Halbs Gedankensprünge seit Jahrzehnten, weshalb er teilnahmslos nickte und ein paar Mal klickte.

„Zeigst du sie uns ... sehen Sie, Herr Stallner, so sieht man aus, wenn man völlig überraschend eine Injektionsnadel an die Gurgel bekommt. So entsetzt wie Sie auf dem Foto. Und jetzt schauen Sie sich noch einmal unser Opfer an. Und, entdecken Sie in diesem Gesicht Entsetzen? Ich weiß schon, die Prozesse, die nach dem Exitus eintreten, verändern auch die Mimik, aber ...“

„Nein, Herr Hofrat, dieses Gesicht ist nicht nur nicht zu Tode erschrocken, es wirkt sogar irgendwie ... ich weiß nicht ...“

„Friedlich? Prägen Sie sich diese Leiche gut ein. So friedliche Augen sieht man bei Toten selten.“

Samstag, 7. Dezember 2013, 9.40 Uhr

„Bitt' schön, wenn S' uns durchlassen. Danke sehr." Und wieder bahnten sich die Männer der Bestattung Wien ihren Weg zur Leiche. „Ah, Sie schon wieder, Sie kennen wir doch. Waren Sie nicht erst gestern ..."

„Ja, auch. Das bringt mein Beruf so mit sich."

„Da schau her, da haben wir was gemeinsam."

Automatisch trat Halb einen Schritt zurück, er wollte dem Gespräch über morbide Gemeinsamkeiten nicht im Weg stehen.

„Eigentlich haben Sie den schöneren Beruf als wir" – einer der Männer in schwarz-grau schien besonders gesprächig zu sein.

„Weil wir manchmal noch verhindern können, dass wer stirbt?"

„Aber nein!" – mit seiner freien Hand winkte der Sargträger wild durch die Luft. „Nicht deshalb. Sondern weil Sie am Auto ein Blaulicht haben. Ihnen winken die Kinder zu. Uns hingegen ... hoppala!" Offenbar waren die Kriminalisten beim Leichen-Umdrehen sanfter gewesen, denn kaum, dass die sterblichen Überreste angehoben und in den Sarg gelegt worden waren, fiel die komplette Haarpracht der Toten Halb vor die Füße.

„Sollen wir das auch in die Gerichtsmedizin bringen oder ..."

„Finger weg!" Wie der liebevolle Vater eines Kleinkindes klopfte Halb sanft auf die Finger des Leichenträgers, der bereits nach der Perücke gegriffen hatte. „Sie sehen zu wenige Fernsehkrimis! Wissen Sie nicht, dass Sie mit Ihren Lederhandschuhen ganze Arsenale von Spuren zerstören können?"

Beinahe eingeschüchtert zog der Angesprochene seine Hände zurück und presste sie an seinen Körper.

„Tschuldig'n!“

„Ja, ist ja schon gut. Dieses Haarteil kommt natürlich ... ja, danke, hier hinein. Und Sie heben jetzt bitte die Tote noch einmal heraus und legen sie wieder auf diese Plastikmatte. Danke! Und jetzt hätt ich eine – zugegeben etwas kitschige – Bitte an die Kollegen von der Spurensicherung. Könnt ich von euch eine große, wunderbar altmodische Lupe bekommen? So eine, wie sie der Sherlock Holmes hat?“

Samstag, 7. Dezember 2013, 9.44 Uhr

Halb arbeitete sich systematisch von der Stirnkante bis zum Hinterkopf vor.

„Entschuldigen schon, Herr Hofrat, aber wonach suchen Sie? Und – glauben Sie nicht, dass das unsere Kriminaltechniker besser machen?“

„Durchaus, aber ich bin ein ungeduldiger Mensch. Und, zu Ihrer ersten Frage – ich schau nach Resten von Rasierschaum. Aber auch nach hauchdünnen Schnitten, blutigen Punkten, kleinen Verletzungen, wie sie auch bei einer Kopfhautrasur vorkommen. Aber da ist nichts. Und das bedeutet, dass ...“

„... dass unser Opfer auf andere Art die Haare verloren hat. Was, wenn ich mir die Bemerkung erlauben darf, doch auch viel wahrscheinlicher ist. Weil warum sollte sich eine Dame mittleren Alters den Schädel rasieren?“

Mühsam erhob sich Halb aus seiner knienden Position.

„Mein lieber Stallner, ich will Sie nicht mit psychopathologischen Details langweilen, aber es wäre nicht der erste Triebtäter, der sein Opfer kahl rasiert, bevor er es nach seinen – kranken – Vorstellungen anzieht, mit einer bestimmten Perücke schmückt und auf ganz spezielle Weise drapiert. Aber, wie Sie schon vermutet haben, unser Opfer litt wahrscheinlich an einer Krankheit und ... Vorsicht!“

Vielleicht lag es am – für die Bestattungsmänner ungewöhnlich – zahlreichen Publikum, vielleicht gab es auch gehaltvollere Gründe, auf jeden Fall rutschte den beiden die Leiche aus den Händen und fiel mit dem Gesicht nach unten in den Sarg.

„Tschuldigung!“

„Nein, halt, stop!“ – noch bevor die grauen Herren ihren Fehler gutmachen und die Tote auf den Rücken drehen konnten, hielt Halb den einen am Ärmel zurück.

„Was ist denn das?“

Im ersten Moment schauten alle auf Halb, erst auf dessen wildes Deuten hin senkten sie ihre Blicke und starrten auf den bloßen Nacken der Toten.

„Fritz, bitte um Fotos von diesem ... diesem Symbol oder Runenzeichen oder was immer das ist. Und von den Kriminaltechnikern möcht ich bitte gleich wissen, ob das Blut ist. Oder Ketchup, Lippenstift, Erdbeermarmelade oder was auch immer. Und dann bitte ab mit ihr in die Gerichtsmedizin. Aber schnell, weil jetzt wird's wirklich spannend.“

Samstag, 7. Dezember 2013, 10.30 Uhr

„Lippenstift.“

„Möglicherweise der aus dem Badezimmer. Auf jeden Fall gibt's keinerlei Spuren.“

Halb nippte vorsichtig an seinem Darjeeling und stellte die Tasse mit dem Anflug eines Lächelns zurück. Stallner seufzte erleichtert.

„Da bin ich aber froh, dass ich wenigstens ein teetaugliches Kaffeehaus ausgesucht habe, wenn ich Ihnen schon keine Literkanne direkt zum Tatort bringen konnte. Aber hier lässt es sich doch viel besser nachdenken und ..."

„Warum?"

„Bitte, Herr Hofrat, was meinen Sie?"

„Warum wir hier sind? Warum wir nicht mehr in der Wohnung Spuren sichten und nachdenken konnten?"

Der junge Kriminalist wurde kurz rot, bevor seine Gesichtsfarbe in ein bleiches Weiß wechselte.

„Ich ..."

Halb drehte seine Tasse und schob sie ihm wortlos hin.

„Nehmen Sie einen Schluck. Und dann ..." – er kramte in seiner Jackentasche und zog eine kleine rote Dose hervor – „Eukalyptus-Balsam. Schmieren Sie sich einen Hauch davon unter die Nase. Aber ich warne Sie, weder der Tee noch die Creme lassen einen den grässlichen Geruch vergessen. Aber ein wenig hilft's schon."

Ein Schluck, ein Hauch – langsam kehrte wieder Farbe in Stallners Gesicht zurück. Halb gönnte ihm noch eine halbe Minute, bevor er ihn wieder in die brutale Realität zwang.

„Ich hab gesehen, Sie haben auch so ein Computerbrett. Vielleicht ..."

„Sie meinen mein Tablet?"

„Das Ding da. Können Sie uns die Bilder vom Tatort zeigen?"

„Ja, der Kollege hat sie mir auf einen Stick gespeichert und ... hier, bitte sehr" – nach vier Tipp- und Wischbewegungen strahlte die beiden ein Foto an, das die Leiche in ihrer ursprünglichen Lage zeigte.

„Brillant."

„Die Bildschärfe, Herr Hofrat?"

„Nein, der Mörder. Warum haben Sie mich eigentlich nicht schon gestern geholt? War Ihnen da auch schlecht? Oder sogar so schlecht, dass Sie ..."

„Nein, es war, weil ..." – Stallner suchte verzweifelt nach einer eleganten Ausrede.

„Herr Stallner, keine Märchen bitte."

„Weil ... na gut, dann sag ich halt die Wahrheit, auch wenn's meiner Karriere nicht guttut. Zum einen wollte ich Sie auf keinen Fall an einem Freitagabend, noch dazu an einem 6. Dezember, stören."

„Sehr rücksichtsvoll von Ihnen." Eigentlich hatte Halb ironisch klingen wollen, aber in Erinnerung seines gestrigen Nachmittags bremste er sich sofort ein.

... weshalb Stallner gleich etwas mutiger fortfuhr.

„Zum anderen konnten wir gestern ja wirklich noch nicht von einer neuen Mordserie sprechen. Und ..."

„Und zum ‚andersten'?"

„So ähnlich. ... also, zum dritten wollte ich nicht mit leeren Händen dastehen. So ganz ohne den geringsten Ermittlungsansatz kam – und komme – ich mir unheimlich blöd vor."

Halb lächelte ihn wehmütig an.

„Da kann ich Sie beruhigen. Heute müssen Sie sich nicht mehr allein blöd vorkommen, heute können wir das gemeinsam tun. Es sei denn, wir lösen das Rätsel dieses" – hektisch tippte Halb auf den Bildschirm, erst das sanfte Wischen Stallners ließ das gewünschte Foto aufleuchten – „geheimnisvollen Zeichens. Was könnte ein nach oben zeigender Pfeil, der auf einem wellenförmigen Symbol steht und in der Mitte einen Querstrich hat, darstellen? ... und an seinem rechten Ende mündet der Querstrich in einen kleinen Kreis. Haben Sie eine Ahnung, was das ist?"

„Nein, Herr Hofrat. Aber ich glaube, dass die Basis des Symbols keine Welle darstellt, sondern einen Pralltriller."

„Einen was bitte?"

„Mögen Sie Bach? Also, Johann Sebastian. Oder einen anderen Barock-Komponisten?"

„Nein, ich beschäftige mich eher mit Beethoven" – nur schwer unterdrückte Halb ein Grinsen. Nach Jahrzehnten musikalischer Untätigkeit hatte er erst vor ein paar Monaten wieder begonnen, Klavierstunden zu nehmen. Aus purem Vergnügen – er war sicher gewesen, diese mühsam erworbenen Kenntnisse niemals beruflich nützen zu können. Doch ...

„Beethoven? Ja, da kommen auch einige Pralltriller vor, soweit ich mich erinnern kann. Ich glaub, im Seitenthema des ersten Satzes der c-Moll-Sonate Opus 13, der ‚Pathétique', ja, da kommen einige vor."

„Sicher, Herr Stallner, jetzt, wo Sie es sagen. Und Sie meinen ..."

„Wenn Sie sich dieses Pralltriller-Symbol in Erinnerung rufen, dann ..."

Halb nahm sich fest vor, seine Klavierlehrerin gleich heute Abend nach diesem Zeichen zu fragen.

„Tatsächlich! Ich beginne zu verstehen, was Sie meinen."

„Dann stimmen Sie mir also zu? Wunderbar, Herr Hofrat! Vielleicht ..."

„Schon, schon, Herr Stallner, aber ..." – Halb tat es leid, seinen jungen Kollegen in dessen Euphorie so abrupt bremsen zu müssen – „aber es brächte uns leider auch nicht weiter, wenn wir wüssten, ob dieser nach oben zeigende Pfeil auf einer wellenförmigen Linie oder auf einem Pralltriller steht. Und selbst wenn wir wüssten, was dieses seltsame Gekricksel bedeutet, wüssten wir nicht, warum es gerade im Nacken dieser bedauernswerten Person aufgemalt worden ist. Und warum mit Lippenstift? Und selbst, wenn wir all das wüssten, wüssten wir immer noch nicht das Entscheidende, das, was uns eigentlich als Einziges zu interessieren hat, nämlich ..."

„Wer der Mörder ist."

„Genau!" – mehr brachte Halb nicht heraus, da ihm die vielen Konjunktive zu viel Luft gekostet hatten.

„Haben die Herren noch einen Wunsch?" – im Trubel ihrer fehlenden Erkenntnisse hatte sich einer der Ober unbemerkt genähert.

„Ja, bringen S' uns noch eine Spur, bitte."

„Aber mit Fingerabdrücken. ... nein, doch lieber mit ein paar Hautzellen vom Mörder."

„Ah ja, und ein Motiv für die Morde – vor allem die von vor dreiundzwanzig Jahren, das wär auch ganz wunderbar. Aber bitte ohne Koffein und mit fettarmer Milch, weil das schlägt einem sonst so auf den Magen."

Einen gewöhnlichen dienstbaren Serviergeist hätte dieser Anfall von schwarzem Humor wohl aus dem Konzept gebracht. Aber um einen im jahrzehntelangen Umgang mit selbsternannten Kaffeehaus-Literaten geeichten Kellner aus der Ruhe zu bringen, bedurfte es mehr als zwei akut infantiler Kriminalisten.

„Kommt sofort, meine Herren. Und vielleicht dazu noch eine Todesstrafe? Die hätten wir heute ganz frisch. Schmeckt delinquent, sag ich Ihnen, wirklich delinquent."

„Ja, dann ... dann bringen Sie mir noch bitte einen Darjeeling. Und für den Kollegen noch ..."

„Eine Melange, bitte."

„... und dann die Rechnung" – Halb hatte sich als Erster wieder im Griff.

Stallner benötigte noch einige Sekunden des kichernden Erstaunens, ehe er wieder in normale Gesprächsbahnen einschwenkte.

„Aber Herr Hofrat, warum denn noch ein Tee und eine Melange? Ich mein, ein besseres Schlusswort hätten wir uns doch nicht wünschen können, oder? Oder nicht?"

„Noch nicht ganz. Ich hab noch vier Fragen. Erstens – haben Sie gestern ein ähnliches Zeichen gefunden?"

„Nein, aber wir haben auch nicht danach gesucht. Die Tote von gestern hatte kurzes blondes Haar. ... soweit wir es beurteilen konnten."

„Alter, Beruf, sozialer Hintergrund?"

„Die Details schicke ich Ihnen sofort weiter, wenn ich wieder im Büro bin."

„Gut. Zweitens – was hat der Gerichtsmediziner gesagt?"

„Die Frau Doktor ..." – Stallner ließ seine Worte einen Moment nachwirken – „... klang wie in den Fernsehkrimis."

„Ich verstehe. ‚Ich sage nichts ohne meine Obduktion!' ... oder so ähnlich."

„Nicht ganz so streng. Gnädigerweise hat sie meiner Vermutung zumindest nicht heftig widersprochen – ja, bei aller Unsicherheit könnte sowohl gestern als auch heute eine Parfum-Injektion die Tatwaffe sein."

„Gut. Drittens – haben Sie an der Spritze gerochen? ... wenn ich mich recht erinnere, wurden vor dreiundzwanzig Jahren alle Opfer mit ein- und demselben Parfum getötet ... ‚sent-aine de plaisirs'. Ich habe keine Ahnung, ob es das überhaupt noch gibt, geschweige denn, ob es jetzt wieder zum Einsatz kam. Aber ich würde es sofort erkennen. Es war ein hinreißender Duft, für mich wird er allerdings immer der Geruch des Todes bleiben."

„Erstens ja, zweitens nein, drittens ja."

Halbs Ausdruck wechselte im Bruchteil einer Sekunde von nostalgisch-melancholisch auf aktuell-verärgert.

„Was bitte soll diese kryptische Ja-Nein-Reihe?"

„Verzeihung, Herr Hofrat. Erstens ja – ich habe sowohl gestern als auch heute an den Spritzen gerochen. Zweitens – ‚sent-aine de plaisirs' wird schon seit siebzehn Jahren nicht mehr produziert. Drittens ja – beide Injektionen waren mit diesem Parfum gefüllt. Ich stimme Ihnen zu, der Duft ist hinreißend, man vergisst ihn nie wieder."

Halb schüttelte missbilligend seinen Kopf.

„Erstens trifft das sicher nur auf Menschen mit ausgeprägtem Geruchssinn und Duftgedächtnis zu, und zweitens ... woher wissen Sie, wie ‚sent-aine de plaisirs' riecht? Wenn das Parfum, wie Sie behaupten, vor siebzehn Jahren vom Markt verschwunden ist, wieso konnten Sie sich noch den Duft eingeprägt haben? Sie werden sich ja kaum schon als Volksschüler für Damenparfums interessiert haben, oder? Wobei ..." – jetzt wurde Halb tatsächlich ganz leicht rot – „ich will Ihnen natürlich nicht zu nahe treten, aber ..."

„Nein, nein, Herr Hofrat, Sie haben schon Recht, ich war vor siebzehn Jahren wirklich noch ein Volksschüler. In der vierten Klasse. Aber ich kenne das Parfum aus einem anderen Grund. Ich ..."

„Eine Melange und ein Darjeeling. Bitte sehr, die Herren. Ah ja, ich hab leider zu viel versprochen, die Todesstrafe ist uns schon vor längerer Zeit ausgegangen. Vielleicht doch lieber eine Cremeschnitte?"

„Nein, danke! Weil so süßes Zeug bleibt einem ein Leben lang auf den Hüften, während eine Todesstrafe – noch dazu eine so delinquente, die macht richtig schlank", schoss Stallner zurück. Ein zweites Mal ließen sie sich nicht überrumpeln. „Wo war ich, Herr Hofrat?"

„Volksschulzeit, Damendüfte."

„Ah ja. Wie schon erzählt, haben wir im Rahmen unserer Ausbildung auch die legendären 1990er-Mordserien durchgenommen. Und weil wir damals ein neues Verfahren aus den USA ausprobiert haben ... das hat sich ‚method investigating' genannt, angelehnt an ‚method acting', diese Über-drüber-Schauspieltechnik. Bei ‚method investigating' ging es darum, dass sich jede und jeder von uns sowohl in die Rolle des Opfers wie auch in die des Täters total einfühlen sollte. Wir haben die Methode natürlich begeistert aufgegriffen ... ja, und auch beim Durchnehmen dieser Mordserie wollten wir alles so authentisch wie möglich gestalten. Also haben wir verzweifelt nach einem letzten Flakon ‚sent-aine de plaisirs' gesucht ... und tatsächlich einen in einer dieser ganz alten traditionsreichen Wiener Parfümerien gefunden. Von daher weiß ich, wie das gerochen hat. Und deshalb ... ja, es war eindeutig ‚sent-aine de plaisirs' in beiden Injektionen gestern und heute."

Einen Moment schien es, als ob Halb versteinert oder wenigstens eingeschlafen wäre. Und auch das folgende Nicken kam so zäh, dass es als Vornüberkippen missverstanden hätte werden können.

„Also ist dieses Scheusal wieder zurück! Aber warum jetzt? Was ..."

„Die Herrschaften wollen zahlen? Getrennt oder ..."

„Zusammen bitte. Lassen Sie nur, Herr Stallner, Sie sind eingeladen."

„Danke! Aber vielleicht ist genau das die Antwort."

„Was meinen Sie? ... wenn Sie mir bitte auf achtzehn herausgeben."

„Na ja, getrennt oder zusammen. Herr Hofrat, wieso sind wir uns so sicher, dass die beiden aktuellen Morde vom selben Täter verübt wurden? Ich weiß schon, Spritzen, dasselbe Parfum, Zettel, diese seltsamen Botschaften. Aber gerade weil diese ‚Erinnerungsstücke' unübersehbar platziert wurden, könnte es sich doch um einen Trittbrettfahrer handeln? Der uns mit der Nase auf die ‚Rückkehr der Bestie' stoßen will. Und zwar gerade deshalb, weil er ganz andere Motive verfolgt. Oder auch nur ein Motiv ... zum Beispiel will er nur eine bestimmte Person ermorden. Aber er weiß, dass er dann rasch unser Hauptverdächtiger wäre. Deshalb versteckt er ‚seinen' Mord unter mehreren. Und um ganz sicherzugehen, kopiert er einen legendären Serienmörder. Das würde auch Ihre Frage nach dem Zeitpunkt beantworten. Reiner Zufall, sonst nix."

Halb deutete ein Lächeln an.

„Verehrter junger, ungestümer Herr Kollege, ich muss Ihre Begeisterung leider etwas dämpfen, denn ... Sie haben ein wesentliches Detail übersehen. Die Zettel mit den pseudo-poetischen Botschaften – die haben wir vor dreiundzwanzig Jahren geheim gehalten. Davon stand nichts in den Medien ... sozusagen kein Sterbenswort. Daher kann es kein ..."

„Vielleicht kein Sterbenswort, aber ..."

„Was?"

„Na ja, wir haben schon davon erfahren. Also, bei unserem ‚method investigating', da ..."

„Ja, intern haben etliche davon gewusst. Aber die werden doch nicht so blöd gewesen sein, ihren Verwandten und Freunden und wem auch immer davon zu erzählen! Hoffe ich zumindest."

„Ich auch. Also, ich hoffe es nicht nur, ich bin davon überzeugt."

„Eben! Deshalb kann es kein Trittbrettfahrer sein. Leider! Nein, diese Bestie ist zurück, und sie mordet munter weiter."

„Und was können wir machen?"

„Zuerst einmal aufstehen ... und wenn meine Muskeln dazu bereit sind, gehen wir – trotz Samstag! – ins Büro, arbeiten weiter und hoffen, dass wir in den nächsten Tagen erfolgreicher sein mögen als vor über zwanzig Jahren. Ah ja, noch etwas, Herr Stallner. Was damals gegolten hat, ist immer noch aktuell. Kein Wort zu wem auch immer ... erst recht keines über die Zettel beziehungsweise diese bösartigen Nachrichten. Also, vergessen Sie, was Sie gestern und heute gesehen haben. Und falls doch wer lästig sein sollte – ganz einfach, verweisen Sie ihn an die Pressestelle."

„Herr Hofrat, halten Sie mich für einen Anfänger?"

„Keine Ahnung, Herr Stallner. Ich kenne Sie kaum, ich weiß nicht, wie routiniert Sie sind. Aber eines weiß ich genau – man muss kein Grünschnabel sein, um sich im falschen Moment zu verplappern. Daher – Reden ist Silber, Schweigen ist ..."

„Gilt das auch beim heutigen Goldpreis? Der ist doch ziemlich im Keller."

Halb zögerte.

„Na gut, dann will ich es so formulieren, dass es auch für junge, ziemlich materialistische Beamte verständlich ist: Mund halten, Karriere gestalten. Verstanden?"

Stallner nickte heftig.

„Fein! Dann freue ich mich auf ein Mail von Ihnen. Mit allen Zahlen-Daten-Fakten-Fotos, die Sie bereits in Ihrem schlauen Klein-Computer mit sich herumtragen. Wobei, wenn ich's mir recht überlege, dann ..."

„Aber Herr Hofrat, solche heiklen Interna kann ich doch nicht übers Internet senden! Nein, ich lass Ihnen das selbstverständlich übers Intranet zukommen."

„... dann sollten Sie auch dieses Intranet nicht mir, sondern dem Ingeniöhr schicken. Also meinem Mitarbeiter Mayer. Perikles Mayer. Danke."

Samstag, 7. Dezember 2013, 12 Uhr

„Das wird uns Nerven kosten!" – Schwejk verzog missmutig sein Gesicht.

„Jetzt sei doch nicht gleich so grantig! Es ist ja nicht das erste Mal, dass uns der Chef an einem Samstag ins Büro zitiert."

„Bitte, Toni! Zu mir hat er gesagt, dass er uns zum Dienst bittet." Offensichtlich hatte sich Verena vorgenommen, als aufmunternder „Sonnenschein" zu fungieren und die Amtsräume mit ihrem Charme zu erfüllen. ... ein Vorhaben, von dem sie nach einem Blick auf ihre Kollegen Schwejk, Toni und den Ingeniöhr sofort wieder abließ.

„Guten Morgen, Mahlzeit, Danke fürs Kommen – s'ist leider sehr ernst!" – noch während seiner Begrüßung musterte Halb seine vier „Teamlinge".

Lediglich Verena Planners immer noch ansatzweise vorhandenes Lächeln überraschte ihn, von ihr hätte er eher einen neutral-konzentrierten Blick erwartet. Franz Haschecks säuerlich-angespannter Ausdruck verwunderte ihn nicht, auch Toni Wilts leise genervtes Wangenzucken hatte er erwartet. Ebenso wenig enttäuschte Perikles Mayer seinen Vorgesetzten, mit dessen „Wochenend-zur-Mittagszeit"-Gähnen wusste Halb problemlos umzugehen.

„Das Scheusal ist zurückgekehrt! Zwei Morde in zwei Tagen!“ Zwar verabscheute er die „Schlagzeilen-Keule“, aber manchmal musste selbst er seine Kommunikationsprinzipien verwerfen.

„Was für Morde?“

„Wer sind die Opfer?“

„Welches Scheusal?“

„Was meinst du mit ‚zurückgekehrt‘?“

„Zwei Frauen. Offenbar wurden sie mit einer Parfum-Spritze getötet. Mit ‚sent-aine de plaisirs‘.“

Schwejk erblasste als Erster.

„Nadel durch Zettel, Nadel im Oberarm, Zettel mit Botschaft, pervers-romantischer Botschaft?“

„Dieselben Worte?“ – auch Toni verzog angeekelt das Gesicht.

„Kann mich bitte wer aufklären?“ Üblicherweise war der Ingeniöhr Herr über die Datenbanken und somit über alle Informationen, weshalb er sich jetzt besonders ausgeschlossen fühlte.

„Natürlich, mein lieber Ingeniöhr. Du und Verena, ihr seid zu jung, um von dieser grässlichen Mordserie von 1990 beziehungsweise 1991 zu wissen. Damals wurden ...“

„... wurden sieben Prostituierte ermordet aufgefunden. Aber vermutlich gab es mehr Opfer, deren Leichen allerdings nie entdeckt wurden. Der Täter ...“

„Verena, woher weißt du das? Warst du am Ende mit dem Stallner in einem Ausbildungsjahrgang? Von wegen ‚method investigating‘ und so?“

„Stallner, nie gehört! Und ... wie bitte? Mesod-was Investigation? Nein, was die Parfum-Morde betrifft, hatte ich den zweitbesten Lehrer, den man sich wünschen kann. Und deshalb ...“

„Den zweitbesten?“

„Jawohl – der Beste eben, abgesehen von dir, Chef.“

„Verena, ich ahne Schlimmes. Wieso in drei Teufels Namen hat der Ernst mit dir über diesen Serienmord gesprochen? In welchem Zusammenhang? Wann? Und wieso erfahre ich das erst jetzt, mehr oder minder durch Zufall?“

„Entschuldige, ich hab’s einfach vergessen. Und jetzt fällt mir ein, dass ich dir eigentlich noch etwas ausrichten sollte, aber ...“ – Verenas Stimme war kaum wiederzuerkennen, ihre wissende Überlegenheit hatte sich in kindlich-trotziges Jammern verwandelt – „... aber ich hatte gestern so viel zu tun ... immerhin war ja Nikolo ... und ich wollte dich noch anrufen, aber ...“

„Was, Verena? Was solltest du mir ausrichten?“ Halb bemühte sich um einen versöhnlichen Tonfall, aber da er sowohl Unzuverlässigkeit als auch kindisches Klagen nicht ausstehen konnte, geriet seine Antwort etwas zu grob.

„Wie gesagt, Straka ... ist gestern Nachmittag hereingeschossen und war wieder einmal hypernervös. Wo du wärst? ... schließlich sei ja noch Dienstzeit! Das übliche Gezeter. Wie er dann Luft geholt hat, bin ich ihm ins Wort gefallen. Was denn los sei? Irgendein hohes Tier aus dem Ministerium hatte ihn aufgescheucht. Ob er, Straka, schon etwas wegen der Feier zum achtzigsten Geburtstag vorbereitet hätte ... zur Feier von diesem ... Wolf? Ja, ich glaube, der hat Wolf geheißen.“

Halb starrte seine junge Mitarbeiterin entsetzt an.

„Hat er wirklich Wolf gesagt? Nicht Grolf?“

Nichtsahnend lächelte Verena zurück.

„Genau, Chef, so hat er ihn genannt. Grolf! Aber der Name war schon Wolf, oder?“

„Ja, Verena.“ Halb sank auf seinem Sessel zusammen. „Gerolf Wolf, genannt Grolf. Er war mein Vorgänger ... so irgendwie. Die Abteilungen hier im Haus waren damals zwar noch anders strukturiert, aber Grolf war der absolute ‚Mords-Leithammel' ... ein anderer Spitzname, den wir ihm gegeben haben. Aber egal, wie wir ihn nannten, es schwang immer sehr viel Ehrfurcht mit, wenn man über ihn gesprochen hat. Wobei, Ehrfurcht ... ja, schon auch, aber mit der Betonung auf der zweiten Silbe. Und wenn man mit ihm persönlich geredet hat – du lieber Himmel, das ..."

„Chef, verzeih, aber das alles klingt nicht so, als ob du ihn gemocht hättest."

„Gemocht?" – Halbs Mundwinkel bogen sich zu einem ironischen Lächeln. „Ich glaub, auf die Idee, dass man Grolf hätte mögen können, auf die Idee ist nicht einmal er selber gekommen. ... er vielleicht sogar als Allerletzter. Nein, ‚mögen' oder ‚schätzen' oder gar ‚bewundern', solche Verben haben nicht zu Grolfs Wortschatz gehört. Gerechtigkeit, Effektivität, Fleiß – das war seine Welt. Irgendwer hat einmal gesagt: Dem Grolf seine Lieblingsdisziplin ist Disziplin! ... das hab ich mir gemerkt. Wobei – man muss eines ganz klar betonen: Gerolf Wolf war ... und ist ... nicht umsonst eine Legende in diesem Geschäft. Er war einer der besten Mordermittler, die wir hatten. Daran gibt es keinen Zweifel. Aber ihn mögen ..." Mit einem tiefen Seufzer kehrte Halb in die Gegenwart zurück. „Und wenn ich dein Gestammel vorhin richtig verstanden habe, dann war der Ernst gestern Nachmittag hier? Ja ... und er war wieder einmal panisch, weil ihn irgendein Polit-Heini angerufen hat. Und bei dem Telefonat war es um die Vorbereitungen der Feiern anlässlich von Grolfs achtzigstem Geburtstag gegangen? ... wenn ich mich richtig erinnere, müsste der Geburtstag tatsächlich ... wartet, Grolf war 1991 achtundfünfzig Jahre alt, also ist er 1933 geboren. Und ich weiß auch noch, dass Grolf nie zu seinem Geburtstag einladen musste, weil der ein paar Tage vor dem Heiligen Abend war. Daher – ja, tatsächlich, Grolf hat in circa zwei Wochen seinen achtzigsten Geburtstag. So weit, so gut. Nur, Verena, ich habe immer noch nicht verstanden, was ich damit zu tun haben soll?“

Samstag, 7. Dezember 2013, 12.30 Uhr

„Das kommt doch nicht in Frage! Na warte, Ernst, wenn du mir über den Weg läufst, dann ... Auf so eine Schnapsidee zu kommen! Ich soll was bitte? Also wirklich, das ist die dümmste Idee, die er seit langem hatte. Und warum? Nur, weil ich vor über zwanzig Jahren der Assistent vom Grolf war, und weil ich dann Jahre später so eine Art Nachfolger von ihm geworden bin? Deshalb soll ich heute Partyservice spielen und eine ganze Geburtstagsfeier organisieren? Nur, weil sich der Herr Straka wieder einmal zu Tode fürchtet vor den Ministeriumsleuten, soll ich jetzt zum Handkuss kommen? Weil ich ja sonst nichts zu tun habe. Na bitte, dann sollen halt die hohen Herrschaften diese neue Mordserie lösen, und gleich dazu noch meine – ohnehin von mir so heiß geliebten – Verwaltungstätigkeiten übernehmen. Na wirklich, manchmal gibt es Tage, da fragt man sich ...“

„Chef, ich habe gerade etwas ‚Intranettes‘ hereinbekommen. Da geht’s um die Morde von gestern und heute. Soll ich vorlesen?“

Da alle vier schon etliche von Halbs Wutanfällen miterlebt hatten, konnten sie ganz gut abschätzen, wann sie ihren dennoch höchst verehrten Chef in seinen Zorntiraden unterbrechen und wieder in sachlich-ruhiges Fahrwasser zurückholen konnten.

„Ja, Ingeniöhr ... ja. Ja, bitte mach das. Und ... danke für euer geradezu therapeutisches Schweigen. So, und damit kein Wort mehr über den Geburtstag von Grolf! Bitte, lies vor."

„Ja, also ... Sehr geehrter Herr Hofrat! Es war mir eine große Ehre, Sie heute Vormittag ..."

„Bitte komm zum Wesentlichen."

„... und würde mich freuen blablabla ... ah ja, ab hier wird's interessant. Die bisherigen Erkenntnisse lassen daher leider den – von Ihnen bereits heute klar betonten – Schluss zu, dass es sich um eine Fortsetzung der Parfum-Morde von 1990/1991 handeln dürfte. Dafür sprechen folgende Fakten:

a) Neben beiden Leichen lag eine mit Parfum gefüllte Spritze.

b) In beiden Fällen war auf der Injektionsnadel ein Zettel aufgespießt, auf dem sowohl eine kurze Botschaft als auch eine Jahreszahl zu lesen war.

c) Der Text auf diesen Papierfetzen ist beinahe identisch mit den Botschaften, die vor fünfundzwanzig Jahren bei den Opfern gefunden wurden.

d) Beim Parfum handelt es sich in beiden Fällen um ‚sent-aine de plaisirs', also dasselbe Parfum, mit dem die damaligen Opfer getötet worden waren.

Es seien aber auch die – zumindest nach dem derzeitigen, natürlich erst anfänglichen, Stand der Ermittlungen – sichtbaren Unterschiede zu den damaligen Morden erwähnt.

I) Die Art der Opfer. Waren es 1990/1991 durchwegs Prostituierte, so lässt sich bei beiden aktuellen Opfern keinerlei Bezug zum entsprechenden Milieu feststellen. Weder Julia Polgar (aufgefunden gestern am 6. Dezember 2013) noch Petra Grasinger (das Opfer von heute, 7. Dezember 2013) dürften mit diesen Kreisen in Verbindung gestanden sein. Nach ersten Erkenntnissen war Frau Polgar die Inhaberin einer Immobilienfirma, die sich auf Reitställe spezialisiert hat. Frau Grasinger war seit zwei Jahren in Pension. Davor hat sie als Dolmetscherin bei einer internationalen Organisation gearbeitet.

II) 1990/1991 waren die tödlichen Spritzen bis auf geringe Parfumreste leer. Die beiden gestern und heute gefundenen Spritzen waren hingegen fast voll mit ‚sent-aine de plaisirs'.

III) Zumindest beim heute, am 7. Dezember 2013, aufgefundenen Opfer konnte ein seltsames Zeichen festgestellt werden (siehe Foto). Es wurde Frau Grasinger mit Lippenstift im Nacken aufgemalt. Ob die Leiche von Frau Polgar ein ähnliches oder identes Zeichen aufweist, kann erst im Laufe des Montags in der Gerichtsmedizin festgestellt werden.

Soweit bekannt, wurden bei den Opfern von 1990/1991 keine vergleichbaren Symbole gefunden. Die damals dokumentierten Tätowierungen lassen keine Ähnlichkeiten mit dem in Frau Grasingers Nacken gefundenen Pfeil-Bild erkennen.

IV) Stimmen (wie erwähnt) die Botschaften auf den Zetteln mit denen der Morde von 1990/1991 beinahe vollkommen überein, so stellen die bei den aktuellen Opfern gefundenen unterschiedlichen Jahreszahlen doch auch eine deutliche Differenz zu den damaligen Morden dar. Außerdem waren vor dreiundzwanzig Jahren die Zettel jeweils mit der Nadel im Oberarm des Opfers fixiert, wogegen bei den Opfern der letzten Tage die Zettel zwar auf dieser aufgespießt, aber nicht ins Fleisch gestochen waren – die Spritzen lagen neben den Armen der Toten.

Ich hoffe, Ihnen mit dieser einstweilen sehr unvollständigen Zusammenfassung sowie den Fotos gedient zu haben blablabla ... gezeichnet, Robert Stallner. Ja, das war's. Ah ja, und im Anhang natürlich schrecklich viele Fotos. Die sehen aus wie immer – zum Teil zeigen sie die Leichen aus allen erdenklichen Winkeln, zum Teil sind es Details der Spritzen, des Symbols, der Zettel et cetera. Das Übliche eben."

Toni unterbrach als Erster die nachdenkliche Stille.

„Chef, bitte reg dich nicht gleich wieder auf. Aber es bleibt uns jetzt nichts anderes übrig, als doch über Grolf zu reden. ... natürlich nicht über seinen achtzigsten Geburtstag."

„Ich bin durchaus in der Lage, den Namen ‚Grolf' ohne Wutausbruch auszusprechen, aber ich glaube nicht, dass er in den beiden aktuellen Fällen eine besondere Rolle spielt."

„Das mag sein. Aber das können wir erst beurteilen, wenn wir alle auf demselben Wissensstand sind. Vergiss bitte nicht, der Ingeniöhr und Verena können die Parfum-Morde bestenfalls dank einer Fußnote der Fallanalytik-Lehrbücher kennen. Und auch der Toni und ich ... und sogar du – wir haben sicher nicht mehr alle Details von damals parat. Daher ... Schritt eins – bitte um eine kurze Zusammenfassung der Ereignisse von 1990/1991. Schritt zwei – wir besorgen uns die Akten, um auch die kleinsten Details präsent zu haben. Einverstanden?" Obwohl das letzte Wort an alle gerichtet war, blickten vier Augenpaare auf Halb.

„Na gut, wenn ihr alle Schwejks Meinung teilt, dann ... ja, dann reisen wir kurz, aber heftig in die jüngere Vergangenheit. Ins Jahr 1990, genauer gesagt, in den Oktober 1990. Es war der 26. Oktober – am Nationalfeiertag wurde die erste Leiche gefunden. Ich kann mich sogar noch erinnern, wie die Tote geheißen hat: Gabriela Nagy ... sie war Mitte zwanzig. Und, wie schon erwähnt, Prostituierte. Eine ziemlich erfolgreiche, sie hat ursprünglich für die ‚Balasz-Buam‘ gearbeitet. An und für sich waren die recht solide. Deren Bordelle galten als sauber und sicher. Und ... sag einmal, Toni, warum grinst du wie ein Hutschpferd?“

„Einmal ‚Sitte‘, immer ‚Sitte‘ – Chef, so, wie du redest, kannst du beim besten Willen nicht leugnen, dass du in der Abteilung großgeworden bist. ... womit ich nicht sagen will, dass du nicht auch ein großartiger ‚Leib-und-Leben‘-Ermittler geworden bist, aber ...“

„Toni, bitte, verrenk dir beim Loben nicht deine Kiefermuskulatur. Aber – ja, im Grunde hast du schon Recht, ich hab mich dort ganz gut gemacht. Das war ja auch der Grund, warum sie mich damals zu den Mordermittlungen hinzugezogen haben. Wo war ich? Ah ja ... und weil eben die Balasz-Buam und ihre ‚Pferderln‘ großteils gute Kunden gehabt haben, hat uns der Mord überrascht. Und erst die Details! Frau Nagy ist betäubt und dann mit einer mit Parfum gefüllten gewaltigen Spritze getötet worden. Ein teures Duftwasser war das, also, ich sprech das sicher falsch aus: ‚sent-aine de plaisirs‘ hat das geheißen. So etwas Edles! Das hat zu Mord wie die Faust aufs Aug gepasst! Die Spritze war riesig – so eine, wie man sie in der Küche zum Marinieren verwendet. Aber das hat uns nicht sonderlich erschreckt. Auch nicht, dass der Täter – zumindest grobe – medizinische Kenntnisse gehabt haben musste ... die Spritze war nämlich intravenös verabreicht worden. Nein, am unheimlichsten war ein Zettel, den der Mörder mithilfe dieser dicken Injektionsnadel im Oberarm des Opfers ... wie mit einem Reißnagel auf einer Pinnwand ... fixiert hat. Und auf dem Zettel standen ganze vier Worte: ‚Der Duft eines Anfangs'. Manche haben das für kranke Poesie gehalten, andere nur für banal und pervers. Zu Letzteren habe ich gehört. Der Zettel war von einem DIN-A4-Blatt abgerissen worden, aber nicht grob, nein! Erst falten, dann mit dem Fingernagel über die Kante fahren, gegenhalten und vorsichtig abreißen – so in der Art. Die Buchstaben waren aus mehreren Tageszeitungen herausgeschnitten worden, aber weder die Papierqualität noch die Zeitungen haben uns weitergebracht. Eigentlich hat uns überhaupt rein gar nichts irgendwie weitergebracht! Dabei hat sich damals die Kriminalpsychologie gerade glänzend entwickelt, da hat's wirklich ein paar exzellente Fachleute gegeben. Sogar bei uns. Aber in dem Fall haben die uns auch nicht helfen können. Drei Wochen später quasi derselbe Mord noch einmal. Wieder eine Prostituierte, wieder die Marinier-Spritze mit demselben Parfum, wieder ein Zettel mit einer Eunuchen-Poesie."

„Wieso Eunuchen-Poesie?"

„Nach dem Motto ‚Ich will, aber kann nicht'. Und so klang auch diese pseudo-romantische Botschaft – nach einem Mörder, der sich als kleiner Trakl sah, nur leider war und blieb er ein armseliger Prostituierten-Schlächter. Anfang 1991 dann das dritte Opfer – heute würde man vielleicht von ‚Parfum-Mord reloaded' sprechen. Damals war man noch nicht ganz so zynisch. Obwohl wir von Anfang an kaum etwas an die Medien weitergegeben haben, begann uns das Ganze um die Ohren zu fliegen. Noch dazu gab es Vermutungen, dass auch in unseren – damals frisch vom Eisernen Vorhang befreiten – Nachbarländern einige Prostituierte verschwunden waren. ‚Parfum-Mörder', ‚Spritzen-Killer', das waren noch die vornehmsten Spitznamen. Die derbsten

Artikel haben vom ‚Huren-Stecher' geschrieben … und recht rasch haben sich die ärgsten Schmierfinken mit schaurigen Details überboten. Und die Zahlen wurden in schöner, wenn auch völlig unberechtigter Regelmäßigkeit nach oben lizitiert. Neun Tote, nein sechzehn oder achtzehn … dabei hätten uns die vier weiteren Opfer, deren Leichen im Lauf von einem halben Jahr gefunden wurden, wahrlich gereicht. Abgesehen davon gab es zu dieser Zeit noch einige … ich glaube, fünf vermisste Prostituierte, die möglicherweise auch von dieser Bestie getötet wurden. Fragt mich bitte nicht, warum, aber ich kann mich sogar noch an drei der Namen erinnern … Kubal, Novak und Mittenau. Unnötig zu erwähnen, dass der Täter nie gefasst wurde. Obwohl wir damals massenweise DNA-Material gesichert und – bei konkretem Verdacht – den entsprechenden Freier verhört haben, wurden letztlich keine relevanten Hinweise gefunden. Die Opfer hatten hauptsächlich Stammkunden, es gab daher so gut wie keine Übereinstimmungen zwischen den DNA-Spuren bei den verschiedenen Prostituierten. Ja, so war das damals. Und jetzt plötzlich, wie aus heiterem Himmel und ohne irgendeinen nachvollziehbaren Grund, einfach so nach zweiundzwanzig Jahren tauchen wieder zwei Frauenleichen auf, neben denen eine Spritze mit Parfum liegt … noch dazu demselben wie 1990 und 1991. Und auch die Zettelbotschaften sind wieder da. Jetzt versteht ihr, wieso ich euch aus eurer verdienten Samstagsruhe gerissen habe. Und warum ich vorhin etwas melodramatisch war – ‚Das Scheusal ist zurückgekehrt!' Aber vielleicht kriegen wir's ja diesmal."

Halb warf einen Blick in die Runde … und stellte irritiert fest, dass ihm seine Teamlinge keineswegs in stillem Beifall huldigten. Ein Schwejk'sches Grinsen, fragende Blicke von Toni und neugierig aufgerissene Augen der beiden Jüngeren, alles Anzeichen, dass noch Fragen offen waren.

„Ist noch was? Ihr seht so ... so unbefriedigt aus."

„Ja und nein. Chef" – aus dem Grinsen war ein sanft-hämisches Lächeln geworden – „du hast das natürlich raffiniert angestellt, dass du Grolf kein einziges Mal erwähnt hast. Und zweifellos war die Geschichte auch ohne ihn sehr spannend! Und ja leider wahr. Aber trotzdem hätten auch wir beiden ‚alten Hasen' ganz gerne gehört, welche Rolle Grolf gespielt hat? Denn jeder hier im Haus weiß, dass er über diesen Fall gestolpert ist. Nein, ich muss mich korrigieren, dass dieser Fall sein Waterloo war. Aber die genauen Umstände sind den meisten nicht bekannt. Und gerade die hätten wir gerne von dir erfahren. Selbstverständlich nur, wenn es dich nicht zu sehr aufregt."

„Schön, aber ... und das ist jetzt kein Witz oder irgendein Trick von mir: Ich kann euch nicht viel berichten. Denn im Frühling 1991 war ich in Wiesbaden zu einem Kurs im deutschen Bundeskriminalamt eingeladen. Ein ganzes halbes Jahr lang hat der gedauert. Ironischerweise passte das Timing hervorragend, denn als ich zurückkam, war Grolf von der hohen Politik bereits zum Abschuss durch die Medien freigegeben. Und dann hat er seinen Gegnern den letzten großen Gefallen getan, nämlich sich bei dieser legendären Pressekonferenz als Rumpelstilzchen aufzuführen. Apropos, wir haben doch heute den 7. Dezember, oder? Ja ... tatsächlich, diese Pressekonferenz muss sich dieser Tage zum zweiundzwanzigsten Mal jähren. Im Dezember 1991 überschlugen sich die Ereignisse. Anfang Dezember – das siebente Opfer wurde gefunden. Sieben, die Zahl war an sich schon bemerkenswert. Die heilige Zahl! Erst recht, wenn es sich um die siebente Tote innerhalb von etwas mehr als einem Jahr handelt. Noch dazu war dieses letzte Opfer ... also bis gestern zumindest ... war diese siebente ermordete Prostituierte noch dazu ausnehmend hübsch. Und, zum Drüberstreuen, schwanger! Und es gab Berichte, dass sie aus dem ganzen Dreck aussteigen und mit dem Vater des Kindes ein neues Leben anfangen wollte. Und siehe da – plötzlich haben auch die konservativen Blätter in den ‚Unsere Polizei ist unfähig!'-Chor eingestimmt. Mitte Dezember dann musste Grolf eben vor die Medien treten, es gab Gerüchte, dass er vom Minister persönlich dazu gezwungen worden war. Grolf, der die Medien immer schon gehasst hat! Grolf, der sich immer schon für den besten Ermittler aller Zeiten gehalten hat! ... und dann war genau dieser Mann plötzlich in Erklärungsnot. Und bei aller Kritik an den politischen Akteuren, die schlicht und einfach einen Sündenbock gebraucht haben – Grolf hatte sich über Monate erfolgreich zum Klotz, auf den jeder eindreschen durfte, hochstilisiert. Er hatte es tatsächlich nicht geschafft, einen zumindest siebenfachen Mörder zu fassen ... und das, obwohl ihm einer der größten und effektivsten Polizeiapparate zur Verfügung stand, den dieses Land je gesehen hatte. Die Stimmung war schon über Wochen aufgeheizt gewesen, natürlich haben sich vom ersten Moment der Pressekonferenz an alle auf ihn gestürzt und ihn bis aufs Blut gereizt. Aber ein Vollprofi, der Grolf eigentlich war, hätte auch einen solchen Angriff lächelnd parieren müssen. An dem Tag allerdings hat er wie ein Gehirnamputierter reagiert, er ist trotz seiner Arroganz voll auf die Beleidigungen eingestiegen. Und so hat sich das Ganze aufgeschaukelt, bis zu diesen verhängnisvollen Worten. Diesen Worten ... so etwas darf einem nicht einmal unter stärkstem Druck herausrutschen. Solche Worte sind ...“

„Chef! Bitte, jetzt sag uns endlich, was Grolf damals ...“

„Leichengeile Schweine.“

„Verena!“ – die vier Männerstimmen vibrierten vor Lachen.

„Was habt ihr denn? Ich werde doch noch unser aller Hofrat Straka zitieren dürfen. Der hat mir erst gestern davon erzählt.“

„Da werde ich wohl ein ernstes Wort mit ihm reden müssen!“ – Halb tat sich hörbar schwer, zum Ernst des Themas zurückzukehren. „Aber er hat schon Recht. Das waren die Worte, die Grolf am Ende seines Wutausbruchs den Journalisten entgegengeschleudert hat, bevor er tobend den Saal verließ. Und das waren auch seine letzten Worte als Kriminalist im Dienst, schon am nächsten Tag reichte er sein Rücktrittsgesuch ein. Das wurde zuerst angenommen, aber an seinem achtundfünfzigsten Geburtstag knapp vor Weihnachten wurde Grolf dann still und leise in Pension geschickt. ... wegen nervlicher Zerrüttung. Zugegebenermaßen war diese Diagnose auch kein fadenscheiniger Vorwand, sondern zu hundert Prozent gerechtfertigt.“

„Chef, du hast was von einem hervorragenden Timing gesagt.“

„Ah ja – eben insofern, als dass ich damals gerade aus Deutschland zurückgekehrt war. Noch dazu hatte ich diverse Spezialausbildungen beim deutschen BKA, aber auch bei unseren amerikanischen Freunden absolviert. Und um Grolfs Posten hat sich damals wirklich niemand gerissen. Also haben sie den Jüngsten und Dümmsten gefragt, der nur irgendwie in Frage kam ...

und ich Depp hab ‚ja' gesagt. Wobei, das sollte sich gar nicht als so blöd herausstellen, denn mit der armen Schwangeren endete diese Mordserie. Deshalb konnte ich mich einarbeiten, ohne von den Medien von Anfang an gleich zerzaust zu werden. Und das hat mir dann ... sag einmal, Verena, warum schaust du denn dauernd auf die Uhr?"

„Wieso nur ich? Auch der Ingeniöhr ..."

„Und auch der Toni!"

„Jaja, gleich geb ich euch Küberln und Schauferln, damit ihr euch hauen könnt. Hier geht's ja zu wie in einem Kindergarten. Also, warum diese Eile?"

„Weil ..." – bevor Verena ihre Nervosität erklären konnte, gab ihr Magen eine unmissverständliche Antwort, er knurrte erbärmlich.

„Weil du Hunger hast."

„Entschuldigung, Chef! Ich bin ja heute nicht einmal zum Frühstücken gekommen. An einem normalen Samstag würde ich genau jetzt am Esstisch sitzen und mich durch Müslis, Wurst- und Käseplatte, weiches Ei, Marmeladen und eventuell sogar Palatschinken durcharbeiten. Und danach würde ich genüsslich durch einen dieser Nobel-Supermärkte wandern, eine kurze Rast an der Essig-Regalzeile einlegen, die Aussicht auf die zahlreichen Olivenöle bewundern, mich an den klaren Quellen der Whisky-Ströme laben ..."

„Verena!"

„... den Schokoladen-Gipfel erklimmen und über einen allgemeinen Rundweg zum Ausgangspunkt dieser wunderbaren Zwei-Stunden-Tour, also zu den Kassen zurückkehren."

„Was uns die Verena sagen will" – dem Ingeniöhr war die Verzweiflung über die Fabulierlust seiner Kollegin anzusehen – „ist, dass wir eigentlich noch dringend einkaufen gehen müssten. Und die Supermärkte sperren am Samstag zwar erst um 18 Uhr zu, aber ..."

„... aber, Chef, gerade, weil wir deine Nachdenkorgien schätzen, wissen wir auch, dass, wenn du jetzt damit anfängst, wir frühestens ..."

„Chef! Die Supermärkte sperren am Samstag um 18 Uhr zu! Also bald!" Wieder einmal hatte Schwejk die Problematik in kürzester Zeit so weit zusammengefasst, dass selbst Halb nachgeben musste ... was an seinen heruntergezogenen Mundwinkeln auch zu erkennen war.

„Na gut, dann gebt euer Geld lieber für schnöden Tiefkühlfraß aus, anstatt euch von scharfen Gedanken und edlen Ermittlungsergebnissen zu ernähren. Es ist jetzt 13 Uhr, wie lange braucht ihr zum Einkaufen, das Zeug nach Hause zu verfrachten, eine Kleinigkeit zu essen und wieder herzukommen? Drei Stunden? Gut, dann sehen wir einander noch einmal um 16 Uhr hier im Büro. Keine Angst, eure diversen Abendaktivitäten müsst ihr nicht absagen. Ich glaube nicht, dass diese ... na ja, Nachdenkorgie länger als zwei Stunden dauern wird. Wobei, wenn du, Ingeniöhr, schon vor 16 Uhr im Büro sein solltest, könntest du bitte im Internet nach geheimnisvollen Zeichen suchen? Und nachdem dir ein auf einer Welle stehender Pfeil mit einem Querbalken in der Mitte aufgefallen sein wird, zaubere uns doch bitte alle Akten der damaligen Mordserie auf den Computer."

„Chef, das alles heute noch?"

„Selbstverständlich! Du weißt doch, dass wir ein Dienstleistungsunternehmen sind. Daher sind unsere Kunden Könige. Die lässt man nicht warten."

„Und wer genau sind unsere Königskunden? Die Bürgerinnen und Bürger, die in hundertprozentiger Sicherheit leben wollen?"

„Nein, mein lieber Ingeniöhr, die mein ich nicht."

„Die Toten? Vielleicht sind die Mordopfer unsere Kunden?"

Halb schüttelte den Kopf.

„Auch nicht. Es sind die Mörder! Und die, die warten am allerwenigsten."

Samstag, 7. Dezember 2013, 14 Uhr

Er drückte seine Nase an das Straßenbahnfenster. Es war nicht zu übersehen, dass Weihnachten nahte.

... und leider damit auch Grolfs Geburtstag! Halb spürte sofort neuen Ärger aufsteigen, heiß und ungesund.

Nein, nicht vor Weihnachten! Zum ersten Mal seit Jahren würde er heuer seine – ohnehin spärlichen – Weihnachtspflichtkarten nicht mit den Worten „Mit allen zu dieser Jahreszeit aus sozialen Gründen wohl unerlässlichen Wünschen!" unterzeichnen. Er würde „Frohes Fest!" schreiben ... und es sogar ernst meinen.

Flitzi! Und natürlich das Füchslein! ... sein Reserve-Opa-Dasein war ein Traum! Die Niederungen des Windelwechselns oder eines „Will-nicht"-Weinkrampfs blieben ihm erspart, er durfte sich auf die Tätigkeiten für wahrlich harte Männer besinnen ... wie spielen, vorlesen oder Geschichten erzählen.

Und Delia!

Irgendwie verhielt es sich bei ihr ähnlich – es kam ihm so vor, als ob er nur genießen durfte und kaum Pflichten zu erfüllen hatte.

Wie hatte doch der oberste Zyniker seiner Ermittlergruppe in einem versehentlich ehrlichen Moment gesagt: „Chef, du bist kein älterer Herr mehr, du bist plötzlich ein junger Hund.“

Schwejk hatte Recht gehabt.

Halbs zufriedener Seufzer hinterließ nur für einen Moment ein mattes Feld auf der Scheibe, sodass er gleich wieder das Adventtreiben beobachten konnte. Christkindlmarkt an Christkindlmarkt, strahlende Kinderaugen neben leicht getrübten Glühwein-Blicken! ... mit einem Wort, ein Paradies für Taschendiebe.

Da war er wieder, der Kriminalist in ihm. Doch bevor die beiden Seelen in Halbs Brust zu streiten beginnen konnten, erklang eine seriöse Stimme aus den Lautsprechern.

„Zentralfriedhof, drittes Tor. Wir sind am Ziel. Bitte steigen Sie aus. Auf Wiedersehen.“

Samstag, 7. Dezember 2013, 14.15 Uhr

Friedhöfe hatte er schon immer geliebt!

Besonders die in Wien. Ob der „Friedhof der Namenlosen“, der Sankt Marxer oder der Zentralfriedhof, sie alle waren für Halb fast so schön wie seine innerstädtischen Zufluchtsorte, seine Lieblings-Buchhandlungen.

... und auch fast so informativ wie diese.

Das lag sicher auch an seinem Opa, bei dem er nach dem Unfalltod seiner Eltern aufgewachsen war. Denn dieser hatte seinen elfjährigen Enkel in einer lauen Sommernacht zum aufgelassenen Friedhof am Kahlenberg mitgenommen und mit ihm die Geisterstunde bei Kakao und Keksen verbracht. „Siehst du, Bub, die Lebenden musst du fürchten, nicht die Toten.“ Halb hatte diesen Satz noch so im Ohr, als ob er ihn gestern gehört hätte.

Und plötzlich stand er davor. Schön sah er aus. Einfach, aber nicht ärmlich – und sehr gepflegt. Halb stöberte kurz in seinen Erinnerungen: ob er den Grabstein richtig beschrieben hätte? Dunkelgrau mit blitzenden Einsprengseln, am unteren Rand zwei Zeilen aus dem Vaterunser: „Und vergib uns unsere Schuld, wie auch wir vergeben unseren Schuldigern." Und links darüber ein Kreuz, rechts davon die Daten und der Name.

1966–1991, Agnieszka Larczyk. ... das letzte Opfer des Parfum-Mörders.

Zumindest das letzte der Jahre 1990 und 1991.

Zufall? Nein, es konnte kein Zufall sein, dass gerade jetzt, da der Name Gerolf Wolf nach Jahrzehnten wieder aus der Versenkung aufgetaucht war, neuerlich zwei so spezielle Frauenleichen entdeckt wurden.

Nein, kein Zufall!

Andererseits ... „Nein!" Um nicht gleich hier in einer seiner Nachdenkorgien zu versinken, ließ Halb seinen Blick und seine Gedanken schweifen. Einige der Gräber waren vorweihnachtlich geschmückt. Mit Kerzen, Blumen und ... Orchideen! Agnieszka Larczyk hatte Orchideen geliebt! Aber das hatte nur ihre engste Umgebung gewusst, diese Details waren nie zu den Medien durchgedrungen.

Warum fiel ihm das gerade jetzt ein? Orchideen? ... nein, die gab es hier nicht.

Egal! Eigentlich war er hergekommen, weil sich in seinen hintersten Hirnwindungen wieder einmal ein diffuser Gedanke breitgemacht hatte. Breit genug, um nicht übergangen, aber zu schmal, um logisch durchdacht werden zu können.

Was hatte er vorzufinden geglaubt? Oder gehofft?

Die Visitenkarte des geheimnisvollen Mannes, mit dem Frau Larczyk ein neues Leben beginnen wollte, dem Vater ihres Kindes? Der Name des Mannes, der ihnen vielleicht ein Detail hätte liefern können, das sie noch nicht kannten? ... und das es ihnen ermöglichen könnte, nach über zwanzig Jahren einen Serienmörder zu entlarven?

Wodurch sie auch eine weitere Mordserie verhindern könnten?

Nichts! Da war nichts! ... was ja auch zu erwarten gewesen war.

In Wirklichkeit hatte er nur eine Ausrede vor sich selber gebraucht, um wieder einmal zwei Stunden verschwinden und seiner Friedhofsliebe frönen zu dürfen.

Ein letzter Blick auf Larczyks Grab, dann ...

Aber ja! Genau das war's, was in ihm die unnütze Erinnerung an Larczyks Lieblingsblumen heraufgespült hatte. Und daran, dass das nie in den Zeitungen gestanden war.

Das Grab, es war gepflegt worden. Von einer Firma? Nein, eher nicht – es steckte keiner der üblichen „Gärtnerei XY"-Holzstäbe am Fußende des Grabes. Es musste aber jemand gewesen sein, der – oder die – Frau Larczyk nicht wirklich gut gekannt hatte. Denn auf dem Grabsteinsockel stand lediglich ein kleiner unscheinbarer Topf mit einem armdicken, in etwa einen Meter langen Stamm, um den sich eine zähe Kletterpflanze mit länglich-ovalen Blättern rankte. Keine bunten Blüten, keine edlen Orchideen-Formen.

Nur der Topf ... und eine Kerze. Er hätte das trübe Flackern beinahe übersehen, wenn nicht in diesem Moment ein Schatten über die Laterne geglitten wäre. Halb drehte sich um ... und blickte in den Frieden einer Dezember-Dämmerung.

„Du siehst schon Gespenster! Mein Lieber, nimm zur Kenntnis, du wirst langsam ein alter Mann!" Die Jahreszeit, der Friedhof, die Stille – die Bedingungen war auch zu gut, um nicht wieder einmal Selbstgespräche zu führen. Meistens halfen sie ihm, doch noch das entscheidende Detail zu finden, an dem er in seinen Ermittlungen ansetzen konnte. Und sanfte Selbstbeschimpfungen gehörten eben dazu.

„Ein alter Mann! Und ein zu emotioneller dazu! Ein Nikolo, der sich auf seine alten Tage noch auf Weihnachten zu freuen beginnt – das kann nicht gutgehen! Da ist es kein Wunder, wenn du Gespenster zu sehen beginnst. Pass ja auf, dass du dir nicht ..." – die Ruhe war so überwältigend, dass Halb mitten im Satz abbrach. Ein so dichter Frieden passte nicht zu einem derart lauten Vergnügen.

Da, schon wieder! Ein flüchtiger Schatten.

Halb zuckte nur mit den Schultern. Wenn ihm seine Sinne etwas vorgaukeln wollten, sollten sie. Sie würden schon wissen, warum.

Delia! Sie wäre stolz auf ihn, wenn sie von seinem „meditativen Anfall" hier wüsste. Aber andererseits ... sie musste es ja nicht erfahren, noch gefiel er sich in seiner Rolle als zynischer Weltverächter besser.

Delia – gerade, weil sie so voller Leben war, passte sie zur Friedhofsstimmung. Denn sie ...

Und noch einmal machte es in ihm „Klick"!

Delia! Natürlich, sie könnte der eine – bisher unentdeckte – rote Faden sein, an dem er seine Ermittlungen neu anknüpfen und damit die Morde vielleicht aufklären könnte.

Delia! Sie war ja nicht immer die seriöse Bankfachfrau gewesen, als die er sie vor einigen Jahren wieder getroffen hatte. Von der Zeit her konnte es hinkommen – sie war aus dem Milieu ausgestiegen, als die Mordserie geendet hatte.

Vielleicht hatte sie Agnieszka Larczyk gekannt? Von ihr etwas gewusst, das ihnen verborgen geblieben war? Er musste sie unbedingt fragen.

Gut gelaunt wandte sich Halb dem Ausgang zu, um wieder zur Gänze in die Kriminalisten-Realität zurückzukehren.

Ironischerweise ließ ihn gerade die Abkehr von der samtenen Gefühlssphäre den Schatten übersehen, der sich von einem einige Gräber entfernten Busch gelöst hatte und sich von Agnieszka Larczyks Grab stumm verabschiedete.

Samstag, 7. Dezember 2013, 15.59 Uhr

„Zinken? Wie bei einer Mistgabel?“

„Nein, Chef! Das sind Zeichen, die Verbrecher verwendet haben, um einander geheime Botschaften zu hinterlassen. Diebsgesindel, Mordbrenner, fahrendes Volk und ...“

„Ingeniöhr, das war ironisch gemeint! Abgesehen davon, bitte keine literarischen Berichte aus dem Dreißigjährigen Krieg.“ Halb starrte auf den kleinen Bildschirm, den ihm sein Internetgenie in die Hand gedrückt hatte. „Bei aller Wertschätzung deiner flotten und tollen Arbeit, aber da muss es noch eine andere Bedeutung geben. Das macht doch keinen Sinn, dass ein – offensichtlich gut bürgerliches – Mordopfer des Jahres 2013 in seinem Nacken einen Geheimcode aus früheren Jahrhunderten aufgemalt haben soll, noch dazu mit Lippenstift.“

„Chef, das stimmt so nicht ganz. Diese Zinken wirken zwar antiquiert, aber gerade in den letzten Jahren wurden sie von Kollegen wieder häufiger entdeckt."

„Bei Mordopfern?"

„Nein, eher bei Eigentumsdelikten, aber ..."

„Toni, das mag ja sein. Aber hier" – mit der Linken deutete Halb auf den Bildschirm – „und hier" – mit der Rechten fuchtelte er über seinen Nacken – „hat so etwas Urtümliches einfach nichts verloren. Ich werde diesen semi-mystischen Blödsinn erst dann glauben, wenn unser nächstes Opfer durch die heilige Lanze getötet wird. In dem Fall ..."

„... wäre das ein klarer Fall von Diebstahl." Schwejk lächelte seinen Vorgesetzten mit entwaffnender Offenheit an.

„Das verstehe ich nicht."

„Die heilige Lanze ist eines der Prunkstücke der Wiener Schatzkammer. Wenn wer damit ermordet werden sollte, müsste sie zuerst einmal gestohlen worden sein."

„Ach so, ja." Halb neigte seinen Kopf mit einem gefährlich spöttischen Lächeln. „Mir scheint, du hast dich in der Pause mit irgendeinem Zaubermittel gedopt. Vielleicht kannst du uns ja verraten, was dieses Gekricksel hier bedeuten soll? ... und bitte komm mir jetzt nicht mit Zinken oder sonstigen Hieroglyphen."

„Chef! Bitte ..." – Verena warf sich zwischen die Kontrahenten – „wir alle finden die Aussicht, dass der Parfum-Mörder zurückgekehrt sein könnte, gar nicht schön. Wir alle hätten die zwei akuten Morde lieber gestern als heute aufgeklärt. Aber wir wissen einstweilen eben zu wenig, um jetzt gleich Erfolg zu haben. Schon gar nicht an einem Samstagnachmittag."

Halb lächelte der Diplomatin in seinem Team zu, bevor er sich an Schwejk wandte.

„Entschuldige, ich scheine tatsächlich etwas gereizt zu sein. Dabei habe ich einen bemerkenswerten, geradezu tiefenentspannenden Nachmittag hinter mir. Aber es ist nicht nur mein üblicher Ehrgeiz oder mein Moralempfinden, weshalb ich diesen Täter am liebsten in den nächsten fünf Minuten überführen würde. Nein, es ..."

„Du hast Angst, Chef!" Es war hauptsächlich Tonis Vorrecht, die unbequemen Wahrheiten an- und auszusprechen. „Du hast Angst, dass schon bald ... vielleicht sogar jetzt, während wir hier reden, die nächste Frau ermordet wird. Aber warum? Ich meine, warum gerade diesmal? Es ist ja nicht unser erster Serienmord. Natürlich stehen wir wieder einmal unter besonderem Druck, aber das sind wir doch gewohnt. Also, warum diese ... Nervosität?"

Er konnte es ihnen nicht sagen.

„Ich nehme an, dass ich so hysterisch reagiere, weil ..."

Auf der Rückfahrt in die Stadt hatte ihn ein böser Gedanke überfallen. Was wäre, wenn die beiden Opfer der letzten Tage doch eine spezielle Vergangenheit gehabt hätten? Dann wäre der Parfum-Killer weiterhin bei seiner „Opfer-Kategorie" geblieben, die Ziele wären nur älter geworden. So wie der Täter auch.

Aber falls Julia Polgar und Petra Grasinger doch nicht ihr Leben lang nur die bürgerlichen Berufsträgerinnen gewesen waren, könnte der „Wieder-Mörder" weiterhin ehemalige Prostituierte im Visier haben.

Delia!

„... weil ich sofort wieder diese ganze elende ‚Gefühlsjauche' zu riechen vermeine, die uns damals zu überschwemmen drohte. Die Hysterie der Politik, die Anfeindungen der Medien, die Aggression innerhalb der Abteilung, das alles wirkt in mir offenbar noch viel stärker nach, als ich gedacht habe."

Das Schlimmste war, dass er auch Delia nichts von seinem Verdacht erzählen konnte. Verständlicherweise hatte sie mit ihrer Vergangenheit komplett gebrochen. Mehr noch – sie reagierte geradezu panisch, wenn ihre sorgfältig aufgebaute Fassade der Bankfachfrau auch nur den geringsten Kratzer zu bekommen schien. Natürlich wussten sie beide, dass sie beide „von früher" wussten, aber sie wussten noch besser, dass dieses Wissen ihr Geheimnis bleiben musste. Nur wenn sie allein waren, war es anders – zwar war ihre „fürchterliche Jugend" auch dann tabu, aber ihre Kenntnis des Milieus half Halb immer wieder, wenn er mit ihr seine Fälle besprach.

„Und dann kreuzt auch noch der Ernst mit diesem hirnrissigen Grolf-Geburtstag auf. Es ist ja nur ein blöder Zufall, dass dieser Name gerade jetzt auftaucht, aber irgendwie geht mir das an die Substanz."

Wenn er aber Delia von seinem scheußlichen Verdacht erzählen würde, gab es nur zwei Möglichkeiten ... und beide waren nicht wirklich verlockend. Entweder würde sie massiv Angst haben, oder aber er müsste sie schützen lassen. Das würde wiederum bedeuten, dass Delias Fassade nicht nur einen Riss bekäme – sie würde wie das sprichwörtliche Kartenhaus zusammenbrechen. ... und die Trümmer würden ihnen beiden um die Ohren fliegen. Nein, er musste der drohenden Gefahr anders begegnen.

„Aber egal, was der Grund war. Ihr habt Recht, ich habe vorhin überreagiert. Bitte noch einmal um Entschuldigung! So, und damit wenden wir uns wieder von meinem Seelenleben ab und der Realität zu. Lassen wir dieses seltsame Nacken-Zeichen erst einmal beiseite, ignorieren wir fürs Erste die – fast gespenstischen – Details. Konzentrieren wir uns auf die Biographien ... was wissen wir über Julia Polgar und Petra Grasinger? Sie waren ... geh, Ingeniöhr, lies bitte noch einmal vor, was sie beruflich gemacht haben."

„Moment, ich hab's gleich. Ja, hier ... Frau Polgar war die Inhaberin einer Immobilienfirma, die sich auf den Betrieb von Reitställen spezialisiert hatte. Frau Grasinger war seit zwei Jahren in Pension. Davor hat sie als Dolmetscherin bei einer internationalen Organisation gearbeitet."

„Gut. Wir wollen ja immer alles über die Opfer wissen, aber diesmal hat für uns deren Vergangenheit noch mehr Zukunft. Waren die beiden Damen immer in diesen Berufen tätig? Was haben sie früher gemacht? Wo kamen sie her? Das heißt, dass Toni und ich am Montag ..."

„Mit Verlaub, Chef, ich schon, du nicht."

„Und warum bitte ich nicht?"

„Weil Montag in einer Woche die Abgabefrist für die nationalen Kommentare zu den neuen Europol-Anti-Menschenschmuggel-Richtlinien endet. Und soweit ich weiß, bist du daher ab übermorgen in recht vielen Sitzungen."

„Die ich wegen dringender Anrufe leider frühzeitig werde verlassen müssen. Danke, Toni, dass du mich daran erinnerst. Und gleich die Bitte an dich, Ingeniöhr, mich rechtzeitig aus diesen Massenbesprechungen herauszutelefonieren. Du hast mir vor kurzem von der Möglichkeit erzählt, ein Telefonat so zu manipulieren, dass auf dem Display eine fremde Nummer aufscheint. Also, obwohl du mich von deinem Schreibtisch aus im

Sitzungssaal im ersten Stock anrufst, scheint dort auf dem Display eine Nummer aus ... na, sagen wir, London auf. Du brauchst dann nur mehr in deinem schönsten Oxford-English ‚Here is Scotland Yard speaking, could I talk to Mister Halb, please' zu sagen, und schon muss ich davonstürzen."

„Erstens – ja, das könnte ich. Zweitens – natürlich könnte ich das so sagen, ich würde es aber lieber in richtigem Oxford-English formulieren: ‚This is Scotland Yard, could I speak to Mister Halb, please.' Und drittens – Chef, sei mir bitte nicht böse, aber meinst du nicht, dass du doch eher ... na ja, schon ein wenig kindisch bist?"

„Nein, Ingeniöhr, das sehe ich nicht so! Das ist nicht ein wenig kindisch, das ist extrem kindisch! Aber das stört mich überhaupt nicht, irgendwoher muss man ja seine Abwehrmechanismen beziehen dürfen. Und da sich dieses sinnlose Sitzungstermine produzierende System für unwahrscheinlich seriös und allumfassend hält, muss man ihm mit dem krassen Gegenteil begegnen, mit anarchistischem Kindisch-Sein. ... übrigens wusste ich gar nicht, dass du dich in wahrem Englisch verständigen kannst."

„Und das bedeutet für Montagvormittag, dass ...?"

„... dass du mit dem Schwejk zusammen losziehst und ihr eruiert, ob Frau Polgar und Frau Grasinger früher einmal ..."

„... als Prostituierte gearbeitet haben könnten. Natürlich unter einem anderen Namen. Schon klar, Chef. Wobei ..."

„Ja, Toni?"

„Du warst in der letzten Zeit relativ wenig als Leiter der Ermittlergruppe und mehr als Repräsentant unterwegs und ..."

„Wühle nicht in meinen Wunden.“

„... und daher hast du es vielleicht nicht so ganz mitgekriegt, dass wir inzwischen neuen Aufgabenbereichen zugeteilt wurden. Nicht, dass wir nicht auch weiterhin schrecklich gerne ...“

„Schon verstanden! Wem gehört ihr jetzt?“

„Chef, jetzt wirst du lachen.“

„Glaub ich kaum.“

„Wir unterstützen die Kollegen von der 3-4er.“

„Menschenhandel?“

„Vor allem die 3-4-2er – die illegale Migration.“

Halb ließ es sich nicht nehmen, noch einen Moment sein grimmigstes Gesicht aufzusetzen, bevor er übergangslos in sein breitestes Lächeln wechselte.

„Das ist ja großartig! Da geht's ihr rüber zu den Kollegen vom 3-4-1er und erkundigt's euch, ob die vom ‚Menschenhandel und Prostitution‘ etwas über die beiden Damen wissen.“

Mühsam rangen sich Toni und Schwejk ein Lächeln ab.

„Ist gut. Und wenn die nichts haben, zieht unsere kleine Such-Karawane weiter. Aber da wär's schon gut, wenn wir wenigstens den Hauch einer Ahnung hätten, ob diese seltsamen Zettel-Botschaften und die Daten nicht vielleicht doch einen Bezug zu unseren aktuellen Opfern haben? Und ... bitte nicht explodieren – falls wir tatsächlich noch auf eine Idee kommen könnten, was dieses Zeichen bedeutet und warum es im Nacken von Frau Grasinger aufgemalt wurde, täten wir uns beim Stöbern in der Vergangenheit der beiden Opfer viel leichter.“

Halb seufzte genervt.

„Na gut, dann behaltet bei euren Recherchen die Bedeutung von diesem Zinken-Dings im Auge. Und ...“

„Chef, dann sollten wir sie aber kennen."

„Ja, wieso, das versteh ich jetzt nicht."

„Schau, als ich vorhin erwähnt habe, dass es sich um einen Zinken handeln könnte, wollte ich auch dessen Bedeutung vorlesen. Da hast du mich aber sofort unterbrochen. Recht rüde unterbrochen, wenn ich das anmerken darf."

„Mein lieber Ingeniöhr, darf ich dich untertänigst bitten, meine Entschuldigung zu akzeptieren?"

„Ja, okay."

„Und was sagt uns dieser Zinken?"

„Auf welcher Straße die Mordbrenner weggegangen sind. Aber! Das gilt für einen Pfeil mit drei Querstrichen. Unser Symbol hat aber nur einen Querstrich – vielleicht könnte das bedeuten, dass nur ein einzelner Mordbrenner weggegangen ist?"

„Und das soll euch helfen?" – Halbs Blick wechselte zwischen Ironie und Mitgefühl. „Mich erinnert das eher an meine Volksschulzeit. Zinken, Mordbrenner, das klingt doch wie beim Blutsbrüderschaftsschwur in der zweiten Klasse. Ich Winnetou, du Old Shatterhand. Da scheinen mir noch eher die Nachrichten auf den Papierfetzen erfolgversprechend. Hast du da schon was gefunden?"

„Leider nein. Aber ich kann mit etwas anderem aufwarten ... tamtarataaa!" – der Versuch, eine Fanfare nachzuahmen, misslang dem Ingeniöhr vollkommen, aber angesichts seiner Begeisterung schluckten Verena, Toni, Schwejk und sogar Halb ihre bissigen Kommentare hinunter und nahmen mit neutralen Mienen die Tablets in die Hand, die ihnen entgegengehalten wurden.

„Ich habe die alten Akten gefunden! ... also die Akten der Mordserie von 1990 und 1991. Die wurden tatsächlich schon digitalisiert, allerdings waren sie in den tiefsten Tiefen unseres Systems verborgen, fast so, als hätte sie jemand im hintersten unserer endlosen Archiv-Regale versteckt."

„Umso mehr lobpreisen wir dich. Nein, im Ernst – ausgezeichnete Arbeit. Und ..."

„Nein, gelesen habe ich sie noch nicht."

„Das habe ich auch nicht erwartet. Nein, was ich wissen wollte – bitte, wie blättere ich in so einem elektronischen Ding um?"

Da Verena neben ihrem Chef saß, übernahm sie die Rolle der digitalen Nanny.

„Hier drehst du on und off. Und wenn du da drauftippst, kommst du in den Dokumente-Ordner. Dasselbe noch einmal, schon hast du die Akten geöffnet, zum Weiterblättern wischst du einfach ..."

„Das sind wie viel Seiten?"

„Insgesamt einige hundert."

„Die werden wir jetzt sicher nicht lesen! In Anbetracht des fortgeschrittenen Samstagnachmittags schlage ich euch zweierlei vor: Wir gehen in die ‚Bonadolce' – oder wollt ihr lieber in eine andere Konditorei?" – die „Bonadolce"-Rufe zeigten Halb deutlich, dass er soeben vielleicht nicht die beste, aber jedenfalls die breitenwirksamste Idee des Tages gehabt hatte. „Und während ihr Kaffee und Kuchen genießt ... worauf ihr selbstverständlich eingeladen seid, werde ich euch eine Kurzversion der Akten bieten. Einverstanden?"

Samstag, 7. Dezember 2013, 16.30 Uhr

„Wie war das möglich, dass euch dieser Parcher entkommen ist? Bei dem Fahndungsaufwand? Und danke, es war köstlich" – Verena tupfte sich mit spitzen Fingern die allerletzten Malakofftorten-Spuren aus den Mundwinkeln.

„Wie gesagt, ich hab das damals recht bald nur mehr aus der Ferne mitbekommen, weil ich einige Zeit in Wiesbaden und dann noch in Amerika verbracht habe. Aber ich bin mir nach wie vor sicher, der schlimmste Fehler war, diesen Parcher zu unterschätzen."

„Wieso? Für die Fahndung ist doch damals wirklich alles mobilisiert worden, was möglich war."

„Ja, schon, aber das war ein Instrumentarium, das der Parcher gekannt hat. Es hat damit angefangen, dass Grolf schon nach dem dritten Mord überzeugt war, dass nur Parcher der Täter sein konnte."

„Warum?"

„Er war einer der ‚Jungstars' in der damaligen Zuhälterszene. Das waren nicht mehr die aggressiven Affen früherer Zeiten, das waren teilweise ziemlich smarte Typen, die eher zum Taschenrechner als zum Schlagring gegriffen haben. Versteht's mich nicht falsch, die konnten genauso brutal sein wie die Generation davor. Aber die Vorgehensweise war eine andere. Die haben keine Kiefer mehr zertrümmert, keine Gesichter zerschnitten – also wenn, dann haben die das machen lassen und sich nicht selber die Hände schmutzig gemacht. Aber auch das kam eher selten vor, die damaligen Newcomer haben mit Psychotricks gearbeitet. Bis hin zum Psychoterror – das war eher deren Masche, um zum Beispiel rebellische ‚Pferderln' wieder gefügig zu machen. Und dieser Parcher, der war einer von denen, die das am besten beherrscht haben. Aber das hat der Grolf nicht begriffen. Oder nicht begreifen wollen, weil das nicht mehr seine Zeit war. Und eben deshalb hat er auch geglaubt, dass er in Parcher einen der üblichen Gegner habe. Zum Beispiel die erste Vernehmung, das werd ich nie vergessen. Auf der einen Seite Grolf, am Höhepunkt seiner Karriere – er hatte einige der brutalsten, aber auch der kompliziertesten Fälle der vergangenen Jahre aufgeklärt. Er war ein Popstar der Kriminalistik. Und er war glänzend vernetzt, ganz besonders im Osten, hinter dem Eisernen Vorhang. Ich kann mich an einen Fall erinnern, da hätten die ... ich glaub, es waren belgische Kollegen, die hätten von den tschechoslowakischen Behörden recht heikle Informationen gebraucht. Da war nichts zu machen! Aber dann war Grolf wieder einmal bei einer seiner häufigen Ost-Visiten in Prag ... und schon hatten wir das Dankschreiben aus Brüssel am Schreibtisch. Ja, damals war Grolf der Hitparadenstürmer im Polizeidienst. Und dann die ersten drei Parfum-Morde. Zwei der Opfer hatten für Johannes Parcher gearbeitet, wollten aber zu wem anderen wechseln. Und das erste wollte er angeblich von den damaligen ‚Arbeitgebern' abwerben. Außerdem war Parcher Monate zuvor mit einem Kofferraum voller Narkotika erwischt worden. Und da alle drei Opfer mit genau so einer Substanz betäubt und erst dann mit der Parfum-Injektion ermordet worden waren, vertrat Grolf die Meinung, dass die Beweise eindeutig gewesen seien. Die Vernehmung hat wie ein ungleicher Boxkampf begonnen. In der Siegerecke Grolf, in der ‚Vier V'-Ecke Parcher."

„Chef, bitte nimm Rücksicht auf einfache Menschen wie uns, was ist eine ‚Vier V'-Ecke?"

„Die Ecke, in welcher der Vermeintliche-von-vornherein-Verlierer' sitzt. Die Prügelecke, die Blutspuckecke, die ..."

„Danke, Chef, wir haben's verstanden."

„... und dann ist der Kampf losgegangen. Grolf hat sich gleich zu Beginn eine Bosheit einfallen lassen, mit der er den ersten Tiefschlag landen wollte. Der Parcher hatte nämlich eine besondere Neigung, ein Markenzeichen, das irgendwie nicht zu seiner smart-intellektuellen Art gepasst hat. Er liebte Westernstiefel. Meistens hat er die mit einem Maßanzug kombiniert, was verständlicherweise noch auffälliger war. Ich glaub ja, dass er das ganz gezielt eingesetzt hat ... wie gesagt, der war ja nicht blöd. Solche Edel-Treter sehen verwegen und teuer aus, außerdem lässt sich damit ganz wunderbar Gewaltbereitschaft andeuten – man kann mit so einem Absatz zum Beispiel extralässig Zigaretten austreten und signalisieren, wie leicht das auch einem Gegner passieren könnte. Oder man hebt die Stiefelspitze ein wenig und deutet einen Tritt an. Und schon wird ein unwilliger Freier bereitwilligst zahlen.

Was machte Grolf? Er kam in den Vernehmungsraum, grinste dämonisch und begann mit den Worten: ‚Herr Parcher ... oder darf ich Sie Spitzhuf-Johnny nennen? Ich finde, das passt zu Ihnen. Das klingt so verwegen ... also zumindest in den Ohren von Feiglingen, die sich ihre Männlichkeit dadurch beweisen müssen, dass sie Frauen auf den Strich schicken.‘ Mir war schon klar, dass der Grolf ihn von Anfang an mit den hirnlosen Schlägertypen auf eine Stufe stellen wollte. Und ihn damit nach Strich und Faden provozieren wollte. Aber der Schuss ist gewaltig nach hinten losgegangen. Der Parcher hat höflich gelächelt, dann eine Verbeugung angedeutet und in herrlich bescheidenem Tonfall geantwortet: ‚Herr Hofrat, aus Ihrem Mund klingt jede Bezeichnung wie ein Kompliment. Spitzhuf-Johnny – ich werde Ihre Wortschöpfung wie einen Ritterschlag tragen und in Ehren halten.‘ Die Antwort hab ich mir wörtlich gemerkt! Kein Wunder – spätestens ab diesem Moment waren die beiden Todfeinde. Dabei hätt ich dem Grolf sagen können, dass man den Parcher keine Sekunde unterschätzen darf. Ich hatte den schon ein paar Monate vorher bei der ‚Sitte' kennengelernt, der Knabe war einfach brillant. Der hat ja nicht umsonst maturiert gehabt. Und angeblich ... bitte, ich weiß nicht, ob das stimmt, was manche ‚Bordsteinschwalben' so gezwitschert haben, aber angeblich hat der Parcher sogar zwei, drei Semester studiert."

„Betriebswirtschaftslehre?"

„Nein, interessanterweise Altgriechisch und Latein. Also, laut den Gerüchten. Aber das alles war dem Grolf in seiner Selbstsicherheit – um nicht das hässliche Wort ‚Größenwahn' zu verwenden – völlig egal, der hat geglaubt, er kann über diesen Protz-Stiefel-Zuhälter einfach so drüberfahren. Wie man sich doch irren kann. Der Parcher hatte natürlich für jede Tatzeit mehrere Zeugen, die Stein und Bein geschworen haben, dass er ganz woanders gewesen sei. Wobei, eines dieser Alibis schien tatsächlich sauber zu sein. Beim dritten Mord, da saß er angeblich im Wartebereich eines Wiener Spitals."

„Unfallstation?"

„Nein, vor der Gynäkologie. Leider hatten die noch keine Videoüberwachung, weshalb wir das glauben konnten oder nicht. Wir haben das deshalb auch nicht weiter verfolgt. Andererseits hab ich mir damals gedacht, das klingt so skurril, dass es vielleicht schon wieder wahr ist. Erst recht in dieser Branche – wer erfindet die gynäkologische Station als Entschuldigung? Wenn das bekannt geworden wäre, wäre der Parcher die absolute Lachnummer gewesen. Aber ... wie auch immer – der Grolf konnte ihm nullkommanix nachweisen und musste ihn gehen lassen. Und als der vierte Mord geschah, wollten wir Spitzhuf-Johnny natürlich wieder vernehmen, aber da war er schon wie vom Erdboden verschluckt. Wenn er tatsächlich der Parfum-Killer war, dann hat er noch mindestens vier, vermutlich sogar noch neun Mal gemordet. Das weiß man bis heute nicht so genau, weil einige der Toten dürften nicht gefunden worden sein. Es gab ein schauriges Beispiel ... und zwar die Ermordete Nummer sechs. An ihren Namen kann ich mich sogar noch heute erinnern, weil ... ja, warum eigentlich? Ah so, ja, wegen des ungewöhnlichen Zettel-Textes. Da stand nicht ‚Luft' oder ‚Duft', sondern ‚ein letzter Atemhauch'. Das war merkwürdig. Wie auch immer, ihre Leiche wurde erst ..."

„Chef! Bitte spann uns nicht auf die Folter!"

„Oder ... falls das eine schlichte Gedankenflucht war, dann kehr bitte zurück."

„Was meint ihr?" Halbs konsternierter Blick sprach Bände, er hatte keine Ahnung, was ihm seine Teamlinge sagen wollten.

„Ihr Name! Wie hat diese arme Frau geheißen?"

„Ach Gott ... ja, also ... wie gesagt, ich kann mich sogar heute noch daran erinnern. Glaub ich zumindest. Doch! Ja! Pawlak, Carmen Pawlak!" Erleichtert nahm Halb seinen blutroten Faden wieder auf. „Ihre Leiche wurde erst Ende Dezember 1991, einige Zeit nach Grolfs legendär-fataler Pressekonferenz entdeckt. ... also auch erst nach Agnieszka Larczyk, dem siebenten Opfer, das endgültig mediale Empörung ausgelöst hatte. Wobei die Nummerierung der Morde der Gerichtsmedizin zu verdanken war – die haben festgestellt, dass Pawlak einige Zeit vor Larczyk getötet worden sein musste."

„Aber natürlich habt ihr bereits nach dem vierten Mord eine der größten Fahndungen in der Zweiten Republik ausgelöst, richtig?"

„Soviel ich weiß, ja – die Wiener Kollegen haben das ganz große Programm in Bewegung gesetzt. Und trotzdem gab es nicht den geringsten Erfolg."

„Und heute? Sollten wir nicht auch heute wieder nach Parcher fahnden?"

„Toni, ich bitte dich – weshalb? In Wirklichkeit fehlten uns auch damals die schlüssigen Beweise für Parchers Täterschaft. Und heute soll ich nach ihm fahnden lassen, nur weil wieder Morde geschehen, die offenbar die damaligen Verbrechen kopieren? Ansonsten haben wir ja nichts in der Hand! Tatsache ist, dass wir einstweilen keinerlei fremde Spuren in den Wohnungen der Opfer gefunden haben. Geschweige denn Parchers Spuren."

„Chef, ich hätt eine komische Frage."

„Für die bist du doch berühmt, Schwejk."

„Oh, danke. Sag, wieso hast du gerade von den ‚Wiener Kollegen' gesprochen? Weil du damals bereits im Ausland warst?"

„Genau. Das war die Zeit, in der ich ziemlich kurzfristig nach Wiesbaden gehen durfte und ..."

„Durfte oder musste?"

„Nein, schon eindeutig ‚durfte'. Ich hab die Zeit durchaus genossen, allein schon wegen der neuen Techniken, die ich dort kennengelernt habe. Die in Deutschland ... und die Amerikaner sowieso ... haben zu der Zeit bereits mit Methoden gearbeitet, von denen wir nur träumen konnten. Heute ist das anders – jetzt sind wir alle circa auf demselben Wissensstand."

„Wir Armen!"

„Schwejk, schweig! Und sei schön brav, weil sonst benehme ich mich gleich wie der böse graue Grolf."

„Und wir sind die sieben Geiseln?"

„Ja, aber nicht die vom Grolf, ihr seid höchstens in der Gewalt des bösartigen Blutzuckers. Zumindest, wenn ihr weiterhin so eifrig Torten futtert. Apropos Grolf – dass ich von ihm, und er von mir, eine mehrmonatige Auszeit nehmen durfte, war auch kein Nachteil."

„Und hast du von Wiesbaden aus überhaupt noch etwas von hier mitbekommen?"

„Oh ja, die Schlagzeilen waren so laut, die konnte man fast um die ganze Welt hören. Abgesehen davon gab es natürlich einige extrafreundliche Kollegen, die sich mit großen Augen darüber besorgt zeigten, dass wir ‚Ösis' es offenbar mit besonders genialen Serienmördern zu tun haben. Weil sonst hätten wir den doch längst verhaften müssen."

„Womit sie ja gar nicht so unrecht gehabt haben dürften."

„Na ja, schon. Aber andererseits wussten gerade diese ‚lieben Kollegen' sehr gut, dass auch die beste Fahndung nichts nützt, wenn jemand verschwindet, noch bevor er gesucht wird. Und wenn er dann noch dazu auf jegliche Kommunikationsmittel verzichtet und alle Kontakte abbricht, kann man ihn nur mehr per Zufall aufspüren. Diese bittere Erfahrung hat dann auch Grolf machen müssen. Noch dazu hatte er sich über Jahre redlichst zahlreiche Feinde erarbeitet. Und die haben natürlich ihre Chance gewittert, ihn ein für alle Mal loszuwerden. Der Druck stieg ... und dann die Krönung. Gerolf Wolf in seiner großen, seiner finalen Rolle als dünnhäutiger Medien-Berserker ... leichengeile Schweine." Halb starrte auf den Boden seiner Teetasse, als ob er in den dunklen Überresten die Zukunft hätte lesen können. „Und für diesen Menschen soll ich jetzt eine feudale Geburtstagsfeier organisieren? Ehrlich, wenn ich euch ..." – mit einem Ruck riss sich Halb von seinen Teetassenboden-Visionen los und wandte sich seinen Teamlingen zu – „... und die zwei neuen Leichen nicht hätte, dann wäre das alles noch viel trostloser. Also kehren wir aus der Vergangenheit zurück und wenden uns den aktuellen Opfern zu. Was fällt uns sonst noch ein? ... abgesehen von dem Nacken-Runen-Zinken."

„Na ja ..." – „Also vielleicht ..." – „Wenn wir nur wüssten, ob ..." – der schläfrige Tonfall Verenas, Tonis und des Ingeniöhrs ließ Halb daran zweifeln, ob seine süßen Motivationsversuche eine gute Idee gewesen waren.

„Also, ich glaube, die wichtigste Frage ist, was die beiden Opfer verbunden hat" – Schwejks Torte schien den geringsten Ermüdungsgehalt gehabt zu haben.

„Trefflich formuliert! Und deshalb werden Toni und du Montagmittag losziehen, um mögliche verborgene Vergangenheiten von Frau Polgar und Frau Grasinger zutage zu befördern. Und Verena und der Ingeniöhr werden sich mit der aktuell einzigen interessanten Gemeinsamkeit der beiden toten Frauen beschäftigen."

„Die da wäre?"

„Das Parfum! ‚Sent-aine de plaisirs' ist schon lange nicht mehr am Markt. Woher hatte es der Mörder?"

„Vielleicht hat er sich das gar nicht erst besorgen müssen, vielleicht hat er daheim noch Massen von diesen Duftflaschen herumstehen."

„Schon möglich, aber es ist trotzdem besser, wenn ihr zuerst allen möglichen Spuren – Restbestände, Internet – nachgeht. Auf jeden Fall wird das ein spannender Nachmittag ... oder seid ihr an andere Abteilungen ausgeliehen?"

„Na ja, schon, aber ..." – an ihrem Grinsen konnte Halb erkennen, dass die beiden Jüngeren etwas im

Schilde führten – „wenn du bestätigst, dass du unsere Mithilfe dringend benötigst, dann ...“

„... dann sind wir natürlich jederzeit bereit, auf unsere derzeitige, unglaublich aufregende Tätigkeit im Archiv zu verzichten.“

„Ihr seid im Archiv? Nein, das kann ich nicht verantworten, euch von dieser zentralen Abteilung abzuziehen, die das Rückgrat der kompletten Polizeiarbeit bil...“

„Chef!“ – der einmütige Aufschrei schreckte noch drei Tische weiter zwei ältere Damen aus ihrer gepflegten Unterhaltung auf.

Halb warf ihnen ein beruhigendes Lächeln zu.

„Mein Gott, die Jugend heut ist halt immer so laut. Aber das kann man ja verstehen, immerhin jagen wir gerade einen Frauen-Serienmörder.“

„Zahlen bitte!“ – er hatte sie richtig eingeschätzt, die beiden winkten mit ihren Geldbörsen den Kellner binnen Sekunden herbei.

Halb nützte die Chance auf einen eleganten Abgang.

„Geh, wo Sie schon da sind – Herr Ober, bitte gleich auch um unsere Rechnung. Alles zusammen.“

Samstag, 7. Dezember 2013, 19 Uhr

Halb räkelte sich auf seiner Couch und versuchte, sein schlechtes Gewissen zu beruhigen. Es gelang ihm recht gut – nur bisweilen durchzuckten ihn mahnende Gedanken. Da Delia bis morgen auf einem Seminar war, hatte er sich strikt vorgenommen, bis zu seiner Klavierstunde um acht Uhr abends zu üben.

... das würde er auch gleich tun! Gleich ... nur noch ein paar Minuten.

Carl Czerny ... Schule der Geläufigkeit ... Pralltriller ... Beethoven-Sonaten – er musste Frau Korber nach der „Pathétique“ fragen.

Halb merkte, dass er zwar schallend lachte, aber keinen Laut hörte. Es bereitete ihm immer noch Vergnügen, sich an das „ernste Gespräch“ zu erinnern, um das ihn Frau Korber vor ihrem Einzug gebeten hatte. Ob er Musik mögen würde? Auch echte ... nicht die aus der Konserve? Am Ende vielleicht sogar Klaviermusik? Als er alle Antwort-Hürden mit einem ahnungslosen „Ja“ genommen hatte, rückte sie erleichtert mit ihrer Bitte heraus. Trotz ihrer zwei entzückenden „Rund-um-die-Uhr-Beschäftigungen“ wollte sie wieder als Klavierlehrerin arbeiten. Ihr Stutzflügel würde nicht allzu laut sein und ...

Gerne! Allerdings nur unter der Bedingung, dass er einer ihrer Schüler sein könne. ... selbstverständlich zum vollen Tarif.

Halb spürte seine heißen Ohren und kalten Finger, nach Jahrzehnten hatte er wieder Achtelnoten gezählt. Und dann umfloss ihn ein warmer Glanz, ein klarer Klang durchdrang die süßliche Lieder-Dichte – er hatte sich insgeheim vorgenommen, Delia mit einer Kinder-Kurzversion von Bachs „Jauchzet, frohlocket“ zu überraschen. Zumindest die ersten Takte des Choreinsatzes. Beidhändig! Und es funktionierte ganz prächtig.

Halb sah auf seine Hände, irgendetwas konnte nicht stimmen, da er mit drei Händen und insgesamt dreiundzwanzig Fingern Johann Sebastian Bachs Akkorde zu himmlischen Tönen formte.

„Herr Hofrat!“ – Maria Korber klopfte voller Sorge an die Wohnungstür. Ihr willigster, wenn auch übungsärmster Schüler hatte noch nie eine Stunde versäumt.

„Herr Hofrat!“ – hoffentlich war ihm nichts passiert. Gerade in letzter Zeit hatte er eindeutig zu viel gegessen ... und zu fett. Und der Stress wurde auch immer schlimmer. Bei einem Mann seines Alters keine gesunde Mischung.

Frau Korber zückte ihr „Hofratsetui“, gleich nach ihrem Einzug hatten sie die Schlüssel ausgetauscht. Für den Notfall ... ein Rohrbruch kam leider öfter vor. Hoffentlich nicht auch ein Herzinfarkt.

Als Frau Korber die Wohnung betrat, sank ihr Puls sogleich auf sein normales Niveau. Schon im Vorzimmer hörte sie, dass sie sich keine Sorgen machen musste. Wobei, vielleicht war ein derart lautes Schnarchen auch nicht so richtig gesund. Aber das würde sie beim nächsten Familienessen einfach ganz diplomatisch zur Sprache bringen.

Sonntag, 8. Dezember 2013, 10 Uhr

„Klopf, klopf, guten Morgen! Und gleich meine Bitte um Entschuldigung wegen gestern Abend. Ich gestehe offen, ich bin bei einem tragischen und fürchterlich hektischen Einsatz hängen geblieben. Und wie ich dann zum Handy greifen wollte, war der Akku leer. Ich zahle natürlich für mein Fortbleiben, immerhin hatten sie dadurch einen Verdienstentgang und ...“

„Guten Morgen, Herr Hofrat! Und natürlich ist so eine Fehlstunde kostenlos. Erst recht, wo Sie doch für unser aller Sicherheit im Einsatz waren.“ Beiden Korbers gelang es, ein neutrales freundliches Sonntagsfrühstücks-Gesicht zu machen. Bis ...

„Onkel Luzi, also ich geh nicht gern so früh schla...“

„Da, Flitzi, du wolltest doch noch ein ..." – gnadenlos stopfte Vater Korber seinem Älteren ein Stück Honigbrot in den Mund.

„Herr Hofrat, wollen Sie nicht mit uns essen? Also, wenn Sie dieser besondere Mehrklang nicht stört." Maria Korber hatte ihre Stimme erhoben, um trotz der Proteste Flitzis und des Krähens ihres Halbjährigen verstanden zu werden.

„Danke für die Einladung, aber nein!" Halb bahnte sich zwischen herumliegenden Spielsachen und mehreren Kleinkinder-Aufbewahrungsmöbelstücken den Weg zum Ohr der immer noch erstaunlich ruhigen Mutter. „Ich habe mich schon die ganze Woche auf dieses Ritual gefreut. ... ich geh nämlich ab und zu in mein Lieblingskaffeehaus frühstücken. So wie heute eben! Wiedersehen!"

Erst auf der Straße erlaubte sich Halb ein Schmunzeln. Armer Flitzi! Hoffentlich hatte er auch wirklich ein Honigbrot wollen.

Sonntag, 8. Dezember 2013, 10.45 Uhr

„Herr Franz, wie kann ich Sie an einem so wunderbaren Sonntagmorgen am ehesten aufheitern? Oder wissen Sie was, bringen Sie mir lieber gleich ein Glas Wasser und das Beschwerdebuch!"

„Herr Hofrat, Sie müssen mich nicht gleich beim Hereinkommen beleidigen. Es genügt fürs Erste, wenn Sie sich hinsetzen und so tun, als ob Ihnen unsere Speisekarte neu wäre. Wenn Sie dann einen ihrer üblichen Kommentare loslassen, bin ich zumindest innerlich gewappnet und ..."

„Bitte das große Frühstück. Aber das ganz große. Quasi das ganze Halb-Frühstück."

„Also, zu Beginn einmal das Ham and Eggs mit dem fetten Speck, Weißbrot, doppelte Butter und nur ein kleines Glas Orangensaft. Weil der könnt ja – Gott behüt! – zu gesund sein."

„Genau! Und jetzt huschen Sie hurtig, sonst lass ich Sie wegen Widerstands gegen die Staatsgewalt verhaften." Mit einem wohligen Seufzer ließ sich Halb in die viel zu weichen Rückenpölster sinken. Er liebte die mehr oder minder subtilen Beleidigungen, die nur wenigen Stammgästen vorbehalten waren. Es war ein ungemütlicher Gedanke, dass der Herr Franz seine Drohung wahrmachen und als Pensionist, der er seit Jahren war, daheim bleiben könnte. Oder auf Mallorca überwintern würde. Trotz der hohen Innentemperatur fröstelte Halb bei diesem Szenario, das durfte einfach nicht geschehen. Nein, er würde das Seine dazutun, um den Herrn Franz noch enger an dessen Lebensstätte zu binden ... ja, er würde sich noch häufiger und noch charmanter über ihn lustig machen.

„Bitte sehr, Herr Hofrat, als erste Vorspeis' die Haferflocken ... oder wie man diese Cholesterinbombe mit drei Eiern nennt."

Bei den Silben „Ha-fer" war Halb beinahe kollabiert, aber der Anblick der gelben Rundungen über den fetten Speckstreifen ließ sein Herz vor Freude, und nicht aufgrund von Gefäßverengungen, höher schlagen. Vorsichtig zerteilte Halb das erste Spiegelei, schnitt ein kleines Stück Speck ab und ...

„Schmeckt's, Trüffelschnecke? Bei dem Anblick wird einem zwar gleich schlecht, aber ich würde mich trotzdem gerne zu dir setzen. Ich darf doch."

Halb starrte die Gestalt vor sich wie einen Geist an.

Das konnte doch nicht er sein!

Andererseits hatte ihn kein anderer jemals „Trüffelschnecke“ genannt.

Also doch? Dieses gebrechliche Männlein?

„Grolf?“

„Und ich dachte schon, du hättest dich an dieser Dreckskost verschluckt.“

„Nein, es ist nur ... also, dein Besuch kommt etwas überraschend.“

„Mein Besuch! Na ja, in deinen Ausdrucksformen warst du ja schon immer sehr edel.“ Grolfs linke Hand schoss über die Tischplatte und umklammerte Halbs rechtes Handgelenk. „Hör mir gut zu, das hier ist kein Besuch! Es ist eine Dienstbesprechung, die einzig und allein dazu dient, dir zu helfen.“

„Mir ... bitte was?“ Halb war zu verblüfft, um sich über den anmaßenden Tonfall seines ehemaligen Vorgesetzten zu ärgern.

„Du bist doch beauftragt worden, die Feier anlässlich meines achtzigsten Geburtstags zu organisieren. Eine schöne Feier. Eine große Feier. Und ich bin mir absolut sicher, dass du keine Ahnung hast, was ihr mir schenken könntet. Und jetzt kommt meine Hilfe – ich sag dir nämlich, was ich von euch will! Und das Beste dabei ist, dass es euch keinen Cent kostet. Und dass dich daher alle deine übergeordneten Budget-Idioten lieben werden.“

Eine sanfte Bewegung genügte, um Grolfs Klammergriff abzuschütteln. Betont langsam führte Halb die Gabel zum Mund, kaute lange und schluckte demonstrativ hinunter, bevor er Grolf eine nächste gehässige Tirade erlaubte.

„Und zwar?“

„Ich glaub ja nicht, dass ihr Spitzhuf-Johnny jemals schnappen werdet, auch nicht, wenn er euch bei seinen jetzigen Morden massenhaft neue Spuren hinterlassen sollte. Aber falls ihr ihn doch aufspürt, dann ...“ – es war ein seltsames Pfeifen, das Grolfs Giftstrom unterbrach. Als er seinen klapprigen Brustkorb wieder mit genug Luft gefüllt hatte, keuchte er endlich seinen Wunsch heraus – „... dann werdet ihr ihn erst nach meinem Geburtstag, nach meiner großen Feier, festnehmen. Hast du das verstanden? Und selbst wenn diese Parfum-Bestie bis dahin noch zehn Frauen umbringen und hunderte Visitkarten hinterlassen sollte, ihr dürft diesen Mann auf keinen Fall vor meinem Achtziger verhaften! Ich habe es vor zweiundzwanzig Jahren nicht geschafft, also darf es euch auch heute nicht gelingen! Zumindest nicht bis zum 20. Dezember, verstanden!“

Die letzten Worte hatte Grolf beinahe geschrien – und sich damit offenbar übernommen. Er schien vor lauter Pfeifen gar keine Luft mehr zu bekommen und sank seitlich auf die Bank. Doch als sich Halb aus seiner bequemen Sitzposition herausmanövriert hatte und auf die andere Seite des Tisches gesprungen war, begann sich Grolf bereits wieder aufzusetzen. Vorsichtig schielte Halb in Richtung der Küche. Er hoffte inständig, dass der zweite Gang serviert würde und ihm die Gelegenheit böte, seinen ungeliebten Ex-Chef halbwegs elegant zum Gehen zu bewegen. Aber offenbar hatte Grolfs „leises Schreien“ die Kellner bewogen, die beiden vermeintlichen Streithähne in Ruhe zu lassen.

„Woher weißt du von der neuen Mordserie? Hat dir das der Ernst verraten? ... weil einer aus meinem Team war es sicher nicht. Und es würde mich wundern, wenn Stallner ...“

„Vergiss nicht, wer ich einmal war ... und immer noch bin. Zumindest dann, wenn mein verdammter Körper mich nicht gerade im Stich lässt.“

Grolf befiel ein trockener Husten, sein Brustkorb begann sich immer schneller zu heben und zu senken.

„Bitte nicht hier sterben!“ – Halb schämte sich einen Moment für seinen Gedanken, dann zwang er sich zu einem Ablenkungsmanöver. „Da wir gerade so friedlich nebeneinander sitzen ...“ – er hatte es geschafft, Grolf hörte zu husten auf – „... nütze ich die Gelegenheit, dir eine Frage zu stellen, die ich dir immer schon ...“

„Trüffelschnecke, keine Schachtelsätze! Kurz – ich hab keine Zeit mehr!“

„Wieso nur Spitzhuf-Johnny? Warum hast du damals schon nach kurzer Zeit nur mehr gegen ihn ermittelt? Weil ihr euch von vornherein todfeindlich gesinnt wart? Seit dieser ersten Vernehmung?“

Gerolf Wolf machte eine Handbewegung, die zwischen Verachtung und Verzweiflung hin- und herschwankte.

„Er war es! Vielleicht haben auch persönliche Gründe eine Rolle gespielt, aber ich habe mich vor allem an die Indizien gehalten. Abgesehen davon, du weißt, dass ich deshalb zur Legende wurde, weil ich immer schon den besten Riecher hatte. Ich musste mich nur mit einem Verdächtigen unterhalten, und schon wusste ich, ob derjenige schuldig war oder nicht ... dabei hatten wir manchmal noch nicht einmal alle seine Verbrechen aufgedeckt! Nenne es, wie du willst – Intuition, eine Gabe, einen Fluch. Auf jeden Fall sehe ich in das Innere von Menschen. Und ich habe mich nie geirrt.“

„Bitte sehr, das Butterkipferl für den Herrn Hofrat. Und das Ham and Eggs werden wir noch einmal wärmen, wenn’s recht ist. Für den anderen Herrn vielleicht auch etwas?" – Herr Franzens fürsorglicher Tonfall verblüffte Halb so sehr, dass er nur „Danke. Ja. Doch. Melange?" herausbrachte.

„Trüffelschnecke, noch kann ich für mich selber antworten. Keine Melange, sondern einen Großen Schwarzen. Extrastark, weil bei mir ist das auch schon egal."

Obwohl es Halb seinen geliebten Sonntagsfrühstücksappetit verschlagen hatte, biss er mit einem „Na dann" in sein Butterkipferl, als wäre er am Verhungern. Hauptsache, er hatte einen Grund, um nicht mit Grolf reden oder gar plaudern zu müssen.

„Also wie gesagt, Trüffelschnecke, nicht vor meinem achtzigsten Geburtstag! Aber danach ... findet dieses Schwein! Am besten, ihr schießt den räudigen Hund gleich bei der Verhaftung über den Haufen. Wobei – vermutlich leidet er mehr, wenn er den Rest seines Lebens in Haft sitzt. Hörst du, ihr müsst ihn schon kriegen, aber erst danach ..."

„Ein Großer Schwarzer extrastark. Bitte sehr. Und für den Herrn Hofrat die Käse-Wurst-Platte. Wollten Sie diesmal Vollkornbrot dazu?"

Halb war zu dankbar für diese weitere „Voller-Mund-Möglichkeit", um auf die boshafte Anspielung einzusteigen. Auch Grolf war mit seinem Kaffee beschäftigt und nicht mehr in der Lage, weiterhin Gift vor sich hinzuspeien.

Gerade, als sich wieder der Hauch eines sonntäglichen Frühstücksfriedens breitmachte, begann erneut der Husten. Zuerst nur unauffällig erreichte er rasch die Qualität eines veritablen Erstickungsanfalls. Noch während Halb zu seinem Telefon griff, tat Grolf einen tiefen Atemzug und rutschte von der Bank auf den Boden.

Sonntag, 8. Dezember 2013, 11.30 Uhr

„Trüffelschnecke, lass die Kaffeetasse untersuchen, da ist Gift drin! Garantiert! Mir geht's zwar im Moment nicht so gut, aber so schlecht ... es muss Gift gewesen sein! ... das war auch der Parcher. Der hat das in meinen Kaffee hineingeleert. In der Küche! Unbemerkt. Der will noch das letzte große Duell mit mir gewinnen. Das letzte, bevor ich abtrete. Deshalb auch die Morde ... die Morde der letzten ... und jetzt ... will er ... auch mich."

Endlich begann das Beruhigungsmittel zu wirken, das Grolf gleich nach dem Eintreffen der Rettung gespritzt worden war.

„Herr Doktor, wirkt das auch auf Sie wie eine Vergiftung?"

Der Notarzt schüttelte den Kopf.

„Bitte, natürlich kann ich das hier und jetzt nicht wirklich seriös beantworten, aber ich glaube nicht. Der Herr ..."

„Wolf, Gerolf Wolf."

„... Wolf leidet offenbar an einem Karzinom, da ist ein Kollaps nichts Ungewöhnliches. Aber Gift ... wobei, bei dem großen Espresso, da braucht man eigentlich keine extra Substanzen mehr, um den Patienten ins Jenseits zu befördern. Und das Frühstück gegenüber sieht auch verdächtig nach einem Selbstmordversuch mit Messer und Gabel aus."

„Danke schön!"

„Bitte gerne. Und, spüren Sie schon ein Ziehen im linken Arm? Ein Müsli wäre doch auch etwas Feines."

„Herr Doktor, sollten Sie sich nicht um Ihren Patienten kümmern?"

„Das tu ich ja ... um alle. Also dann, fahren wir."

„Wohin? In welches Spital?"

„Notaufnahme Giselastiftung. Hoffentlich nicht auf baldiges Wiedersehen."

„Wünsch ich mir auch! Herr Franz!" – kaum, dass die Rettung abgefahren war, wandte sich Halb seinem üblichen Lieblings-Reibebaum zu. „Es tut mir sehr leid, aber jetzt müssen wir ausnahmsweise einmal ganz normal miteinander reden."

„Herr Hofrat, bei meiner Seel', ich schwör's, es ist ganz unmöglich, dass irgendwer irgendwann irgendwas in den Kaffee von dem Herrn hineingeleert hat. Da war nix drin ... außer allerbester Kaffee natürlich. Wobei – nicht, dass Sie mich falsch verstehen, aber für manche ist sogar unser allerbester Kaffee Gift. Besser gesagt, nicht sogar der, sondern gerade der. Aber das ist ja auch der Grund, warum er so gut schmeckt. Weil wenn es g'sund wär, dann ... pfui Teufel."

„Herr Franz, Sie werden lachen, genau denselben Gedanken hat auch der Notarzt formuliert. Nur dass der dafür war, alles Ungesunde abzuschaffen."

Herr Franz zögerte einen Moment, bevor er aus tiefster Seele seufzte.

„Dann können wir aber gleich unser ganzes Kaffeehaus zusperren. Und Wien mit dazu. Wenn nicht gar ...." – Halbs Telefon beendete die philosophischen Ausführungen schrillend.

„Halb. Ah, Herr Stallner ... Sie brauchen gar nicht weiterzureden, lassen Sie mich nur raten – Parfum und Injektion? Noch so ein seltsames Zeichen? Und auf dem Zettel steht: ‚Und wieder der Duft des Friedens', und darunter ein Datum. Hab ich Recht oder bin ich ein Hellseher?"

„Beides, Herr Hofrat. Und, wenn ich noch ergänzen darf, Sie sind ein Genie."

„Herr Stallner, ich bitte Sie – heben Sie sich die Charmeoffensive doch für lohnendere Objekte auf! Erstens nehm ich's Ihnen sowieso nicht ab und zweitens bin ich nicht für Ihre Beförderung zuständig. Beantworten Sie mir lieber kurz und nüchtern zwei Fragen: Muss ich den Tatort jetzt sofort sehen oder genügt's in eineinhalb Stunden? Die Leiche können Sie natürlich abtransportieren lassen. Und zweitens, wo muss ich in eineinhalb Stunden hin?"

„Sie sollten in eineinhalb Stunden in die Heuhofer-Gasse 37 kommen."

„Ausgezeichnet! Auf Wiedersehen um 13.30 Uhr."

Halb stierte kurz auf sein Telefon, bevor er endlich wieder in seinen normalen Sonntagsrhythmus zurückkehrte.

„Herr Franz, bitte setzen Sie mir heute ein doppeltes ganzes Halb-Frühstück auf die Rechnung. Wir fangen noch einmal von vorne an."

„Sofort, Herr Hofrat. Nur noch eine Frage. Sind Sie von den Ereignissen zu sehr mitgenommen oder darf ich Sie wie immer behandeln?"

„Herr Franz, ich wäre gekränkt, wenn wir einander heute nicht noch mindestens zwei Mal liebevoll pflanzen würden. Oder drei Mal, oder ..."

„Ich seh schon, Entscheidungen zu treffen ist nicht das Ihre! Aber Mörder fangen, das ja? Hab ich schon gern."

Aufgrund seiner raschen Drehung in Richtung Küche entging Herrn Franz eine Kostbarkeit – das strahlendste Lächeln, das er je hätte sehen können.

Zumindest bei Halb.

Sonntag, 8. Dezember 2013, 13.30 Uhr

„So schlimm?“

„Wenn ich’s euch doch sag, der Mann sieht aus wie der leibhaftige Tod.“

„Welcher Krebs?“

„Das weiß ich nicht. Er hat überhaupt nichts über sich erzählt. Das Gespräch ... oder, besser gesagt, sein Monolog hat sich nur um das eine Thema gedreht. Dass der Parfum-Killer zurückgekehrt ist, dass wir ihn finden müssen, dass wir das aber auf keinen Fall vor seinem Geburtstag dürfen.“

„Und er freut sich auf seine Feier?“

„Na ja, freuen ist vielleicht übertrieben. Ich glaube nicht, dass sich Grolf je auf irgendetwas gefreut hat.“

„Chef, da tust du ihm sicher unrecht. Ich hab ihn zwar nie kennengelernt, aber er würde sich über Parchers Verhaftung sicher sehr freuen.“

„Nein, Verena! Ich raube dir deine Illusionen nur ungern, aber ...“

„Und seine Anschuldigung von wegen vergifteter Kaffeetasse?“

„War eine Wahnidee. Wie gesagt, sein Leben scheint nur mehr um zwei Themen zu kreisen, die immer mehr zu einem zusammenfließen.“

„Zwei, Chef? Spitzhuf-Johnny und ...?“

„... sein eigener Tod. Grolf braucht Parchers Tod, um selber sterben zu können. Aber jetzt gehen wir endlich ins Haus hinein. Wenn ich euch schon an einem Sonntag herbestellen muss, dann brauchen wir nicht auch noch auf der Straße zu erfrieren. Also, mit uns geht’s bergauf ... und zwar kräftig. Ganz nach oben, Dachgeschoß.“

Sonntag, 8. Dezember 2013, 13.40 Uhr

„Da jetzt jeder weiß, wer wer ist, hören wir Ihnen gespannt zu. Was haben Sie herausgefunden, Herr Stallner?"

„Ja, also ... Frau Kollegin, Herr Hofrat, meine Herren" – es war dem jungen Kriminalisten anzusehen, dass er lieber mehrere Leichen begutachtet hätte, als vor den „alten Hasen" zu berichten – „Sabine Schmid. Neunundvierzig Jahre alt. Verwitwet. Sie hat bis vor zwei Jahren in Australien gelebt, wohin sie vor neunundzwanzig Jahren mit ihrem Mann ausgewandert ist. Die zwei Töchter leben immer noch dort – sie waren es auch, die die Polizei verständigt haben, weil sie seit drei Tagen nichts mehr von ihrer Mutter gehört haben. Hier bitte, die Fotos – Sie sehen, die Leiche war genau so wie die beiden anderen Toten drapiert. Wie eine Schwimmerin beim Start. Und auch sie trug wieder dieses geheimnisvolle Zeichen, allerdings nicht im Nacken, sondern auf ihrem rechten Handrücken. Und neben ihrem linken Oberarm lag das ‚Papier-auf-Injektionsnadel'-Arrangement. Diesmal steht drauf ..."

„Wissen wir schon: ‚Und wieder der Duft des Friedens'. Und welches Datum stand auf dem Zettel?"

„Der 31. Jänner 1964."

„Das ist vor neunundvierzig Jahren. Das Geburtsdatum der Toten?"

„Nein, laut ihrem Pass hatte sie vor kurzem Geburtstag, am 27. Oktober."

„Danke, Herr Stallner. Ist die Kriminaltechnik schon durch? Gut, dann geben Sie uns noch ein paar Minuten, uns umzuschauen, bevor Sie die Wohnung versiegeln lassen. Danke."

Es genügte ein Blick, um einen weiteren Unterschied zwischen dem gestrigen und dem heutigen Fall zu erkennen – die Wohnungen waren nicht zu vergleichen. Von der Kathedrale in die Abstellkammer, dachte Halb ironisch, als er einen Blick in die anderen Räume warf. In Frau Grasingers Wohnzimmer hätte man mühelos ein Hallenfußballmatch organisieren können, der Ball hätte nur selten die Decke gestreift. Hier hingegen hatte er das Gefühl, ständig seinen Kopf einziehen zu müssen. Mit Ausnahme des Vorzimmers, das einen großzügigeren Eindruck vermittelte, da von dort die Wendeltreppe in die obere Etage führte. Da Halb auch im buchstäblichen Sinn gerne einen Überblick hatte, stieg er die Stufen hinauf und blieb auf der kleinen Plattform vor dem Schlafzimmer stehen. Die weißen Linien unter ihm, mit denen die Lage der Toten nachgezeichnet worden war, schienen sich empört vom warmen Dunkelbraun des spießigen Holzfußbodens absetzen zu wollen. Oder war es umgekehrt, hatte das bürgerliche Eichenparkett beschlossen, mit so etwas Hässlichem wie Leichen-Umrisslinien nichts, aber schon gar nichts zu tun haben zu wollen, weshalb es sich vor Scham dunkler verfärbt hatte und damit das Weiß heller zutage treten ließ?

„Chef, dürfen wir dich aus deinen edlen Gedanken holen?“ – vorsichtig hatten auch seine Teamlinge die Plattform erklommen. „Wir wollten wissen, was dich da oben so fasziniert.“

„Fasziniert? Ach so, ja ... na ja, offenbar hat mein Hirn gerade eine Pause gebraucht, eine Auszeit voller Überlegungen, welche Farben dem Leben und welche dem Tod zugeordnet werden können.“ Halb blickte in vier verständnislose Gesichter – „... und wenn ich so weiterrede, werdet ihr vermutlich bald Maß für eine auf meinen Leib geschneiderte Zwangsjacke nehmen. Nein, ich bin noch nicht verrückt ... glaub ich zumindest. Aber die verschiedenen Schattierungen da unten haben mich auf seltsame Ideen gebracht."

„Die da wären?"

„Ja ..." – krampfhaft überlegte Halb, welchen genialen Gedanken er aus dem Ärmel schütteln könnte – „... ich habe darüber nachgedacht, ob nicht ..."

„Ob es sich nicht doch um eine Art perversen Wettkampf zwischen Parcher und Grolf handelt? Das war soeben auch unsere Idee. Nehmen wir an, Spitzhuf-Johnny hat von Grolfs Krebserkrankung erfahren – das ‚Woher' lassen wir einmal beiseite. Und er ist ein Psychopath, dem so etwas eine unheimliche Freude bereitet. Das würde auch die Frage beantworten, warum die zweite Parfum-Killer-Serie gerade jetzt begonnen hat – eben weil Parcher nicht mehr viel Zeit für sein abnormes Spielchen bleibt."

Halb nickte zögerlich.

„Jaja, Toni, da hast du schon Recht, das könnte hier eine Rolle spielen."

„Chef, entschuldige, hast du Toni überhaupt zugehört? Ist dir nicht gut? Bitte, komm einen Schritt zurück, sonst fällst du uns noch über das Geländer."

„Keine Sorge, Verena, mir geht's gut. Und ja, du hast auch Recht, ich habe euch gerade nicht zugehört. Weil ..." – Halb zeigte auf die weißen Linien – „was seht ihr da unten?"

„Chef, was sollen wir da schon sehen? Die Pose der Leiche war dieselbe wie vorgestern und gestern. Auf dem Bauch liegend, gerader Körper, die durchgestreckten Arme links und rechts vom Kopf. So, als ob sie in ein Schwimmbecken springen würde, unmittelbar nach dem Startschuss eines Wettbewerbs. Und die

Linien bilden genau das ab. Zugegeben, es sieht etwas anders aus als normalerweise, weil es keine abgewinkelten Beine und Arme gibt. Und die Lage des Kopfes sieht man hier auch nicht deutlich, die verschwimmt mit dem Körper zu einem schmalen, länglichen Rechteck. Nur bei den Füßen ist das Gebilde etwas breiter geworden, vielleicht lag da etwas? Das Ganze wirkt nicht so chaotisch wie sonst, sondern ungewöhnlich geordnet, geradezu geometrisch. Aber was ist daran so ungewöhn…"

„Geometrisch? Ja, das trifft's perfekt! Verena, darf ich mir kurz deinen Schal ausborgen? Danke. So, und jetzt lasst's mich runtergehen … und sagt mir, was ihr seht."

Halb sprang die Stufen hinunter, kniete am Fußende der Umrisse nieder und drapierte den Schal im rechten Winkel zu den Linien. Dann zog er aus seiner Hose sowie seinem Mantel je ein Stofftaschentuch, zog sie in die Länge und positionierte die beiden Stoffstreifen wieder im 90-Grad-Winkel in Bauchhöhe der Toten.

„Und, was seht ihr?" An ihrem stummen Starren erkannte Halb, dass sein „Kunstwerk" seine Funktion erfüllt hatte.

„Das ist ja …"

„Ach du lieber Himmel!"

„Ich glaub's nicht!"

„Das Symbol! Die Linien bilden das Symbol nach! Den nach oben gerichteten Pfeil, unten eine Wellenlinie und in der Mitte ein Querstrich. Das sieht eindeutig wie dieser Zinken aus …"

Das war der Moment, in dem Halb die gesamte Anspannung der letzten beiden Tage wie ein Fieberschub überfiel.

„Zinken? Toni, ich kann das Wort nicht mehr hören! Lass mich doch bitte mit diesem Blödsinn in Ruhe! Wir befinden uns im 21. Jahrhundert! Ja, wir haben es offensichtlich mit einem Sadisten zu tun, aber deshalb müssen wir doch nicht an irgendwelche spät-end-mittelalterlichen Geheimzeichen glauben. Oder uns gar an ihnen orientieren. Ja, die Leichen ... zumindest die von gestern und heute, die haben ein merkwürdiges Gekricksel aufgemalt gehabt. Und ja, ich selber glaube, dieses Pfeil-Symbol hier im großen Maßstab wiederzuerkennen. Aber es wird sich eine andere Erklärung für diese Übereinstimmung finden. Eine zeitgemäße! Keine, die nach einem Groschenroman klingt. Oder nach einem Vampir-Thriller. Dabei ... doch, ja, das würde mir sogar gefallen! Ganz im Ernst – wenn jetzt noch ein Untoter mit spitzen Eckzähnen auftaucht, der ein längst vergangenes grausames Unrecht an einer holden Jungfrau rächen will und daher aus seinem Sarg tief in der Erde herausgestiegen ist, dann kann er gleich hier bleiben! Weil in sein Grab kann er nicht mehr zurück. Denn das ist dann belegt – von mir! Herzinfarkt, Schlaganfall, irgendetwas wird mir schon vergönnt sein. Straka im Rücken wegen dieser neuen Europol-Richtlinien, den Achtziger vom Grolf soll ich organisieren, ich muss mich um die Vermietung weiterer Wohnungen in meinem Haus kümmern, und dann noch ein wahnsinniger Vampir-Wiederkehrer-Serienmörder! Da kann ich doch nur tot umfallen! Meine Lieben, ihr findet mich beim Maßtischler, ich lass mir nämlich einen Holzpyjama anpassen. Und dann ab in die ewige Mittagspause! Aber bitte ohne Zinken! ... und jetzt schaut's nicht so entsetzt, auch euer Chef darf einmal explodieren. Okay?“

Vorsichtig hob Schwejk die Hand.

„Chef, darf ich noch einmal was ganz was Böses fragen? ... und bitte nicht den armen kleinen Schwejk erschlagen."

„Warum gönnst du mir kein Vergnügen?" Trotz der in ihm immer noch wogenden Zornesfluten musste Halb grinsen ... sowohl über Schwejks kindischen Humor, als auch über Toni, Verena und den Ingeniöhr – sie sahen in ihrer Schockstarre einfach putzig aus.

„Chef, Spaß beiseite! Gerade dann, wenn wir von einem psychisch kranken Täter ausgehen, könnte dieses Geheimzeichen doch tatsächlich ein geheimes Zeichen sein! Und zwar so geheim, dass nur der Täter seine Bedeutung kennt."

„Du meinst, er hat in seinem Wahn ein Symbol erfunden, das sozusagen nur ihm gehört? Das niemand anderer verstehen kann, verstehen darf? Aber vielleicht sieht er diesen Pfeil als seine Signatur an? ‚Seht her, schon wieder ein Opfer von Spitzhuf-Johnny!' So in der Art?"

„Auch möglich! Aber gerade deshalb solltest du – bei allem Respekt vor deiner Abneigung gegen mystische Erklärungen – nicht so negativ reagieren. Wenn jemand Parcher fassen kann, dann du! ... natürlich auch dank unserer genialen Mithilfe."

„Da können wir Schwejk nur beipflichten! Erinnere dich bitte, welche Spitznamen dir die Medien schon verpasst haben. Da wäre ..."

„Unfähiger Vollidiot?"

„Nein! Also ... na ja, vielleicht auch irgendwann einmal. Aber das meinen wir natürlich nicht! Denk doch an die Schlagzeilen, die dich als ‚Magischer Mörderjäger' tituliert haben. Oder als ‚Schrecken der Unterwelt'. Oder als ..."

„Danke, Verena. Ich bin vor Stolz schon ganz rot, weiß aber leider nicht, worauf du und die anderen hinauswollt."

„Aber das ist doch ganz klar! So ein ‚Magier' wie du wird sich doch nicht von ein paar rauen Gegenwinden umwerfen lassen! Schon gar nicht zum Jahresende, wo doch der Dezember trotz aller Serienmörder und Grolf-Geburtstage ein so besonders lieblicher Monat ist. Denk nur an die Christkindlmärkte, an die ..."

„Aber am 1. Januar darf ich dann verzweifelt in ein kaltes, dafür ruhiges Grab sinken?"

„Aber ja! Nur dass du das dann nicht mehr wollen wirst. Weil dann ..."

„Jetzt bin ich aber gespannt."

„Weil dann ist dein Lieblings-Achtziger vorbei, die Europol-Richtlinien werden an irgendeinen Unteroberausschuss übermittelt, wo sie selig in Schubladen schlummern. Und den aktuellen Mörder werden wir dann auch verhaftet haben. Hundertprozentig!" Beifall heischend blickte Verena in die Runde, um sich gleich mit leiser Enttäuschung Halb zuzuwenden.

„Dein Wort in Gottes Ohr. Ich glaub's ja nicht ... also, dass dem Grolf sein ach so runder Geburtstag vorbei sein wird und diese Richtlinien in der Versenkung verschwunden sind, das ja. Aber ob wir bis zum 1. Januar 2014 den Wahnsinnigen ... wenn er überhaupt einer ist und nicht ein grausamer Plan hinter diesen Morden steckt ... also, ob wir den Täter gefasst haben werden – das wage ich zu bezweifeln. Wir können nur hoffen, dass er bereits beim nächsten Mal einen Fehler begeht und wir nicht wie vor rund zwanzig Jahren an sieben Gräbern stehen müssen. Wenn er sich diesmal überhaupt mit so ‚wenigen' Opfern begnügt! Wie auch immer – hier und heute dürften wir jedenfalls keine interessanten Details mehr finden. Daher ... Schluss für heute. Und morgen“ – Halb bemühte sich, die letzten Worte etwas weniger negativ klingen zu lassen – „und morgen ...“

„Ist Montag!“ Wie immer klang es schaurig, wenn alle im Chor antworteten.

Schaurig! ... aber tröstlich.

Sonntag, 8. Dezember 2013, 19.15 Uhr

„... freuen wir uns ganz besonders, auch Herrn Sektionschef Doktor ...“ – Halb versuchte, sein Gewicht auf den anderen Fuß zu verlagern, ohne gleich ins Schwanken zu geraten. So sehr er es genoss, endlich wieder einen Abend mit Delia zu verbringen, so sehr missfielen ihm die zahlreichen neugierigen Blicke, die auf ihm ruhten. Seit er vor knapp vier Monaten hier im „Museum für Kunstgeschichte der Weltreligionen Wien“ einen spektakulären Fall gelöst hatte, kannte ihn das hiesige Publikum.

„... weshalb wir uns zum Ziel gesetzt hatten, diese bemerkenswerten Exponate unbedingt nach Wien zu holen.“

Halb schwor sich zum mindestens zehnten Mal in den letzten fünf Minuten, nie wieder zur Eröffnung einer Ausstellung zu gehen. Nicht einmal an Delias Seite! Natürlich waren allein schon die Räumlichkeiten beeindruckend, und die Gemälde wirkten so altmodisch-konservativ, dass sie sogar ihm beim obligaten Ausstellungsrundgang gefallen würden. Und für die Ehre, zum anschließenden Buffet eingeladen zu sein, hätte mancher Gesellschaftstiger gerne eine höhere Spende geleistet – man traf ja schließlich nicht alle Tage die Kunstsinnigen der Republik vom Bundesminister abwärts. Aber das ganze Wissen um den vielen Neid, den er sich hier verdiente, tröstete ihn nicht über seine schmerzenden Füße und gelangweilten Hirnzellen hinweg. Im Bundeskriminalamt hatte er die raffiniertesten Techniken entwickelt, um möglichst vielen mit Reden gespickten Anlässen auszuweichen, aber in seinem Privatleben war er prompt in die Falle getappt.

„... und darf hiermit diese sensationelle Ausstellung für eröffnet erklären."

Halb traute seinen Augen nicht, die Menge schien den Satz vollkommen missverstanden zu haben. Der Großteil der geladenen Gäste stürmte nämlich in beinahe militärischer Geschlossenheit in die den Ausstellungsräumen entgegengesetzte Richtung. Zugegebenermaßen duftete es von dort weit besser als aus den Sälen mit den „bemerkenswerten Exponaten", aber er hätte trotzdem angenommen, dass man sich auch ein köstliches Buffet erst verdienen musste.

Noch bevor er der Flut der Fresswütigen ausweichen konnte, spürte er einen sanften, aber unmissverständlichen Ellenbogen in seinen rechten Rippen.

„Ludwig, schau bitte nicht so entsetzt! Man sieht dir ja deine Naivität an der Nasenspitze an. Komm, lass uns einen stillen Protest setzen und mit dem Direktor durch die Ausstellung gehen."

Als Delia und er eine interessante Dreiviertelstunde später von den Köstlichkeiten probieren wollten, wurden sie bitter enttäuscht. Obwohl immer wieder neue Tabletts aufgetragen wurden, war es unmöglich, den Kordon der offenbar immer noch Verhungernden zu durchdringen.

„Christkindlmarkt?“ Halb formte das Wort mehr mit seinen Lippen, als dass er es aussprach. Lächelnd zog Delia den Garderobe-Bon aus der Tasche und ging ihre Mäntel holen.

Sonntag, 8. Dezember 2013, 20.30 Uhr

„Siehst du, sogar eine solche Buffet-Enttäuschung hat auch ihre guten Seiten.“

„Und welche?“

„Auf das hin kommt einem ein Wiener Christkindlmarkt selbst am Sonntagabend richtig leer vor.“ Halb schob Delia zwischen den Menschentrauben vor zwei Glühweinständen durch. Er überlegte kurz, ob er auch jetzt als Polizist handeln sollte, beschloss aber, die nächsten Stunden nur Privatmann zu sein und die Taschendiebe rechts vor ihm unbehelligt zu lassen.

„Ludwig, komm, die müssen wir dir unbedingt kaufen.“ Delia zog ihn zu einem der zahllosen Spielzeugstände und deutete in die Höhe. Zuerst sah er nur Plastikpanzer und ferngesteuerte Autos, aber dann entdeckte er Delias Ziel.

... und erblasste!

„Nein, bitte nicht, das kannst du mir nicht antun!“

Sie aber hatte bereits die rote Santa-Claus-Zipfelmütze vom Haken genommen.

„Na geh, jetzt sei nicht so! Probier sie doch wenigstens an. Ich finde, die passt ganz hervorragend zu deinen grauen Locken. Du schaust damit aus wie der ...“

„Sag’s bitte nicht! Ich war, bin und werde niemals eine ‚Ho-Ho-Ho‘-Werbefigur sein“ – hatte sie am Ende von seinem Nikolo-Fehltritt erfahren? „Und außerdem, wer weiß, mit wie viel Schadstoffen dieses Material belastet ist. Und wie lange die hier schon hängt. Und wie viele die schon anprobiert haben. Leute mit ungepflegtem Haar. Oder mit gegelten Haaren. Nein, wirklich nicht."

Demonstrativ schnüffelte Delia an der Innenseite der Mütze. Dann setzte sie sie auf und betrachtete sich in einem der kleinen Spiegel, die an den Holzpfosten befestigt waren.

„Muss ich mein Geldbörsel suchen oder ...?"

Erleichtert griff Halb in seine linke Innentasche und ...

„Was ist denn?" – als Delia sein erschrockenes Gesicht sah, drehte sie sich voller Sorge zu ihm um. „Ludwig, warum greifst du dir an die Brust? Geht's dir nicht gut? Hast du was mit dem Herz?"

Als Halb das Missverständnis begriff, musste er trotz der unangenehmen Situation lächeln.

„Nein, keine Sorge, ich hab keinen Infarkt. Noch nicht ... aber vielleicht rege ich mich gleich dermaßen auf, dass ich noch einen bekomm. Mein Geld ist weg! Ich Depp, ich ..."

„Mo-ment!" Delia ließ ihren kritischen Blick über seine Silhouette gleiten. „Deine rechte Manteltasche wirkt etwas ausgebeult. Kann es sein, dass ..."

Erleichtert zog Halb seine dicke „Lebenstasche" mit allen Kreditkarten, dem Führerschein sowie seinem Dienstausweis heraus.

„Gott sei Dank! Delia, du solltest auf einem Flughafen arbeiten. Oder bei uns! Als menschlicher Scanner wärst du eine Sensation. Danke!"

„Aber immer doch gerne! Und, kaufst du mir jetzt die edle rote Kopfbedeckung?"

Lächelnd drückte er ihr das Etui in die Hand.

„Ich hätte nur eine Bitte. Sei so lieb und lass sie dir einpacken. Nicht, dass du sie gleich einweihst.“

„Das wäre natürlich ganz schrecklich, wenn der Herr Hofrat erkannt werden würde, während er mit einer zipfelhaubenbemützten Person über den Christkindlmarkt schlendert. Das geht natürlich nicht! Hier!“ – mit sanfter Ironie hielt sie ihm ihre rote Beute unter die Nase. „Riecht schadstofffrei ... soweit du Glühweingewürzduft und Lángos-Knoblauch-Aroma nicht für gefährliche Substanzen erachtest. Und, was stellen wir als Nächstes an?“

Halb griff gleich noch einmal prüfend nach seiner Geldbörse.

„Ich würde gerne mein Urteil von vorhin revidieren. Von wegen leerer Christkindlmarkt. Vielleicht bin ich auch nur frisch traumatisiert, jedenfalls habe ich den Eindruck, als ob hinter jedem Glühweinstand ein Bösewicht lauern würde.“

„Ich hab’s immer schon geahnt, Mörder jagen schlägt auf’s Gemüt. ... und Geldbörsel suchen erst recht. Wie wär’s mit einem Besuch in dem neuen Teelokal, das müsste doch hier irgendwo in der Nähe sein?“

„Meinst du das ‚TEEorie‘?“

Delia zuckte mit den Schultern.

„Keine Ahnung. Auf jeden Fall würde ich dir gerne eine Tasse ‚TEEstosteron‘ spendieren. ... nicht, weil du plötzlich zu feminin wirken würdest. Beileibe nein! Aber du wirkst irgendwie verschüchtert. Oder vielleicht nervös. Als ob du dich von geheimnisvollen Verfolgern umgeben fühlst.“

„Delia, sage nie die Wahrheit im Scherz! Nein, paranoid bin ich noch nicht, aber meine seelische Verfassung ist im Moment trotz deiner Anwesenheit nicht die beste. Vielleicht sollte ich ein Glas TEErapie trinken?“

„Ludwig, um Gottes willen, was ist los?“ Delias Tonfall wechselte übergangslos vom „Neckisches Liebespaar“- in den „Tiefe-Besorgnis“-Modus.

„Nichts! Gar nichts.“

„Ludwig Halb, bitte spiel hier nicht den Helden. Nicht vor mir! Also ...?“

Halb zögerte, er könnte sie doch nicht hier inmitten der Menschenmassen nach Agnieszka Larczyk fragen?

„Wie wär’s mit einem Nachtmahl im ‚Winkler am Eck‘?“

Als sie den Christkindlmarkt verließen, hatte Halb den Eindruck, als hätte er die ganze Zeit ein wesentliches Detail übersehen. Oder war es diesmal sogar mehr als nur eine Information, die sich in seinem Hinterkopf versteckt hatte und von dort aus Unruhe verbreitete?

Obwohl er sich dafür schämte, warf er vorsichtshalber einen letzten Blick auf das wilde Treiben hinter sich. Und da entdeckte er – wenig überraschend ... nichts.

Was hatte er erwartet? Eine Leuchtreklame, die ihm den Parfum-Mörder verraten würde? Oder gleich zwei blinkende Lichterketten? Ein Mörder? Oder ein Mörder und ein Trittbrettfahrer?

Um Delia nicht noch mehr zu verunsichern, tat Halb so, als ob er sich das bunte Gewimmel besonders gut einprägen wollte. Ihrem Lächeln nach zu urteilen, gelang ihm dieses Täuschungsmanöver ganz gut. Allerdings lenkte es ihn selber so weit ab, dass er die Gestalt auch jetzt nicht bemerkte, die sie seit ihrer Flucht aus dem Museum verfolgt hatte.

Sonntag, 8. Dezember 2013, 21.30 Uhr

„Für dich wieder ein Wiener Schnitzel? Wie damals?"

„Und du wieder die gebratene Leber? So wie am ... nein, sag nichts, ich weiß es. ... am 8. Mai." In Wirklichkeit hatte Halb keine Ahnung gehabt, wann es zwischen ihnen gefunkt hatte. Aber als Kriminalist war er gewöhnt, möglichst alle Daten zu einem aktuellen „Fall" parat zu haben, weshalb er in seinen Kalendern geblättert hatte.

„8. Mai? Also ehrlich, ich hätte mir das nicht gemerkt. Oder war es nicht doch am 9.? Ich bin mir da jetzt unsicher."

„Nein, es war der 8. Mai! Also, falls ..."

„... du dir das damals richtig notiert hast." Delia schenkte ihm ihr süßestes Lächeln. „Ist dir klar, was das für uns bedeutet?"

„Na ja, schon, also ..." – blitzschnell rekapitulierte er alle relevanten Daten ... Geburtstage, Muttertag, Valentinstag – „du meinst vermutlich ..."

„Aber geh, wie kann man das nur übersehen!" Der Schalk in ihren Augen verriet ihm, dass ihr Erstaunen nicht ganz ernst gemeint war. „Wir feiern ein großes, ein wunderbares Jubiläum! ... oder ist heute nicht der 8. Dezember? Doch, schon – also sind wir glatte sieben Monate zusammen! Prost!" Noch während sie mit ihren Wassergläsern anstießen, machte ihr Lächeln einem fragenden Blick Platz.

„Und, verrätst du mir jetzt, was dich bedrückt? Und weshalb du mich gerade heute an diesen für uns so geschichtsträchtigen Ort verschleppst?"

„Delia, nein, das ist ein Missverständnis! Dass wir hier gelandet sind, ist purer Zufall. Und mit der Last auf meinen Schultern hat das auch rein gar nichts zu tun. Ich ..."

„Also hab ich doch Recht! Willst du mir davon erzählen oder tun wir so, als ob nichts wäre?"

„Ich ..." – er hatte sich auf das Gespräch gefreut, er hatte es in Gedanken durchgespielt, aber jetzt kam es ihm einfach nur grob vor – „... ich wollte dich nach jemandem fragen, den du in einem früheren Leben gekannt hast."

Zu seiner Überraschung wirkte sie erleichtert.

„Ist das alles? Ich dachte schon, es hätte etwas mit unserer Zukunft zu tun ..."

„Wirklich? Ich mein, du sagst das so locker – stört es dich denn nicht, wenn ich dich auf die Zeit anspreche, als du ... also an die Zeit als ..."

Delia griff über die Tischplatte und nahm seine beiden Hände in die ihren.

„Ludwig, du weißt, dass ich 1991 auf den Strich gegangen bin. Du weißt auch, dass ich mich damals bemüht habe, ohne die üblichen ‚Beschützer' zu arbeiten. Und dass das schiefgegangen ist. Und dass du es warst, der mich beim ersten Mal verhaftet hat. Damals dachte ich mir: ‚Was für eine miese Sau!' Aber nach deinem Auslands-Intermezzo warst du es, der mir geholfen hat, endlich bürgerlichen Boden unter die Füße zu bekommen. ... vielleicht hast du mir damit das Leben gerettet. Und dann haben wir einander für lange Jahre aus den Augen verloren. Bis du eines schönen Tages bei mir in der Bank aufgetaucht bist, weil du heikle Daten gebraucht hast und nicht den offiziellen Weg gehen wolltest. Und dass wir dann Jahre einander gerne gesehen und nicht ganz legale Informationen ausgetauscht haben, weißt du auch. Und dass es erst seit dem heurigen Mai ... nun ja, sich zwischen uns anders entwickelt hat, das weißt du auch! ... hoffe ich zumindest."

Halb grinste leicht anzüglich.

„Oh ja! Wobei, ich kann's kaum glauben, dass die letzten sieben Monate tatsächlich sieben Monate gewesen sein sollen. Diese Zeit ist wie im Flug vergangen. Es scheint mir erst ein paar Minuten ..."

„Bitte sehr, für die Dame die gebratene Leber, für den Herrn das Schnitzel. Wünsche guten Appetit."

Als Delia ihren Teller sah, leuchteten ihre Augen gleich noch mehr auf.

„Hoffentlich hast du auch so einen Hunger wie ich. Aber nach dem Essen, da möcht ich bitte deine Fragen hören. Offen und ehrlich! Mahlzeit!"

Sonntag, 8. Dezember 2013, 22 Uhr

„Du Armer, das ist wirklich eine scheußliche Aufgabe, den Geburtstag einer todkranken Ex-Legende zu organisieren. Noch dazu für Grolf! Selbstverständlich habe ich ihn ... na ja, ‚gekannt' kann ich eigentlich nicht sagen. Ich hatte Gott sei Dank nie persönlich mit ihm zu tun. Ich bin damals zwei, nein drei Mal von einem deiner Kollegen befragt worden, aber ..."

„Weißt du noch, wie der geheißen hat?"

„Bauer oder so ähnlich. Das war so ein hagerer, sehr großer ..."

„Zauner. Bernhard Zauner."

„... oder so. Jedenfalls bin ich Grolf nie persönlich begegnet. Aber natürlich habe ich ihn gekannt, zum einen aus Erzählungen, zum anderen ebenso wie jeder, der Zeitung gelesen und ferngesehen hat. Und die berühmte Pressekonferenz habe ich natürlich auch mitbekommen, obwohl ich damals schon raus war aus dem Ganzen."

„Und Parcher?"

„Spitzhuf-Johnny? Bei dem war das ähnlich. Klarerweise war er mir ein Begriff, aber da ich mich – wenn auch nicht sehr erfolgreich – immer bemüht hatte, ohne Zuhälter durchzukommen, habe ich nie allzu eng mit ihm zu tun gehabt. Außerdem war der doch damals schon eine große Nummer, der hätte sich nie mit einer durchgebrannten 17-Jährigen abgegeben. Ich war ja nichts Besonderes."

„Doch, das warst du! ... also ... ja, ich bin mir sicher, dass du ..."

„Ludwig" – für einen Moment blitzte in Delias Tonfall und Lächeln ein Hauch von Ironie auf – „das ist lieb, dass du das sagst. Aber ... ganz ehrlich, du kannst dich sicher nicht mehr erinnern, wie ich 1991 bei meiner Verhaftung ausgesehen habe."

„Stimmt schon, wenn ich meine Augen schließe, dann sehe ich natürlich dein Gesicht der vergangenen Jahre vor mir, nicht das von 1991. Aber ..."

„Kein aber, ich war damals totaler Durchschnitt! ... was ja auch seine Vorteile hatte – vielleicht hat mich deshalb der Parfum-Killer in Ruhe gelassen."

Halb biss die Zähne zusammen – der Gedanke, dass diese Gefahr aufs Neue bestehen könnte, ließ ihn nur mühsam seinen interessierten Gesichtsausdruck bewahren.

„Du sprichst vom Parfum-Killer so, als ob du nicht überzeugt wärst, dass das Parcher war. Wieso nicht?"

Delia holte tief Luft, dann nahm sie die Serviette und tupfte ihre Mundwinkel ab.

„Tja, Ludwig, das ist eine glänzende Frage. Und das Blöde ist ... ich kann dir nur eine reine Bauchantwort darauf geben. Ich glaube nicht, dass Johannes Parcher alias Spitzhuf-Johnny der Killer war, weil ... er nicht der Typ dazu war. Er war gierig, er war berechnend, er liebte es, seine ‚Pferderln' mit Psychospielchen zu ärgern, manchmal sogar zu quälen, aber jemanden mit einer Marinier-Spritze voller Ethanol und anderer Giftstoffe hinzurichten – nein, das hätte er nicht gekonnt. Zusehen, wie sein Opfer erstickt ... nein, das war nicht Parchers Stil. Aber ich weiß schon, mit so einer Antwort kannst du nicht viel anfangen."

„Nein, nein, das ist durchaus interessant. Weil ich hab Parcher ja großteils durch Grolfs Berichte, quasi ‚secondhand' kennengelernt."

„Aber das hast du doch jetzt auch!"

„Nein, Delia, denn deine Erinnerungen sind weit objektiver als die damaligen Hasstiraden von Grolf. Du kannst dir gar nicht vorstellen, wie ..."

„Doch, das kann ich."

„Wieso? Ich meine, du hast gerade erzählt, dass du nie mit Grolf persönlich zu tun gehabt hast. Und ... ach so, entschuldige – ich bin ein Depp! Du hast seine Pressekonferenz in den Nachrichten gesehen."

„Das auch, aber ich habe doch gerade erwähnt, dass mir auch einiges über ihn erzählt wurde."

„Von jemand Bestimmtem?"

Delia wiederholte ihr „Luft-holen-Serviette-Mundwinkel"-Ritual, offenbar fiel ihr auch diese Antwort schwer.

„Ich hatte mich damals mit einigen anderen Huren recht rasch angefreundet. ... nein, das stimmt so nicht! Mit den meisten verband mich nur eine Leidensgenossenschaft, aber mit einer war ich wirklich befreundet."

„Und die hat dir von Grolf erzählt? Von seiner Überzeugung, dass nur Parcher die Frauen umgebracht haben konnte."

Delia nickte stumm.

„Wer war das?“ – in dem Moment war Halb klar, dass er die Antwort schon kannte.

„Sie war das letzte Opfer dieser Bestie. Sie hieß ...“

„Agnieszka Larczyk.“

Sonntag, 8. Dezember 2013, 22.15 Uhr

Delia starrte ihn an.

„Wieso kannst du dich an ihren Namen erinnern? Immerhin ist das zweiundzwanzig Jahre her.“

Im Bruchteil einer Sekunde beschloss Halb, die ganze Wahrheit hinter einem Teil derselben zu verstecken.

„Aktenstudium! Ich kann doch nicht völlig unvorbereitet an meine ehrenvolle Partyservice-Aufgabe herangehen. Gerade, weil ich Grolf zwar bewundert, aber persönlich nie ... sagen wir, nicht im selben Maße geschätzt habe, gerade deshalb musste ich auf andere Art an Informationen über ihn herankommen. Ich weiß zum Beispiel bis heute nicht, was er gerne isst. Wobei, an Frau Larczyk habe ich mich auch ohne die damaligen Notizen erinnert. Kein Wunder, ihr Name war ja das Synonym für unser Versagen, für ...“

„Deines nicht! Grolfs!“

„Leider schon auch meines, immerhin war ich einige Monate Teil seiner Sonderkommission. Allerdings kann ich mich nicht an deine Freundin erinnern. Da muss ich schon in Deutschland gewesen sein.“

„Kein Wunder, sie ist erst später ins Visier deiner Kollegen geraten. Das hat ihr gar nicht gut getan! Ich glaube ja noch heute, dass sie nicht in diese blöde Geschichte hineingerutscht wäre, wenn dieser verdammte Grolf nicht so viel Druck auf sie ausgeübt hätte.“

„Was für eine blöde Geschichte? Du meinst doch nicht ihre Ermordung?“

„Nein, natürlich nicht!“ Fast schon automatisch griff Delia nach der Serviette, nur, dass sie diesmal nicht ihre Mund-, sondern ihre Augenwinkel abtrocknete. „Agnieszka war nicht nur äußerlich eine sehr zarte Frau. Und eine sehr hübsche dazu. Sie hat mir erzählt, dass sie auf ähnliche Art wie ich in diese ... in dieses dreckige Geschäft hineingeschlittert ist. Sie kam aus irgendeinem polnischen Dorf, ihr Stiefvater war ein besoffener Schläger, weshalb sie schon im Kommunismus ausgerissen war und als Hure gearbeitet hat. Unmittelbar nach dem Fall des Eisernen Vorhangs wollte sie wie viele andere auch in den goldenen Westen, gekommen ist sie bis nach Warschau ... und dann in ein Wiener Bordell. Bei uns ist sie an und für sich nicht so schlecht behandelt worden, bis sich Grolf in die Idee verrannt hat, dass nur Parcher dieses perverse Schwein sein könnte. ... und daraufhin alle seine ‚Mitarbeiterinnen‘ extrem unter Druck gesetzt hat. Erst recht, als der feige Hund dann abgetaucht ist. Agnieszka hat das Ganze erstaunlich gut weggesteckt. Ich habe sie einmal direkt gefragt, wieso, da hat sie mir lachend von ihren drei ‚Geheimwaffen‘ gegen das Elend erzählt.“

„Waffen?“

„Nicht, was du denkst! ... dass ihr Männer immer alles gleich so ins brutale Reale verzerren müsst. Ich rede von Waffen im Sinn von ... einer Panzerung, die das Herz vor Gemeinheiten schützt.“

„Wie eine Impfung?“

„Ja, so in etwa. Aber eine ohne Nadel und Spritze! Nicht, dass du auf falsche Ideen kommst! Agnieszka ... sie war verliebt – das war ihr Schutz! Noch dazu in einen Mann, der von ihrem bisherigen Leben gewusst hat und trotzdem bereit war, mit ihr woanders einen Neuanfang zu wagen."

„Ich hab mir sagen lassen, solche Männer soll's geben."

„Stimmt, Ludwig" – Delia wurde doch tatsächlich ein wenig rot. „Aber die sind selten, und die menschlich brauchbaren Exemplare, die muss man überhaupt mit einer Lupe suchen. Oder sehr viel Glück haben ... wie ich. Oder wie Agnieszka ... zumindest knapp vor ihrem Tod. ‚Weit, weit weg woanders', so hat sie ihr gemeinsames Ziel beschrieben. Und beim letzten Gespräch vor ihrer Ermordung, da ..." – Delia presste für einige Sekunden die Serviette auf ihre Augen – „da hat sie dermaßen gestrahlt, dass ich ihr richtig neidisch war. Die Krönung des Glücks, sie war von ihrem Traumprinzen schwanger. Sogar die Namen hatten sie sich schon ausgesucht, das Baby sollte ‚Peter' oder ‚Petra' heißen. Aber wer der Vater war, wollte sie mir nicht ums Verrecken erzählen!" Delia hielt entsetzt ihre Hände vor den Mund. „Schande! Nicht ums Verrecken – das hätte ich jetzt nicht sagen dürfen! Agnieszka hat mir dann nämlich noch etwas erzählt, was ..." – Halb hielt ihr eines seiner Papiertaschentücher hin, worauf sie ihm gleich die ganze Packung aus der Hand nahm. „Danke. Ich weiß bis heute nicht, ob ich ihren Tod hätte verhindern können. Das macht mich immer noch fertig."

„Um Gottes willen, was hattest denn du mit ihrer Ermordung zu tun?"

„Weil ich es ihr nicht ausreden konnte!"

„Was?"

Delia seufzte so tief, als ob sie sich dadurch der Last der letzten zweiundzwanzig Jahre entledigen könnte.

„Bei diesem letzten Gespräch hat sie mir noch etwas erzählt. Besser gesagt, gestanden. Gerade, weil sie dieses neue, ‚Weit, weit weg woanders'-Leben schon so bald genießen wollte, musste sie noch vorher einen Freier um Geld erpressen."

„Sie musste ... was bitte?"

„Ja. Erpressen! Das Seltsame war, dass es sich um keinen ihrer eigenen Kunden handelte."

„Wie viel wollte sie von ihm haben? Und wofür? Für ihr Schweigen?"

„Das weiß ich doch alles nicht. Als ich sie darauf angesprochen habe, hat sie mich nur angelacht. Nicht ausgelacht, sondern fröhlich angelacht. Ich hab ihr natürlich noch in die Seele geredet. Sie tausendmal gewarnt. Das sei doch viel zu gefährlich! Gerade jetzt, bei der ganzen Mordserie. Sie hat nur gelacht. Einfach nur gelacht! Nein, sie sei sich absolut sicher, dass ihr dieser Mann nichts tun würde. Im Gegenteil, sie sei davon überzeugt, dass er sofort parieren würde. Und noch einmal hab ich sie gewarnt, und noch einmal, und noch einmal ..." – mangels weiterer Papiertücher gab ihr Halb eines seiner frischen Stofftaschentücher.

„Und weißt du, was das Allerschlimmste ist? Das Letzte, was ich von ihr gehört habe, war ein fröhliches Lachen. Sie hat nicht einmal versucht, meine Warnungen als übertrieben abzutun. Nein! Sie schien sie gleichzeitig ernst zu nehmen und vollkommen zu ignorieren. Das alles nur, weil sie damals so eine Glückssträhne hatte. Allen Ernstes – ihre letzten Worte waren: ‚Deli, das ist sehr lieb von dir, aber du brauchst dich nicht aufzuregen. Nicht für mich! Weil – derzeit gelingt mir einfach alles!' Und dann ... das Nächste ..." – noch einmal musste die an den Rändern bereits durchnässte Serviette herhalten – „das Nächste, was ich von ihr gehört habe, war die Nachricht von ihrem Tod."

Halb versuchte gar nicht erst, Delia zu trösten – aber nicht aus Hartherzigkeit oder vornehmer Zurückhaltung, sondern weil er zuerst das Gehörte durchdenken und einordnen musste.

„Delia, ich will dich nicht in deinen Erinnerungen quälen, aber ..."

„Frag nur, Ludwig. Immerhin hab ich dich vorhin geradezu darum angefleht."

„Mir ist eines nicht klar. Was meinst du, war Frau Larczyks Mörder der Freier, den sie erpressen wollte, oder hatte ihre Erpressung mit ihrer Ermordung nichts zu tun? Oder ist sie gar nicht mehr dazu gekommen, ihren Plan umzusetzen?"

„Ehrlich, Ludwig, ich habe nicht die geringste Ahnung. Ich weiß nur, was ich dir erzählt habe. Agnieszka war fest davon überzeugt, dass ihr potentielles Erpressungsopfer ungefährlich sei und sofort alles tun würde, was sie von ihm verlange. Dass er also ..."

„... ganz sicher nicht der Parfum-Killer sei. Gut. Da aber Frau Larczyk tragischerweise dann doch mit einer Parfum-Injektion getötet wurde und auch alle anderen Indizien denen der vorangegangenen Morde bis aufs Haar glichen, gibt es nur zwei Möglichkeiten: Entweder lagen und liegen wir mit unserer Annahme völlig falsch, dass niemand von den spezifischen Details erfahren und sie kopiert haben konnte. Oder aber Agnieszka Larczyk hatte sich auf fatale Weise geirrt. Ihr vermeintlich harmloses Erpressungsopfer ... war ein Serienmörder."

Montag, 9. Dezember 2013, 00.30 Uhr

Bereits im Halb-Schlaf drehte er sich noch einmal um und begann intensiv zu schnüffeln.

„Ist dir kalt? Soll ich dir eine zweite Decke geben?"

„Nein, danke." Zuerst öffnete er das linke Auge, dann das rechte ... und in dem Moment begann Delia laut zu lachen. Woraufhin Halb endgültig wach war.

„Luzi, schade, dass ich keine Videokamera zur Hand habe. Du weißt ja gar nicht, wie herrlich komisch du gerade ausgesehen hast. Schnüffelnd die Nase rümpfen und gleichzeitig blinzeln – ein Bild für Götter."

Halb bemühte sich, noch einmal die idente Grimasse zu schneiden.

„Nein, das geht nur unabsichtlich. Aber warum schnüffelst du überhaupt?"

„Da ist ein Duft, der ist mir zwar vorher schon aufgefallen, aber ..."

„Ein Duft? Soso."

„Ja, ein neuer Duft. Schon nach dir, aber auch wieder nicht ... neu eben. Und erfreulicherweise ist er nicht zu süß – ich glaube, ich würde noch so eine Zimt-Keks-Glühwein-Wolke nicht mehr aushalten." Noch einmal zog er die Nase hoch und sog den Duft ein. „Nein, nicht zu vergleichen. Der hier ist ... ganz anders. Vornehm, elegant, und auch ziemlich teuer. Aber trotzdem sehr gut."

Beim Wort „teuer" war Delia aufgefahren, bei „trotzdem" gab sie Halb einen sanften Stoß.

„Luzi, jetzt hab ich aber genug von diesem Schauspiel! Wer hat mir denn vor kurzem dezent, aber unüberhörbar vorgeschwärmt, wie gut die französische Europol-Delegierte riecht? Und nein, ich war nicht gekränkt ... ich kann ja inzwischen mit deiner manchmal etwas zu direkten Kriminalisten-Art ganz gut umgehen. Gekränkt nicht, aber ich habe es als das verstanden, was du mir doch wohl sagen wolltest. Also habe ich mir ein neues Parfum gekauft. Kein blumiges, sondern ein frisches, wie du es magst. Interessanterweise heißt es aber sehr blumig, ‚Orchidéesse'. Und – ja, du hast Recht, es ist vornehm, außerdem ist es ..."

Jetzt war Halb putzmunter.

„Bitte was hast du? Dir ein Parfum gekauft? Delia, wie konntest du nur! Noch dazu vor Weihnachten. Ich weiß schon, du wirst mich jetzt gleich wieder – zwar sehr liebevoll, aber doch – einen konservativen Chauvinisten schimpfen. Aber gerade bei Düften gibt es meiner Meinung nach eine klare Arbeitsteilung der Geschlechter! Die Dame wünscht, der Herr kauft."

„Du hast wie so oft den Nagel auf den Kopf getroffen – mein lieber Ludwig, ich werde dich auf der Stelle beschimpfen! Auch wenn du neckisch versucht hast, mir den Wind aus den Segeln zu nehmen – ich sag's trotzdem: Du bist und bleibst ein konservativer ... eh schon wissen. Falls es dir entgangen sein sollte, das Thema ‚Duftkauf' ist heutzutage eindeutig mehrdeutig. Abgesehen von Frauen, die sich doch glatt selber ihr Parfum kaufen ... hast du ausnahmsweise vollkommen Recht! Tatsächlich wünscht sich auch eine emanzipierte Dame, dass der moderne Herr ein Parfum kauft ... und zwar für sich!"

Halb benötigte einige Sekunden, bis er begriff, aber dann reagierte er heftig. Demonstrativ roch er an seinem Polster, hob seine Arme hoch und vergrub die Nase in seinen Achselhöhlen. Delia ließ die Komödie für einen Augenblick über sich ergehen, dann begann auch sie betont einzuatmen.

„Stimmt, ein sehr ausgewogener Duft. Durch und durch Mörderjäger-Aroma – mit einer Basisnote ‚brillanter Geist', der Herznote ‚beständiger Gerechtigkeitssinn' und als Kopfnote ‚Angstschweiß'. Bitte behalte dir diese Mischung, ganz besonders die Herznote. Es wäre schön, wenn du diesmal zumindest kein Attentat überleben müsstest."

Montag, 9. Dezember 2013, 8 Uhr

„Guten Morgen, allerseits!" Halb hatte die Tür mit zu viel Elan aufgerissen, sodass sie beinahe an die Wand krachte.

„Chef, bist das wirklich du?"

„Montag, acht Uhr früh ... und gute Laune?"

„Chef, wir machen uns Sorgen!"

„Also, ich nicht."

„Danke, lieber Schwejk, dass du mich – wie so oft – vor allzu viel kindlicher Freundlichkeit deiner Kollegen bewahrst. Und natürlich auch Ihnen einen wunderschönen Morgen, Frau Drobatschnig."

„Guten Morgen, Herr Hofrat. Bitte sehr, ihre extra starke Montagfrüh-Ostfriesenmischung."

Halb lächelte seiner Sekretärin dankbar zu. Ohne ihre Fähigkeit, in aller Ruhe den Überblick zu bewahren, hätte seine Ermittlergruppe vermutlich eine weit geringere Aufklärungsrate vorzuweisen gehabt.

„Guten Morgen allersei... tatsächlich! Nein, was für eine Überraschung, so früh schon meinen lieben Freund und Kollegen ..."

„Ernst, ich bin zwar gut gelaunt, aber es ist trotzdem Montag in der Früh. Also heb dir deine Ironie bitte für ein anderes Mal auf! Und bevor du fragst, selbstverständlich hat mich Verena von deinem ... nun ja, Wunsch informiert."

„Und, hast du dir schon was für die große Feier überlegt?"

„Ja. Nichts, was du hören willst.“

Straka zögerte kurz, ehe er die versammelte „EG Halb“ überraschte.

„Na, dann erzähl schon, was ich nicht hören will. Ich bin heute so gut drauf, dass mich nichts, aber auch gar nichts ...“

„Oh, da haben wir das richtige Mittel, um dir das Gegenteil zu beweisen. Bitte setz dich. ... ja, glaube mir, es ist besser so. Hast du noch die Details der Mordserie von 1990/1991 parat?“

Halb hatte nicht zu viel versprochen, Straka hob es aus dem Sessel.

„Ludwig, bitte, du wirst doch nicht auf die äußerst geschmacklose Idee gekommen sein, die Tragödie zum Thema von Grolfs Geburtstagsfeier zu machen?“

„Wo denkst du hin, Ernst! Ich nicht. Aber der Mörder!“

Montag, 9. Dezember 2013, 8.15 Uhr

„Aber das ergibt doch keinen Sinn! Selbst wenn Parcher oder welcher Psychopath auch immer noch ein letztes Duell mit seinem Todfeind Grolf führen wollte, hätte er sich doch über ihn erkundigt. Und dabei erfahren, dass Grolf offensichtlich ein todkranker Mann ist. Und damit ist er doch kein würdiger Gegner mehr. Ich würde es ja noch irgendwie verstehen, wenn sich so ein völlig Wahnsinniger einen neuen Gegenspieler suchen würde, aber der müsste am Höhepunkt seiner Kräfte sein. Du, Ludwig – du wärst für einen solchen Sadisten ein angemessenes Ziel. Also, nicht, dass er dich umbringen wollen würde, nein ... zumindest nicht gleich. Aber sich mit dir ein perfides Duell ‚Mörder gegen Ermittler‘ liefern, das könnte ich mir für so einen als lohnend vorstellen. Gegen dich antreten, ja. Gegen Grolf, uninteressant!“

Straka hatte sich so sehr in Rage geredet, dass er ganz darauf vergaß, beifallheischend um sich zu blicken. ... und er wäre auch bitter enttäuscht worden, da sein Publikum eigenen Überlegungen nachhing.

„Ernst, wenn an deiner Idee etwas dran ist, dann ...“

„Aber das funktioniert nur, wenn ...“

„Ingeniöhr, lass mich bitte ausreden! Dann läge tatsächlich der Gedanke nahe, dass es der neue Parfum-Mörder auf mich abgesehen hätte. ... also, dass er mich zu seinem neuen Lieblingsgegner erkoren hätte.“

„Chef, darf ich jetzt? Entschuldige, aber das kann nicht sein. Weil deine Argumentation passt nur auf einen ganz speziellen Psycho-Typ. Nämlich auf einen, dessen krankes Vergnügen darin besteht, dir zu entkommen! Und genau das kann ich kaum glauben. Dass sich wer an dir rächen will, das kann ich mir gut vorstellen. Aber der hätte es auf dich persönlich abgesehen, der würde nicht andere töten.“

„Oder wenigstens jemanden, der mir sehr nahe steht.“

„Und, standen dir Frau Polgar oder Frau Grasinger oder Frau Schmid nahe?“

„Sind das die Namen der aktuellen Opfer?“

„Ja, Ernst“ – Halb nickte kurz, um gleich in eine Kopfschüttelbewegung überzugehen. „Nein. Soweit ich weiß, habe ich mit keiner von ihnen jemals zu tun gehabt.“

„In dem Fall hätten wir es dann doch eher mit einem Motiv zu tun, das ... wie soll ich sagen?“

„Meinen Sie, ein verabscheuungswürdiges, aber irgendwie nachvollziehbares Motiv? So wie Habgier oder Wut?“

„Ja, genau ... danke!" – Toni deutete eine kleine Verbeugung vor Straka an.

„Verzeiht meinen Zynismus, aber ..." – Halb seufzte zufrieden – „das wäre wirklich wünschenswert. Denn mit brutalen und charakterlosen Verbrechern kann ich gut umgehen, aber mit solchen Psychopathen ... nein, das ist nicht meine Welt."

Ein mehrfaches und betont synchrones Räuspern ließ Halb verschämt lächeln.

„Oh, entschuldigt bitte, ich wollte natürlich sagen – das ist nicht unsere Welt."

Schwejk bleckte seine in zartem Koffein-Gelb erstrahlenden Zähne.

„Ich jedenfalls meine, unsere entscheidende Frage lautet: Woher weiß der ‚junge Täter' von den ‚alten Zetteln'? Das muss ihm ja wer erzählt haben, weil aus den Zeitungen kann er es nicht wissen. Wenn wir einen der beiden – Informationsgeber oder -nehmer – fassen könnten, hätten wir große Chancen, auch den anderen zu erwischen."

„Stimmt! Das gehört zu den seltenen Malen, bei denen uns absolute Geheimhaltung gegenüber den Medien gelungen ist. ... also, gelungen zu sein scheint."

„Wer hat eigentlich damals die Leichen gefunden?"

„Verena, Moment! Das kann ich dir gleich sagen." Der Ingeniöhr hackte kurz und wild auf der Tastatur herum. „Also, die erste Leiche, die von Frau Nagy, die haben Kollegen von der Streife gefunden. Ich zitiere: Auf einen anonymen Anruf hin ... et cetera et cetera ... beim Öffnen der Wohnungstüre bot sich den Kollegen folgender Anblick: Das Opfer lag ... et cetera et cetera ... ja, soweit zur ersten Toten von 1990. Die zweite war Frau Kowalska. Wo hab ich das gelesen? Ah ja, hier ... von der Schwester der Toten, einer Frau Wieczorek.

Sie kam zu ihr auf Besuch nach Wien. Als ihr niemand die Tür aufmachte, hat sie aufgesperrt … offenbar hatte sie einen Zweitschlüssel. Und … ja, wieder die Kollegen von der Streife. Auch die dritte, Frau Ortas … ah nein, da kamen gleich die Kollegen vom Landeskriminalamt. Und die hat ihr Ehemann gefunden. Aber der war nicht ihr Zuhälter."

„Alibi?"

„Ja, ein bombenfestes."

„In welcher Vollzugsanstalt ist er zum Tatzeitpunkt gesessen?"

„In keiner, aber er lag nach einem Verkehrsunfall mehrere Wochen im Spital. Das hat er garantiert erst an dem Tag verlassen. Er ist dann direkt zur ‚Arbeitswohnung' seiner Frau gefahren, weil sie ihn schon zwei Tage nicht besucht hatte. Scheint eine gute Ehe gewesen zu sein, er hat sich wirklich Sorgen gemacht. Na ja, und dann …"

„Und die nächste Leiche?"

„Wieder das LKA."

„Wir sind jetzt bei der Nummer vier, richtig?"

„Ja, danke, Toni! Du wirst es nicht glauben, ich kann sogar schon bis zehn zählen."

„Toll, aber eindeutig überqualifiziert. Du brauchst ja nur bis sieben zu zählen, zumindest in dem Fall. Und hoffentlich …"

„Das gibt's ja nicht!" Der Ingeniöhr fuhr mit seinem linken Zeigefinger zum Monitor. „Tatsächlich, da auch." Während er mit rechts die Maus malträtierte, zuckte er mit links über den Bildschirm. „Und hier … nein, bei der sechsten Leiche war's wer anderer." Mit der Überlegenheit des Wissenden drehte er sich den anderen zu. „Jetzt ratet einmal, wer damals die Toten Nummer vier und fünf gefunden hat."

„Parcher!" – Halb genoss sichtlich, die beiden Silben auszusprechen, er ließ sie wie zwei schwere Öltropfen aufklatschen.

„Chef, du bist ein Spielverderber!"

„Ingeniöhr, du solltest wissen, dass die besten Pointen mir vorbehalten sind."

„Das kann ich bestätigen! Ich meine, dass damals Parcher die zwei entdeckt hat." Straka hatte gleich neben der Tür Platz genommen, weshalb sie ihn beinahe vergessen hatten.

„Aber Herr Hofrat, dann versteh ich nicht, wieso unser Herr Hofrat ... entschuldige, Chef" – Verena hatte sich mitten im Satz um hundertachtzig Grad gedreht – „also, wieso du es für falsch gehalten hast, dass sich Grolf so sehr in Parcher verbissen hatte. Deiner Meinung nach hätte er ja in verschiedene Richtungen ermitteln sollen. Aber wenn Parcher gleich zwei der sieben Mordopfer selber gefunden hat, dann ..."

„Und? Es hat ja niemand behauptet, dass er ein Engel gewesen ist, aber weshalb macht ihn diese Tatsache verdächtig? Im Gegenteil, wenn er es wirklich gewesen wäre, hätte er doch andere die beiden Leichen finden lassen!"

„Gut, wenn du es so siehst. Aber es muss doch auch andere Spuren geben, die Parcher belastet haben?"

„Ja, und zwar" – der Ingeniöhr witterte seine Chance, vielleicht doch noch ein furioses letztes Wort haben zu können – „wurden an zwei Tatorten Haarreste gefunden, die Parcher zugeordnet werden konnten. Außerdem Fingerabdrücke und ..."

„Noch einmal! Es hat nie wer bestritten, dass Parcher Zuhälter war, dass er im Begriff war, ein Imperium aufzubauen, dass er deshalb anderen ‚Aufpassern' ihre besten Mitarbeiterinnen abspenstig machen wollte, dass er seine eigenen ‚Pferderln' mit Psychotricks – die ziemlich brutal sein konnten – disziplinieren beziehungsweise zu noch mehr Leistung anspornen wollte. Das alles bestreitet niemand! Aber gerade deshalb ist es doch keine Überraschung, dass überall seine Fingerabdrücke zu finden waren. Und ja, vielleicht hatte er schon leichten Haarausfall, oder eine seiner ‚Ladies' hatte ihn bei einer Meinungsverschiedenheit an den Haaren gezogen. Aber das alles war – und ist – doch kein Beweis für Parchers Schuld. Genau das war der Punkt, weshalb ich damals Grolf mehr oder minder meine Ermittlertreue aufgekündigt und begonnen habe, auch in andere Richtungen zu ermitteln. Wenn auch nicht für lange, weil ich dann eben nach Wiesbaden eingeladen wurde."

„Ja, daran kann ich mich gut erinnern." Straka hatte offenbar schon auf eine Gelegenheit gewartet, sich wieder in Erinnerung zu rufen. „Ich will euch nicht länger bei eurem intensiven Brainstorming stören, aber bevor ich mich leider wieder meinen wichtigen Verwaltungspflichten widmen muss, wollte ich noch ganz kurz fragen: Lieber Ludwig, wie steht es denn um ..."

„Ernst, sag's nicht!"

„Doch, Ludwig, doch. Um Grolfs Geburtstagsfeier?"

„Si tacuisses ..."

„... wäre ich kein guter Chef! Also, Grolf?"

Halb atmete tief durch, um nicht so grob zu werden, dass er es nicht einmal mehr bei Straka wiedergutmachen könnte.

„Ja, ich kann dir von einem Zusammentreffen mit Grolf berichten, bei dem wir – natürlich nur ansatzweise, nicht offiziell – über sein Jubelfest gesprochen haben." Straka war zu zufrieden, als dass ihm das kollektive Schmunzeln von Halbs Teamlingen aufgefallen wäre.

„Aber Konkreteres kann ich dir erst berichten, wenn Frau Drobatschnig“ – Halb zwinkerte seiner Sekretärin zu – „das erledigen konnte, worum ich sie heute in der Früh gebeten habe.“

„Das war nämlich direkt beim Hereinkommen, dass mir der Herr Hofrat davon berichtet hat. Aber weil doch dann gleich Sie, Herr Hofrat, zu uns und damit auch zum Herrn Hofrat hereingekommen sind, hatten der Herr Hofrat und ich noch keine Gelegenheit, uns über ...“

„Schon gut, Frau Drobatschnig, schon gut! Ich weiß ja die Angelegenheit bei Ihnen in den besten Händen. Und daher ... Kompliment an alle. Ich darf mich verab...“

„Ernst, nicht so schnell!“ Halb kostete seinen kleinen Triumph weidlich aus. „Ich glaube, du könntest uns möglicherweise bei einem wesentlichen Detail in dieser neuen Mordserie helfen. Du bist ja ein verkappter Kunsthistoriker von Graden und Gnaden ...“ – die Formulierung und die angedeutete Pause wirkten wie geplant, Strakas Miene hellte sich sofort auf – „daher kennst du dich ja auch mit Symbolen aus.“

„Ja, nein, natürlich bin ich kein Fachmann, aber ... welches Symbol?“

„Ein nach oben zeigender Pfeil, der auf einer Wellenlinie fußt und in der Mitte von einem Querstrich unterbrochen wird. Es hat eine gewisse Ähnlichkeit mit einem Marterl.“

„Wie bitte? Was für eine Marter?“

„Nein, Ernst, einem Marterl! Ein religiöser Bildstock, der einem am ehesten am Land auffällt ... zum Beispiel an Kreuzungen von Feldwegen. Jetzt tu nicht so, als ob du solche Volkskunst nicht kennen würdest!“

„Natürlich kenne und schätze ich solche Kunst, vor allem, wenn sie aus dem Herzen der einfachen, gläubigen Menschen kommt und ...“

„Ernst! Bitte keine Predigten!"

„... und rein in ihrem Geiste ist. Hast du schon an Zinken gedacht?"

„Woran bitte?"

„An Zinken. Du weißt schon, Gaunerzeichen."

Halb warf einen scharfen Blick hinter sich, aber keiner seiner Teamlinge ließ sich das Geringste anmerken.

„Interessanter Hinweis. Danke, Ernst. Ich wünsch dir noch einen schönen Tag."

„Ich geh ja schon. Frohes Schaffen, meine Herrschaften."

Als sie ganz sicher sein konnten, dass Straka nicht noch einmal die Türe aufreißen und „... nur eine allerletzte Frage ..." stellen würde, wagte sich Toni als Erster aus der Zinken-Defensive.

„Chef, ich weiß schon, du willst auf keinen Fall mehr dieses Wort hören. Und wir respektieren das auch, ehrlich! Keiner von uns wird es noch einmal in den Mund nehmen, aber ..."

„Was aber?" Halb bemühte sich verzweifelt, anstatt seines aufsteigenden Lachens einen „Tot-oder-lebendig!"-Tonfall zustande zu bringen.

„Du solltest doch mit dem Zinken-Walli reden. Wenn du Glück hast, sitzt der gerade ein."

„Mit wem bitte?"

„Man merkt, dass du nie in der Betrugsabteilung warst. Walter Wonczalek – der Zinken-Walli ist eine Legende! Ein ehemaliger Urkunden- und Scheckfälscher. Ein tragisches Opfer der Digitalisierung der Welt, deshalb Langzeitarbeitsloser. Und ein begnadeter Zinken-Kenner, daher sein Spitzname."

„Toni, du sprichst in Rätseln. Wieso Opfer und Langzeitarbeitsloser?"

„Schau, wer zahlt heute noch mit Schecks? Und wer bringt noch eine Urkunde mit, so eine aus Papier? Das läuft doch alles digital. IBAN, BIC, Clouding – wenn du heute als Betrüger arbeiten willst, musst du Informatik studiert haben. Und deshalb sind alle die, die sich ihr Geld mühsam mit ihrer Hände Geschick ergaunert haben, seit Jahren arbeitslos. Manche von denen sollen schon so verzweifelt sein, dass sie sogar einen bürgerlichen Beruf ergriffen haben."

„Mein Gott, Toni, in was für einer schrecklichen Welt müssen wir leben."

„Chef, sei bitte nicht zynisch."

„Warum denn nicht? Es ist doch wirklich zu skurril – ehemalige Gauner sind gezwungen, ehrbar zu werden, wodurch sie anständigen Menschen den einen oder anderen Arbeitsplatz wegnehmen, weshalb manche von denen auf die schiefe Bahn geraten und die ehemaligen Verbrecher ersetzen. Quasi das Ringelspiel der Unmoral."

Toni zuckte mit den Schultern.

„Wie gesagt, Zinken-Walli. Wo immer der sich befindet."

„Später, Toni, jetzt sollten wir arbeiten. Drei Tote in drei Tagen – haben wir heute schon unsere vierte?"

„Nein, aber der Tag ist ja noch jung und frisch."

„Und du, Schwejk, bist ganz und gar nicht wie der heutige Montag! Weder jung noch frisch – du bist ein ... ein ältlicher Zyniker!"

Dass Verena die Jüngste im Team war, konnte man an ihren – allerdings immer selteneren – Gefühlsaufwallungen erkennen. Dann, wenn in ihr der Frust über die Brutalität und Kälte ihres Berufes überhand nahm.

„Danke für das nette Attribut! In Wirklichkeit bin ich alt, zynisch und lästig. Und weil ich eben auch lästig bin ..."

„Beharrlich! Schwejk, du bist beharrlich."

„... eben auch beharrlich bin, möchte ich ..."

„Sehr beharrlich! Du bist sogar sehr beharrlich."

„Jetzt lasst mich doch bitte ausreden!" Trotz seiner Beharrlichkeit schien Schwejk gerade nahe am Nervenzusammenbruch zu sein. „Und weil ich eben so bin, möchte ich endlich über die meines Erachtens entscheidende Frage nachdenken. Ich hatte sie vorhin schon formuliert, aber da sind wir dann wieder vom Hundertsten ins Tausendste gekommen. Noch einmal – woher kennt unser aktueller Täter diese Mini-Botschaften, die auch jetzt wieder auf den aufgespießten Zetteln stehen? Oder, anders herum: Wer von den damals Beteiligten könnte das weitererzählt haben? Und noch eine letzte – entscheidende – Frage. Warum hat er das weitererzählt – absichtlich oder irrtümlich? Wenn es mit Absicht war, dann liegt der Verdacht nahe, dass derjenige einen ‚Nachfolger' aufbauen wollte."

„Warum? Um weiterhin Angst und Schrecken zu verbreiten, einfach so? Oder um diese konkreten Menschen töten zu lassen?"

„Bitte nicht abschweifen, bleiben wir noch beim Zettel-Thema!" Handbewegung, Wortwahl und Tonfall – es war die klassische „Chef-Trias", mit der Halb der drohenden Diskussion Einhalt gebot. „Wenn wir davon ausgehen, dass es keiner aus unseren Kreisen, also von den Sicherheitskräften, war, dann ..."

„Und wenn wir vorerst einmal rein theoretisch annehmen, dass es nicht Parcher war."

„Warum sollten wir?"

„Weil wenn wir ihn dazu zählen, macht so gut wie keine weitere Überlegung Sinn. Wir landen dann garantiert in jedem zweiten Satz bei der scheinbaren Erkenntnis: ‚Na, dann war's eben doch der Parcher.' Da wird uns höchstens schwindlig, weil wir uns ständig im Kreis drehen."

„Sehr gut, Toni. Also, keine Polizistinnen oder Polizisten, kein Parcher. Wer sonst?"

„Chef, ist damals wirklich nur Parcher verdächtigt worden? Gab es sonst keine Verhaftungen? Oder Vernehmungen? Da könnte doch davon die Rede gewesen sein?"

„Doch, gab es. Drei Verhaftungen, um genau zu sein. Die Personen wurden recht bald wieder freigelassen, aber es wäre denkbar, dass bei den Vernehmungen der genaue Wortlaut dieser Texte angesprochen wurde. Ingeniöhr, kannst du die Namen aus den Akten herausfiltern? Vielleicht sogar in Sekundenschnelle?"

„Jein, Chef, ich brauch dafür schon ... nein, doch nicht. Ich bin eben ein Genie! Und außerdem gibt's hier eine eigene Liste mit den Namen. Berger, Abalski und Prokupil. Aber ich kann nur sehen, warum die ins Visier geraten sind und weshalb sie sich als unschuldig erwiesen haben."

„Aber ihren weiteren Lebensweg ..."

„... kann ich schon herausfinden, aber das braucht mehr als ein paar Sekunden."

„Gut, darum kümmerst du dich heute Nachmittag. Außerdem schaust du bitte nach, ob es Ehemänner oder Kinder der Toten gab. Und was aus denen geworden ist. Verena ... wie besprochen, du überprüfst, wo der Täter sich ‚sent-aine de plaisirs' besorgt haben könnte."

„Gerne, aber das kostet mich maximal eine Stunde. Im Internet surfen, ein paar Telefonate, fertig. Soll ich dann dem Ingeniöhr helfen?“

„Nein, du gehst ins Archiv und …“

„Aber du hast gesagt, dass du uns von dort loseisen wirst und …“

„… und dazu steh ich auch. Du sollst nicht wieder ins Archiv gehen, um dort statt hier zu arbeiten. Du gehst dorthin und versuchst zu eruieren, wer in den letzten zweiundzwanzig Jahren Einsicht in die Akten der damaligen Fälle genommen hat. Ich bin mir sicher, dass es diesbezüglich Listen gibt. Aber die sind garantiert noch nicht digitalisiert worden, die wurden vermutlich in ordentlicher Handschrift geführt. Diese Listen suchst du und bringst sie uns. So, und jetzt …“ – ächzend stemmte sich Halb aus seinem Sessel, wechselte auf seinen nagelneuen Sitzball und begann auf und ab zu federn – „… entspanne ich mich und meine Wirbelsäule, sodass mir sicher gleich noch weitere Nachmittagsaufgaben für euch einfallen.“

„Eins, zwei, drei …“ – Schwejks mahnend-murmelndes Mitzählen ließ Halb kalt, demonstrativ atmete er nach jeder Zahl laut ein.

„Ihr seht, das könnte ich stundenlang machen. Hüpfen, atmen, entspannen. Hüpfen, atmen, entspannen. Hüpfen, at…“

„Und ab dem wie vielten ‚Atemhüpfer‘ bist du total entspannt? Ich will's nur wissen, weil ich hätte noch eine Frage. Aber die regt dich sicher wieder auf. Und deshalb stelle ich sie erst, wenn du den Grad der maximalen Entspannung erreicht hast. Quasi das Nirwana des Gummiball-Hüpfens.“

„In ... zehn ... Sprüngen“ – es war gar nicht so einfach, beim Sprechen das Gleichgewicht zu halten.

„... und zehn! Womit wirst du gleich meine mühsam erturnte innere Ruhe zerstören?“

Schwejk warf sich in Pose, als ob er dem gesamten Team ein Geständnis machen und es um Gnade bitten müsste.

„Ich weiß schon, dass wir uns aus taktischen Gründen gerade eben vorgenommen haben, den Namen Parcher nicht zu erwähnen. Aber jetzt tu ich's doch! ... weil mir folgender Gedanke nicht aus dem Kopf geht: Falls die 1990er-Morde wirklich von Parcher verübt worden sein sollten, gehen wir davon aus, dass sie der Disziplinierung unwilliger Prostituierter und der Abschreckung unliebsamer Konkurrenten dienten. Das ganze Brimborium rund um die Leichen wäre dann nur ein Ablenkungsmanöver gewesen. Aber warum dann dieselbe Inszenierung bei den neuen Morden? Meiner Meinung nach böte sich vor allem eine Antwort an – aus demselben Grund! Damit soll uns Sand in die Augen gestreut werden, damit wir gar nicht erst auf die Idee kommen, ein anderes Motiv als die ‚Wiederkehr der Bestie‘ zu sehen. Und damit wären wir bei der nächsten entscheidenden Frage. ... die doch nicht lautet, weshalb gerade in den letzten Tagen genau diese Frauen ermordet wurden. Und sie lautet auch nicht: Was hat die drei aktuellen Opfer verbunden? Nein! Wenn wir dem Nebel, in den uns die Inszenierung hineingejagt hat, den Rücken kehren, stellt sich vor allem eine andere Frage: Welche der drei Frauen war das von vornherein geplante Opfer? Ich bin mir sicher, dass die beiden anderen Morde sowie der ganze Zettel-Nadel-Parfum-Zirkus nur von der ‚erwünschten' Toten, quasi dem ‚Ziel-Opfer', ablenken sollten."

Was sonst Halb vorbehalten war, hatte diesmal Schwejk geschafft ... eine tiefe Stille konzentrierten Nachdenkens.

„Aber die Frage, wie der aktuelle Täter an die geheim gehaltenen Informationen kommen konnte, die erachtest du schon noch als wichtig, oder?" – Verena hatte sich vor den anderen vom „Denkschub" erholt.

„Ja, natürlich. Bitte, ich will hier nicht ..."

„Uns ist schon klar, was du willst! Du meinst, dass wir es wieder einmal mit diesem perfiden Muster zu tun haben könnten, nach dem ein Mörder mehrere Menschen tötet, um den eigentlichen Hintergrund der Tat zu verschleiern und so von sich als Täter abzulenken."

„Ganz genau! Wenn zum Beispiel jemand seine Tante umbringt, damit er ihr Millionen-Vermögen erben kann, werden sich schnell einmal alle Ermittlungen auf ihn konzentrieren. Und irgendein Detail wird ihm schon das Genick brechen. Aber wenn die Tante tragischerweise ein Opfer eines Serienmörders wurde, dann ..."

„... sind wir klug genug, ihn trotzdem zu überführen, aber es wird länger dauern. Gut, aber das ändert nichts an unserem weiteren Fahrplan. Du und Toni, ihr kümmert euch um die Biografien der drei Opfer. Gemeinsamkeiten, verschleierte Lebenslügen et cetera. Du, Ingeniöhr, überprüfst die drei, die vor zwanzig Jahren kurzfristig unter Verdacht geraten waren ... plus Ehemänner oder sonstige Hinterbliebene der damaligen Opfer. Verena, zwei Aufgaben: Erstens die Herkunft des Parfums klären, zweitens, wer hat sich im Lauf der Jahrzehnte die Akten angesehen? Alles okay? Gut, dann sehen wir uns ... ah nein, noch etwas. Bitte spiel dich noch einmal ein bisschen mit diesen geheimnisvollen Jahreszahlen. Du weißt schon, die unter diesen ‚Und wieder der Duft'-Schwachsinnigkeiten gestanden sind. Ob es da einen Zusammenhang gibt? Danke! Gut, dann sehen wir uns morgen wieder. Selbe Zeit, selber Ort. Wünsche gutes Gelingen!"

Noch während Toni und Schwejk das Büro verließen und sich der Ingeniöhr und Verena an ihre Schreibtische verzogen, wandte sich Halb seiner Sekretärin zu.

„Helli, folgende Bitte: Ich bin zwar über meine Ignoranz entsetzt, aber ich weiß bis heute nicht, was mein Vorgänger am liebsten isst. Asiatische oder italienische Küche? Liebt er französische Gerichte? Oder doch Wiener Schnitzel? Oder ist er ein Mehlspeistiger? Ich weiß es nicht, wir waren und sind einander immer fremd geblieben. Und daher ..."

„Schon verstanden. Wollen Sie oder soll ich Frau Lechner anrufen?"

Halb zögerte einen Moment, bevor er sich einen Ruck gab.

„Danke, das muss ich schon selber machen. Und ich tu's ja auch gern, weil die Frau Lechner war ja fast so was wie eine Heilige. Grolfs Büroleiterin zu sein und ihm gegenüber trotzdem ein Berufsleben lang loyal zu bleiben, das zeugt von menschlicher Größe. Wenn Sie mir bitte ihre Telefonnummer heraussuchen."

„Gerne, Herr Hofrat, hier" – lächelnd hielt ihm Frau Drobatschnig ihr Handy hin. „Ich bin mit der Margit seit Jahren in losem Kontakt, deshalb hab ich ihre Nummer gespeichert. Aber ich sag Ihnen gleich, im Moment ist sie nicht so einfach zu erreichen. Sie zieht gerade in eine wirklich edle Seniorenresidenz um, und pendelt daher wie eine Wilde zwischen alter Wohnung und neuem Appartement. Dazwischen hat sie dann immer wieder ihre Mini-Depressionen. Wie das halt so ist, wenn man nicht weiß, von welchem alten Zeug man sich trennen soll. Die hat ja kartonweise alte Briefe aufgehoben, und jetzt nimmt sie die doch glatt Stück für Stück in die Hand und überlegt, ob sie gerade den wegwerfen soll."

„Danke für das Update, ich werde Frau Lechner jetzt gleich anrufen und sie psychisch aufbauen."

„Gehen Sie nur in Ihr Büro, ich stell das Gespräch direkt zu Ihnen durch."

Halb blieb kaum Zeit, sich über die Redefreudigkeit seiner sonst eher ruhigen Sekretärin zu wundern, da schon das Telefon auf seinem Schreibtisch klingelte.

„Küss die Hand, Frau Lechner, Halb, Ludwig Halb. Wie geht's ..." – erst ein Klicken bremste Halb in seiner Begrüßungsformel.

„Guten Tag, hier ist der automatische Anrufbeantworter von Margit Lechner. Bitte sprechen Sie nach dem Signalton."

„Ja, also, Halb hier. Verehrte Frau Lechner, ich würde um einen Rückruf bitten. Es geht um das Lieblingsessen vom Kollegen Wolf. ... eh klar, wegen seines Achtzigers. Danke!"

Montag, 9. Dezember 2013, 14 Uhr

Er hatte Krankenhäuser immer schon gehasst. Schon vor seiner Wirbelsäulenverletzung, die ihn monatelang – buchstäblich – ans Bett gefesselt hatte. Halb sah sich kurz um ... kein Mensch würdigte ihn eines Blickes, weshalb er die nächsten Meter wie ein vergnügtes Kind vor sich hintänzelte. Ab und zu leistete er sich diesen

Luxus in Erinnerung an die grässliche Zeit, in der das Damoklesschwert einer Querschnittslähmung über ihm gehangen hat. ... besser gesagt, in seinem Rücken gesteckt war.

Ja, ein Herr Gerolf Wolf sei gestern eingeliefert worden. Aber heute ... nein, sie hätten keinen Patienten dieses Namens mehr im System. Ob der Herr Wolf vielleicht heute Nacht ...? Aber wahrscheinlich liege nur ein technischer Fehler vor. Aber der Herr wisse schon, dass jetzt noch keine Besuchszeit sei? Sechster Stock, Onkologie.

Der Portier wies gelangweilt auf einen dieser engen Kabinenaufzüge mit Doppelstahltüren, die Halb verabscheute.

„Gibt's hier auch eine Treppe?" Ohne ihn eines Blickes zu würdigen, deutete die Hand in eine andere Richtung.

Da die Giselastiftung eines jener Spitäler war, das Fußgänger mit einem „Halb-" und einem „Zwischenstock" strafte, kam Halb erst einige Minuten und etliche Schweißperlen später im sechsten Stock an. Mit geübtem Blick erkannte er sofort, wo er sich kurz erholen konnte, bevor er Grolf suchen würde.

„Entschuldigen Sie, Herr Doktor, ich weiß schon, es ist noch keine Besuchszeit, aber ich bin vom Bundeskriminalamt ... hier ist mein Ausweis. Und ich würde ganz dringend einen Herrn Wolf suchen, der gestern eingeliefert worden sein soll. Hätten Sie eine Ahnung, wo ..."

„Bundeskriminalamt? Ja, das erklärt manches. Also, wir sind hier auf der Krebsstation ja öfters mit dramatischen Situationen und entsprechenden menschlichen Reaktionen konfrontiert, aber dieser Herr Wolf war wieder einmal ein spezieller Fall. ... so einer der

Patienten, von denen unser Primar immer sagt: ‚Seien wir dankbar, dass es auch solche gibt, dann haben wir Gelegenheit, unsere Nahkampftechniken zu verbessern.' Und dieser Herr Wolf – alle Achtung, der trug den ‚schwarzen Gürtel' in Unhöflichkeit. Kaum, dass er halbwegs stabil war, hat er schon herumgepfaucht! Dass wir ihn sicher nur vergiften wollen, nein, er lasse sich keine Infusion geben! Übrigens, kennen Sie ihn gut? Dann wissen Sie vielleicht, wer diese mystische Erscheinung ist, vor der sich Herr Wolf so fürchtet? Parker oder so ähnlich. Auf jeden Fall hat er dann so zu toben begonnen, dass wir einen Kollegen von der Psychiatrie haben kommen lassen. Und vorsichtshalber auch gleich zwei Pfleger mit einer Statur wie kanadische Holzfäller. Aber dieser sympathische Kollege hat nur knapp gemeint: ‚Demenz, Alkoholismus, Schizophrenie, Manie, Panikstörung, Persönlichkeitsstörung … sucht es euch aus und gebt ihm ein Beruhigungsmittel', und ist wieder abgerauscht. Sehen Sie, mich hat das so beeindruckt, dass ich mir den ganzen Sermon sogar gemerkt habe. Egal – der Kollege zischt also ab, aber die Pfleger sind erfreulicherweise geblieben. Und dann wurde es ziemlich schräg. Plötzlich schaut der Herr Wolf einem der beiden Muskelpakete ins Gesicht, wird ganz ruhig und sagt: ‚Palmy, schön, Sie ausnahmsweise einmal heraußen zu sehen.' Darauf der Pfleger: ‚Seit Jahren, Herr Hofrat. Und, Herr Hofrat, wie geht's Ihnen?' Ich hab mir gedacht, der spinnt. Aber das hat gewirkt! Dieser Herr Wolf hat seelenruhig die Bettdecke zurückgeschlagen und beinahe höflich um die Entlassungspapiere gebeten. Selbstverständlich würde er alles unterschreiben. Hauptsache, er dürfe gehen. Und jetzt kommt's … um auf Parker zu warten! Ich schwör's, das waren seine

Worte! Offenbar doch ein schwerer Verfolgungswahn. Na ja, zuerst haben wir ihn nicht weglassen wollen, aber als er uns erzählt hat, dass er ins Tageshospiz in der Fichtelgasse gehe, da ... also, natürlich haben wir vorsichtshalber dort angerufen, ob die ihn auch wirklich kennen. Und sie kannten ihn, da ist uns ein Stein vom Herzen gepoltert. So, aber jetzt muss ich wieder rennen. Ich wünsch Ihnen viel Glück, weil ... Sie haben's auch nicht leicht."

Montag, 9. Dezember 2013, 14.33 Uhr

Halb hatte seinen treuherzigsten Blick aufgesetzt.

„Schwester, ich bitt Sie, borgen Sie mir ganz kurz Ihr Telefonbuch. Ja, schon ... also, ich glaub zumindest, dass ich auf meinem Handy Internet hab, aber ich kenn mich damit nicht aus. Was soll ich? Mir von meinen Enkeln zeigen lassen, wie das funktioniert? Eine gute Idee ... und wenn Sie jetzt so freundlich wären. Danke!"

Gereizt blätterte sich Halb zum Buchstaben „T" durch. Enkelkinder! Er!

„Grüß Gott, Hofrat Magister Halb mein Name. Erschrecken Sie nicht, ich bin vom Bundeskriminalamt und ... ja, ich zeige Ihnen gerne meinen Ausweis, aber erst, wenn ich bei Ihnen bin. Und ich komme nur dann in die Fichtelgasse, wenn Sie mir verraten, ob der Herr Wolf bei Ihnen ist. Ja, Gerolf Wolf. Heute nicht? Aber gestern schon? Danke! ... ja, gerne, wenn Sie wollen, können Sie sich dann auch eine Kopie von meinem Ausweis machen. Wiederhören!"

Wo war Grolf? Und was hatte es mit seinem Gerede auf sich? Wartete er wirklich auf Parcher? Oder wartete Parcher schon auf ihn?

Halb hasste solche Situationen, in denen er zur Untätigkeit gezwungen war. Wenn er nach Grolf fahnden ließe, würde er sich nur lächerlich machen. Und andere Spuren hatten sie – noch – keine.

Außer ...

Nein! Es gab Grenzen! Und die sollten nicht einmal in Momenten totaler Ergebnislosigkeit überschritten werden.

Er verabscheute diesen ganzen mystischen Geheimbund-Mittelalter-Kram und würde sich nicht damit auseinandersetzen! Aus! Schluss!

Andererseits hatten Zinken weder mit Mystik noch mit dem Mittelalter zu tun, es waren schlicht und einfach Gaunerzeichen, mit denen sich die Randelemente der Gesellschaft mehr oder minder geheime Botschaften übermittelten. Aber was zum Teufel sollten Zinken in einer Mordserie des Jahres 2013 zu suchen haben?

Seufzend griff Halb nach seinem Handy.

„Ja, Verena, ich wollt nur fragen, ob's schon was Neues gibt? Die Parfum-Spur verläuft im Sand? Na gut, dann füllen wir ihn in eine Sanduhr, die riecht dann wenigstens gut. Warum ich so kindisch bin? ... Notwehr, nehme ich an. Und sonst?"

„Ein merkwürdiger Anruf. Du hast einer Frau Lechner auf den Anrufbeantworter gesprochen und um Rückruf gebeten. Ich hab nicht ganz verstehen können, was sie mir erzählt hat."

„Wieso?"

„Sie hat wörtlich gesagt ... Moment, ich hab's mir extra aufgeschrieben. Ah ja, hier. Ein Lieblingsessen habe es nicht gegeben. Mehr noch, er habe essen lediglich als lebenserhaltende Maßnahme angesehen. Und jetzt könne er überhaupt kaum mehr schlucken und würde essen einfach nur mehr verabscheuen. Klär mich auf, Chef, worum es da geht? ... also, ich nehme an, dass es mit der von dir so geliebten Geburtstagsfeier zu tun hat, aber ..."

„Richtig kombiniert. Margit Lechner ist die langjährige Büroleiterin von Grolf. Und da ich zu meiner Schande gestehen muss, dass ich von Grolf privat so gut wie gar nichts weiß ..."

„... hast du die Dame angerufen. Jetzt versteh ich. Aber da war noch was Seltsames. Sie hat am Schluss sehr bestimmt nach dir gefragt. Sie müsse dir dringend etwas erzählen. Oder, besser gesagt, dich dringend etwas fragen. Ich wollte ihr nicht deine Handynummer geben, oder wäre dir das recht gewesen?"

„In dem Fall hättest du das durchaus tun können, aber sonst natürlich nicht."

„Na gut. Also hab ich ihr angeboten, dir ihre Frage auszurichten. ... und das hab ich wirklich sehr freundlich gesagt."

„Das glaube ich dir aufs Wort."

„Danke! Aber trotzdem hat Frau Lechner seltsam reagiert. Sie war richtig grob. ‚Nein, ich muss den Herrn Hofrat persönlich sprechen! Und zwar schnell! Richten Sie ihm das aus!' Genau so hat sie mir das hingeschleudert."

„Reg dich nicht auf, Verena. Da ist ihr halt irgendeine Laus über die Leber gelaufen. Vielleicht ist sie auch nur nervös, weil sie gerade übersiedelt ... das hat mir wiederum Helli erzählt. Weißt du was, ich werde sie morgen Nachmittag anrufen und mich ganz herzlich für ihre Informationen bedanken. Und ich verspreche, ich werde Süßholz raspeln, mit Zucker obendrauf!"

„Wunderbar, Chef, dann auf Wi..."

„Nicht auflegen! Ich hab ja eigentlich aus einem anderen Grund angerufen. Und zwar ... aber zuerst musst du mir versprechen, dass du niemandem davon erzählst. Hoch und heilig schwören ... geht das?"

„Indianerinnen-Ehrenwort! Genügt dir das?"

Inzwischen kannte er seine „Jüngste" gut genug, um ihr Grinsen durchs Telefon zu spüren.

„Ja, das reicht mir! Folgendes ..."

Montag, 9. Dezember 2013, 15.30 Uhr

Als Halb die Sicherheitsschleuse des „grauen Hauses" passierte, hatte er immer noch Verenas nur mühsam unterdrücktes Lachen im Ohr. Er war sich nicht ganz sicher, ob sie ihr Versprechen halten und niemandem von seiner Bitte erzählen würde. Er hatte ihr für den gegenteiligen Fall zwar mit schrecklichen Strafen gedroht, aber ob das Wirkung zeigte ... auch egal – dann würde sich eben das halbe Bundeskriminalamt darüber lustig machen, dass er neuerdings sehr spezielle Fachleute konsultierte.

... und zwar solche, die eine einjährige Haftstrafe zu verbüßen hatten.

„Herr Hofrat, Sie wollen zum Herrn Wonczalek? Ich wusste gar nicht, dass sich jetzt auch das Bundeskriminalamt mit Zinken beschäftigt. Bitte weiterzugehen, ich schick ihn Ihnen in Raum drei."

Als Walter Wonczalek den Gesprächsraum betrat, wurde Halb schlagartig klar, warum dieser Mann zu Berühmtheit gelangt war. Selbst nach mehreren Augenblicken konzentrierten Musterns hätte Halb Probleme gehabt, sein Gegenüber zu beschreiben. Dick, dünn, klein, groß, eckig, rundlich – „Zinken-Walli" war alles und nichts. Sein Äußeres war von atemberaubender Durchschnittlichkeit, ideal für einen Urkunden- und Scheckfälscher.

„Grüß Gott, Herr Wonczalek. Halb mein Name, Ludwig ..."

„Herr Hofrat, wollen S' mich beleidigen? Ich bin zwar nur eine kleine Nummer, aber eine Legende wie Sie kenn ich trotzdem."

„Danke, ich hab auch nur Gutes über Sie gehört. Unter anderem wurden Sie mir als Zinken-Kapazunder geschildert." Er hatte sich nicht verrechnet. Kaum, dass er ins Wienerische umgeschaltet hatte, begann Wonczaleks Gesicht zu strahlen.

„Mein Gott, Herr Hofrat, tut das gut, endlich wieder einmal in der Mameloschn taigetzen zu können."

... und jetzt auch noch Rotwelsch! Halb durchforstete blitzschnell sein Sprachzentrum nach den längst vergessenen Gaunersprache-Kenntnissen.

„Können Sie hier nicht in Ihrer Muttersprache reden? Nicht einmal mit den Beamten?"

„Die Wächter sind ja schon okay, aber ..." – Wonczalek machte eine abfällige Handbewegung. „Aber Sie sind ja sicher nicht hier in die Justizanstalt Josefstadt gekommen ..." – Wonczalek ließ die offizielle Bezeichnung des „grauen Hauses" kurz nachklingen – „... um mit mir über das Aussterben der Wiener Gaunersprache zu plaudern. Was kann ich für Sie tun? ... aber ich sag Ihnen gleich, ich werd niemanden vernadern!"

„Das würde ich von Ihnen auch nicht erwarten, dass sie wen verraten. Ich will nur wissen, was Sie mir zu diesem Zinken sagen können?" Effektvoll zog Halb ein Blatt Papier und einen Bleistift aus der Tasche und zeichnete das Pfeil-Symbol groß in die Mitte.

Wonczalek betrachtete es kurz.

„Da kennt sich wer aus. Das hat ein Könner gemacht."

„Was meinen Sie?"

„Schaun S', Herr Hofrat. So, also mit drei Querstrichen in der Mitte, zeigt's an, wohin die ‚Mordbrenner' – wir würden wohl ‚Gewalttäter' sagen – weitergezogen sind. Dass da nur ein Strich ist ... ungewöhnlich."

„Könnte es sich nicht um einen Irrtum handeln?"

„Unwahrscheinlich. Wer verwendet heute schon noch Zinken? Doch nur Kenner, und die würden auf keinen Fall einen Fehler machen. Nein, ich glaube eher, dass es sich hier um eine ganz bewusste Veränderung handelt. Also nicht ‚die Mordbrenner', sondern ‚der Mordbrenner'. Ein einziger nur. Da will Ihnen wer eine konkrete Botschaft übermitteln."

Halb saß wie erstarrt da.

„Wieso mir?"

„Entschuldigen schon, Herr Hofrat, ich hab halt gemeint, weil Sie mit dem Zinken kommen, dass er auch Ihnen gilt. Tut er nicht? Wo haben Sie ihn denn gefunden? ... wenn ich das überhaupt fragen darf."

„Nein, ich darf Ihnen leider keine Antwort geben. Aber Sie wissen ja, in welcher Abteilung ich arbeite und ..."

Wonczalek nickte voller Mitleid.

„Nur damit ich ganz sicher bin – Sie meinen, dass diese Veränderung des Symbols kein Zufall ist, sondern Absicht. Das wiederum bedeutet, dass sie gezielt platziert wurde. Und das heißt, dass ..."

„... derjenige, von dem der Täter annehmen konnte, dass er den Mord untersuchen würde, diese Botschaft ernst nehmen sollte."

„Danke, Herr Wonczalek! Sie haben mir sehr geholfen. Ich ..."

„Schon gut, Herr Hofrat, gehen S' nur nachdenken. Ich seh Ihnen ja an, dass Ihnen im Moment jedes fremde Wort auf die Nerven geht. Habe die Ehre, Wiederschaun!"

Montag, 9. Dezember 2013, 16.30 Uhr

Als Halb durch einen der ewig langen Gänge dem Ausgang zurannte, hatte er das Gefühl, soeben eine höchst anstrengende Therapiesitzung überstanden zu haben. Er konnte nach wie vor jegliche Form von Selbstanalyse nicht ausstehen, aber diesmal hätte ihm ein Versuch viel Ärger erspart. Vor allem die Wutausbrüche der letzten Tage hätten ihm zu denken geben müssen. Es war nicht der Zinken an sich, der ihn zur Weißglut getrieben hatte, es war die gut versteckte Zusatzinformation, die er nicht wahrnehmen hatte wollen!

Und Wonczalek hatte sie in schöner Offenheit ausgesprochen. Die Botschaft war für ihn bestimmt! Und das erklärte auch die Wiederholung der Inszenierung von vor zweiundzwanzig Jahren – der Mörder wollte sichergehen, dass diese Fälle von einem Ermittler bearbeitet würden, der schon 1991 dabei gewesen war.

Und da kein halbwegs vernünftiger Mörder davon ausgehen konnte, dass Grolf noch aktiv wäre, musste er ihn gemeint haben.

Aber wie lautete seine ganz persönliche Botschaft? Ein einzelner „Mordbrenner" – das war doch er selber, eben der Mörder! Wen soll er sonst damit meinen?

„Einen wunderschönen Nachmittag, Herr Hofrat."

Halb blieb so abrupt stehen, dass er beinahe gestolpert wäre. Er kannte die vitale Stimme, auch wenn er sie nicht gleich zuordnen konnte.

„Die Welt ist doch ein Dorf, und Wien überhaupt! Ob in Stein, in meiner Ordination oder hier im ‚Landl', es kreuzen sich unsere Weg auf gar wundersame Weise."

Stein, Ordination, wundersame Weise ... das konnte nur Walter Bauer sein.

„Herr Magister! Was führt Sie hierher? Auf jeden Fall schickt Sie der Himmel!"

Bauers Gesichtsausdruck entsprach zur Gänze Halbs Vorstellung eines typischen Psychologen-Lächelns.

„Höre ich da Bedarf an einer fundierten klinisch-psychologischen Intervention? Oder, anders formuliert ... brauchen S' wen zum Reden?"

Montag, 9. Dezember 2013, 17 Uhr

„Dort oder dort?"

„Nehmen wir den ganz hinten."

Dass Magister Bauer kein Freund langer Präliminarien war, zeigte sein „Ich bin schon zu neugierig, was Sie mir erzählen", noch bevor sie ihren Kaffee bestellt hatten.

Zwei Einspänner und einen ausführlichen Bericht später beugte sich Halb verschwörerisch zu Magister Bauer.

„Glauben Sie auch, dass diese Zinken extra für mich hinterlassen wurden?"

„Warum nicht? Ihre Schlussfolgerungen klingen außerordentlich logisch. Die Wiederholung der damaligen Inszenierung hat eine einzige Funktion – dass Sie den Fall übernehmen. So schaurig das klingt, das heißt, dass der Mörder über seine Opfer mit Ihnen kommuniziert. Was er Ihnen mitteilen will, können vermutlich nur Sie erkennen.“

„Und genau das ist der Punkt, der mich in den Wahnsinn treibt! Ich habe keine Ahnung, was er mir damit sagen will.“

„So blöd das jetzt klingen mag, denken Sie nicht zu kompliziert. Manchmal ist die einfachste Antwort auch die richtige.“

„Sie haben gut reden! ‚Einfachste Antwort‘ ... da kennen Sie meinen verehrten Kollegen und Vorgesetzten schlecht. Bei dem ist alles kompliziert.“

„Sie meinen den Hofrat Straka? Dann verblüffen Sie ihn beim nächsten Mal mit einem einfachen, aber genialen Gedankengang. Wenn Sie wollen, können wir das gleich jetzt und hier üben.“

Misstrauisch beäugte Halb den Psychologen.

„Einfach? Genial?“

„Oder genial einfach. Aber es gilt auch hier ... es gibt nichts Gutes, außer man tut es! Also, überraschen Sie uns beide jetzt sofort mit einer erfrischend einfachen Überlegung. Was will Ihnen der Mörder mit dem Zinken sagen?“

Seufzend schloss Halb die Augen, um sich besser auf das Symbol konzentrieren zu können.

„Der Zinken, also dieser Pfeil ... das könnte bedeuten, dass der Mörder – wohlgemerkt, nur ein einzelner Mörder – in diese eine bestimmte Richtung geflohen ist? Soll ich jetzt Suchhunde anfordern und sie alle Straßen entlangschnüffeln lassen, die in Pfeilrichtung vom Tatort wegführen? Und, vor allem, warum sollte er mir überhaupt eine Information zukommen lassen wollen? Es ist doch aus der Sicht des Täters eigentlich immer unsinnig, irgendetwas über sich preiszugeben, geschweige denn, den eigenen Fluchtweg zu verraten.“

„Stimmt! Also muss es etwas anderes bedeuten. Aber trösten Sie sich, Sie fangen schon an, linearer zu denken. Sie werden sehen, in dem Moment, in dem Sie den kürzesten gedanklichen Weg von A nach B nehmen, werden Sie auch Ihren Mörder haben. So unwahrscheinlich die Lösung dann auch klingen mag."

Magister Bauer winkte den Kellner herbei.

„Ich hätt noch gern was zu essen ... also nur, wenn Sie auch noch etwas Zeit haben? Ja? Fein, Sie müssen mir noch berichten, wie es dem Herrn Wilt geht. Ein ausnehmend netter Mensch. Einmal Ham and Eggs bitte ... oder wollen Sie auch?"

Als Halb drei Stunden und etliche paar Würstel später seine Wohnungstüre aufsperrte, musste er gar nicht erst an Czerny-Etüden denken, um sogleich bleierne Bettschwere zu verspüren. Eigentlich hatte er sich vorgenommen, Magister Bauers Rat, einfach einfach zu denken, bei einigen Tassen Darjeeling Himalaya zu befolgen. Aber nicht einmal die Vorstellung der feinaromatischen Muskatnote dieses Hochland-Tees hielt ihn davon ab, direkt ins Schlafzimmer zu wanken.

Dienstag, 10. Dezember 2013, 8.15 Uhr

„Dann wird mich der Ernst eben schimpfen!" – noch bevor Halb die Klinke zu seinem Büro herunterdrückte, hatte er sich bereits mit den üblichen „Ach, auch schon da!"-Bemerkungen seines ehemaligen Studienkollegen, momentanen Vorgesetzten und jahrzehntelangen Freundes Straka abgefunden.

„Ob da irgendein Anfangs- oder Lustduft, ein Duft des Friedens oder was auch immer für ein letzter Atemhauch genannt wird ... egal! Ist mir schon wieder völlig egal! Mit diesem Hinweis kann man keinen Mörder fangen! Wenn, dann sind Sie von den Medien schuld, weil Sie Ihren Lesern und Zuschauern ..." – leise schloss Halb die Türe wieder. Wieso erklang in seinem Büro Grolfs Stimme? Noch dazu so kräftig?

„... auch alle Deutschen gefälligst nach einem einzigen Mann umzusehen haben. Nach Johannes Parcher! Spitzhuf-Johnny, das ist der Mörder! Aber wir können ihn nicht finden, wenn uns die Medien dabei derart behindern. Und das tun Sie, weil Sie immer verraten, was unsere nächsten Schritte sein werden."

Sie saßen alle vor Verenas Tisch und fixierten den Monitor, aus dem Grolf herauswütete.

„Was seht ihr ..."

„Scht! Gleich, Chef."

Halb zog den letzten freien Sessel zu sich ... und blieb erst stehen. Es zahlte sich wirklich nicht mehr aus, Platz zu nehmen. Das makabre Schauspiel würde gleich ein unrühmliches, wenn auch seinerzeit berühmtes Ende nehmen.

„... Sie alle sind in Wirklichkeit einzig und allein leichengeile Schweine!"

„Na, hab ich euch zu viel versprochen?" – der Ingeniöhr drückte mit so viel Stolz auf die Stopptaste, als hätte er mindestens die Weltenformel präsentiert.

„Ach, Ludwig, auch schon da! Schade, dass du erst so spät ..."

„Guten Morgen allerseits! Erstens steh ich schon seit etlichen Minuten hinter dir, Ernst ... ich wollte euch nur nicht in eurer Sensationslust stören. Und zweitens – toll, mein lieber Ingeniöhr, wo hast du denn dieses geschichtsträchtige Dokument aufgetrieben?"

„Das war ganz einfach. Auf einer Homepage von waschechten Polizeihassern. Das ist wirklich unglaublich, die haben aus allen Teilen der Welt Videos von Gewaltexzessen und Wutausbrüchen von Polizisten, auch eine Szene, wie die gerade einen Unbewaffneten erschie...“

„Skandalös, Ludwig, dass es so etwas überhaupt geben darf!“

„... und eben Grolfs damalige Pressekonferenz ins Netz gestellt.“

„Ganz unglaublich, Ingeniöhr. Ja, wirklich skandalös, Ernst. Gut, nach dieser Volksbelustigung könnten wir uns doch wieder unserer Arbeit zuwenden. Und wir wollen natürlich auch dich, lieber Ernst, nicht davon abhalten.“

„Ich bin so gut wie weg. Ich wollte nur ...“

„Da haben wir leider einen Rückschlag erlitten, der dein derzeitiges Lieblingsunternehmen in Frage stellt. ... zumindest ein großes Bankett können wir vergessen. Wir haben uns bei Margit Lechner erkundigt, Grolf kann und will kaum mehr essen!“

„Um Gottes willen, was sollen wir denn jetzt machen?“

„Kein Problem – ein kaltes Buffet. Da fällt es nicht auf, wenn der Ehrengast nichts isst, allein schon deshalb, weil sich alle anderen ohnehin um die freien Plätze direkt bei den Sandwiches prügeln.“

„Raffiniert, Ludwig! Raffiniert und effizient. Dann ...“

„Ja, dir auch!“

„Dann sehen wir einander heute um 15 Uhr. Und jetzt sag nicht, dass du wieder einmal meine Mails nicht gelesen hast.“

Da Halb seine Sekretärin zwar gestikulieren sah, ihren wilden Bewegungen aber keine konkreten Informationen entnehmen konnte, wagte er einen Befreiungsschlag.

„Oje, hat die Frau Drobatschnig noch nicht zurückgeschrieben, dass ich leider verhindert sein werde? Helli, wir haben doch die Besprechung mit dem Caterer wegen Grolfs Buffet genau um ... wann war das noch gleich?"

„15.20 Uhr, Herr Hofrat."

„Ja, stimmt. Und da dieser Termin ..."

„... natürlich in der Catering-Schauküche, in der Sarotingasse im elften Bezirk."

„... im elften Bezirk stattfindet, musste ich leider Prioritäten setzen. Oder soll ich besser bei der Sitzung erscheinen und die Vorbereitungen zu Grolfs Feier ..."

„Nein, nein, Ludwig. Das hat natürlich Vorrang! Dann werde ich dich eben bei unseren Europol-Kollegen entschuldigen müssen. Ich freu mich schon auf deinen morgigen Bericht. Also dann ..."

Als Strakas Schritte kaum mehr zu hören waren, ließ sich Halb in den erstbesten Sessel fallen.

„Wenn doch lügen nicht so anstrengend wäre! Jetzt müssen wir bis morgen einen Kostenvoranschlag fürs Buffet herbeizaubern. Helli, könnten das Sie ... danke! Und damit kommen wir zum erfreulichen Teil des Tages. Toni, Schwejk ... übrigens, Toni, ich soll dich ganz lieb von Magister Bauer grüßen lassen. Du weißt, der Psychologe aus Stein, der ..."

„Chef, danke – ich kann mich genau erinnern. Solltest du ihn sehen, bitte meine Retourgrüße auszurichten. Wo seid ihr euch denn über den Weg gelaufen?"

„Gestern Nachmittag im ..." – buchstäblich in letzter Sekunde fiel Halb ein, dass er seinen Wonczalek-Besuch nicht an die große Glocke hängen wollte – „... im Zuge meines Besuch-Versuchs bei Grolf im Spital bin ich Bauer dann über den Weg gelaufen. Ach ja, nur ganz kurz. Grolf muss sich wie ein Berserker aufgeführt haben.

Erst, als sie ihn gegen Revers entlassen haben, war er halbwegs manierlich und ist dann in dem Tageshospiz aufgetaucht, das er üblicherweise besucht."

„Tageshospiz? Also geht es wirklich dem Ende zu?"

„Offenbar ja. Jedenfalls kann ich euch von dieser Front nichts Neues berichten. Außer die Grüße von Magister Bauer. Und nun zu euch – Toni, Schwejk, was habt ihr herausgefunden?"

„Nichts, was uns weiterbringen könnte."

„Und wir haben uns wirklich alle Mühe gegeben ..."

„Du dir vor allem bei der einen ausnehmend hübschen Kollegin von der 3-4-2er."

„Ich bin eben noch ein attraktiver Mann! Nein, im Ernst, trotz aller – fachlichen! – Mühe haben wir keinen einzigen Hinweis auf irgendwelche Verbindungen unserer Opfer zum Milieu gefunden."

„Frau Polgar, Frau Grasinger und Frau Schmid – alle drei haben ein mehr oder minder normales Leben geführt."

„Alle drei hatten ihre glücklichen Zeiten ..."

„... und alle drei hatten ihre Tragödien zu bewältigen."

„Welche? Wann?"

„Frau Polgar ist schon recht früh, 1995, verwitwet. Ihr Mann kam bei einem Verkehrsunfall ums Leben. Da taucht vielleicht das einzig ungewöhnliche Detail auf."

„Und zwar?"

„Er wurde in der Nacht auf einem Zebrastreifen überfahren, der Lenker beging Fahrerflucht und konnte nie ermittelt werden."

„Zweifelsohne tragisch, aber das dürfte für uns irrelevant sein. Und die zweite Dame?"

„Frau Grasingers großes Unglück war der Tod eines ihrer drei Söhne. Der Bursch kam auf der Maturareise ums Leben. Eine Gasexplosion in einer thailändischen Disco."

„Noch tragischer, aber für uns vermutlich ebenso uninteressant."

„Und bei Frau Schmid ... das war die Dame, die erst vor zwei Jahren aus Australien nach Österreich rückübersiedelt ist."

„Die mit den zwei Töchtern, die in Australien geblieben sind?"

„Genau. Bei ihr sind wir auf den Grund gestoßen, warum sie nach über zwanzig Jahren nichts wie weg aus Down Under wollte. Auch eine Tragödie – ihr Mann wurde bei einem Überfall auf eine ihrer Bäckereien erschossen."

„Na ja, das war zwar ein Verbrechen, aber ich sehe beim besten Willen keinen Zusammenhang mit unseren Morden. Sonst noch was?"

„Nein, das war's. Wie gesagt, keinerlei Hinweise auf irgendwelche Kontakte zur hiesigen Unterwelt."

„Danke euch beiden! Verena? Du hast mir ja schon gestern am Telefon berichtet, dass die Parfum-Spur nichts ergeben hat."

„Leider. Es gibt keinerlei Hinweis, wo der Täter das ‚sent-aine de plaisirs' herhaben könnte. Aber dafür hab ich was Interessantes bezüglich der Archivlisten anzubieten."

„Du hast sie uns mitgebracht, und sie verraten uns einen wesentlichen Hinweis auf den Mörder?"

„Vielleicht würden sie das ... wenn sie nicht verschwunden wären."

„Wie bitte?" – plötzlich genoss Verena die ungeteilte Aufmerksamkeit ihrer Kollegen. Auch Helli wandte sich von ihrem Monitor ab und ihr zu.

„Man kann sogar noch die Kante erkennen, an der die entsprechende Seite herausgerissen wurde. Aber kein Mensch kann sich erklären, wie das passieren konnte. Geschweige denn, wer das gewesen sein könnte."

Halb rieb nachdenklich sein Stoppelkinn.

„Das heißt aber auch, dass wir die Akten mit aufmerksamen Blicken betrachten müssen. Vermutlich wollte der Blätterdieb verschleiern, dass er etwas aus dem Akt entfernt hat, weil etwas hinzufügen fällt viel eher auf. Aber solange wir nicht wissen, wer das war, haben wir natürlich auch keine Ahnung, was er herausgenommen hat. Und umgekehrt. Schade! Und danke, Verena. Last not least – Ingeniöhr, was gibt's bei dir Neues?"

„Leider auch nicht viel, was uns weiterhelfen könnte ... glaub ich zumindest. Zur ersten Frage – von den drei damals zu Unrecht Verdächtigten und für kurze Zeit Festgenommenen ... Berger, Abalski und Prokupil ... gibt es nichts zu berichten. Außer vielleicht, dass sich der Abalski drei Jahre später in seiner Zelle erhängt hat."

„Wieso war er in Haft?"

„Der hat ein Jahr nach dem falschen Verdacht dann einen Juwelier erschossen. Lebenslang ..."

„Du lieber Himmel! Und Berger und ..."

„Prokupil. Wie gesagt, die zwei verschwinden schon bald nach 1990 aus allen Datenbanken, als ob es sie nie gegeben hätte. Im Gegensatz dazu hatte ich bei den Hinterbliebenen der damaligen Opfer mehr Glück. Von den sieben Toten waren drei verheiratet gewesen, aber alle drei Ehemänner sind bald nach den Mordfällen wieder in ihre osteuropäischen Heimatländer zurückgegangen. Zwei davon sind vor Jahren verstorben, einer sitzt seit vier Jahren in Haft. Und zwar in Bulgarien ... ich bin mir sicher, dass der als ‚unser' Mörder nicht in Frage kommt."

„Sehr wahrscheinlich! Aber das bedeutet, dass diese Männer von den Botschaften auf den Zetteln erfahren und diese weitergegeben haben könnten. Das hilft uns jetzt nicht wirklich weiter."

„Chef, aber warum sollte wer auch immer über zwanzig Jahre gewartet haben, um dieses Wissen zu nützen? Je mehr ich darüber nachdenke, desto weniger kann ich mir einen Grund vorstellen."

„Toni, ich versteh dich schon, aber wir müssen das trotzdem im Auge behalten. Das heißt, dass wir ..."

„Moment noch, Chef. Du wolltest doch, dass ich mich auch mit den drei Jahreszahlen beschäftige, die unter diesen ‚Duft-Sätzen' gestanden sind."

„Ah ja, natürlich. Bitte" – trotz der vormittäglichen Stunde wirkte Halb plötzlich müde und abgespannt.

„Das ist seltsam. Das erste und das dritte Datum stimmen mit den Geburtsdaten des ersten und des dritten Opfers von 1990 überein. Aber die zweite Zahl, die auf dem Zettel bei Frau Grasinger gestanden ist, die kann ich nicht zuordnen."

„Interessant. Sei bitte so lieb und such weiter. Wenn das alles war, dann ..."

„Chef, entschuldige, ich bin noch einmal lästig."

„Ingeniöhr, erstens haben wir gehört, dass du schlimmstenfalls beharrlich bist. Und zweitens bist du nicht lästig, sondern ein steter Quell der Information. Und zwar welcher?"

„Der Kollege Stallner hat uns ein Mail geschickt. Die Spurenauswertung der drei Tatorte ist noch am Laufen, aber es sieht einstweilen so aus, als ob wir es mit einem Phantom zu tun haben. Auch auf den Spritzen, kein einziger Fingerabdruck. Geschweige denn fremde Spuren! Nirgends nix!“

Schwerfällig wuchtete sich Halb aus dem Sessel und steuerte auf seinen Sitzball zu.

„Es ist wirklich wie verhext! Magister Bauer rät mir, möglichst unkompliziert zu denken ... was ich ja gerne täte, aber das geht nur, wenn man die Markierungen entlang der Gedanken-Autobahnen erkennen kann. Ansonsten kurvt man erst wieder in Hirn-Serpentinen herum. Aber leider sind keinerlei Bodenmarkierungen oder Leitschienen zu erkennen! Kein Motiv, keine Spuren, kein ...“

Das schrille Klingeln auf Hellis Schreibtisch unterbrach Halbs Jammern abrupt.

„Drobatschnig, Büro Hofrat Halb. Grüß Gott, Frau Doktor! Jetzt gleich? Kann das nicht wer anderer ... nein, nur er selber. Gut, ja, gerne, ich werd’s ihm ausrichten. Wiederhören.“

Kopfschüttelnd legte Helli den Hörer auf.

„Herr Hofrat, das war die neue Gerichtsmedizinerin. Die ist ganz schön forsch. Sie mögen bitte höchstpersönlich bei ihr in der Sensengasse vorbeikommen. Und zwar gleich, bitte schön.“

Dienstag, 10. Dezember 2013, 11 Uhr

Halb prallte zurück. Er hatte mit manchem gerechnet, aber dass sich seine beiden Existenzen gerade am Eingang der Wiener Gerichtsmedizin vermischen würden, überraschte ihn doch sehr.

„Herr Hofrat, jetzt erschrecken Sie doch nicht so! Es freut mich zwar, dass ich vor vier Tagen offenbar einen bleibenden Eindruck hinterlassen habe, aber deshalb müssen S' doch nicht gleich zwei Meter zurückspringen. Hier entlang, bitte."

Halb folgte der „südländischen Brünhild" gottergeben. Mit ihren wallenden schwarzen Haaren sah sie von hinten noch hünenhafter aus.

„Nein, ja, nein, ja, bitte." Lediglich das letzte Wort ergab einen Sinn, da seine zukünftige Mieterin auf einen Stuhl neben ihrem Schreibtisch deutete.

„Nein, ich habe Sie am vergangenen Freitag nicht angelogen! Ja, ich gebe zu, ich hätte Ihnen gleich mehr über mich erzählen können, vielleicht sogar sollen. Nein, es war kein Zufall, dass ich gerade bei Ihnen zur Wohnungsbesichtigung aufgetaucht bin. Und ja, ich war etwas zu kurz angebunden, weil die letzten Tage waren unglaublich hektisch, und dass ganze ..."

„Halb! Ich darf mich vorstellen, Hofrat Magister Ludwig Halb." Lächelnd streckte er ihr die Hand hin, offenbar verbarg sich hinter ihrer beeindruckenden Gestalt eine nervöse, wenn nicht gar etwas verängstigte Seele.

„Ach Gott, ja, ich bin wirklich noch nicht ganz angekommen. Lirtscherer, Doktor Albertina Lirtscherer. Meinen Vornamen verdanke ich zum einen der Tatsache, dass sich mein Vater Albert so sehr einen Sohn gewünscht hatte, und zum anderen der Vorliebe meiner Eltern für Kupferstiche und das legendäre Museum hier in Wien. Und ..."

„Und wieso war es kein Zufall, dass Sie mir und meinem Haus die Ehre erwiesen haben?"

„Ach Gott, ja, das ist eigentlich meinem Beruf zu verdanken. Weil als Fachärztin für Gerichtsmedizin kann ich mir ja nicht gerade eine goldene Nase an einer Ordination verdienen. Deshalb habe ich mich erkundigt, wo ich in Wien eine Quadrat-Kreis-Wohnung finden könnte, und da ...“

„Eine was bitte?“ Bei ihrem maschinengewehrartigen Sprechtempo hatte Halb schon bei normalen Sätzen ein Verständnisproblem, aber bei ungewöhnlichen Formulierungen konnte er nur mehr aussteigen.

„Wie was bitte? Ach Gott, ja, eine Quadrat-Kreis-Wohnung – das ist in meiner kleinen feinen, manchmal etwas eigenen Denk-und-Sprech-Welt ein Ding der Beinahe-Unmöglichkeit. Eben die Quadratur des Kreises. Zum Beispiel eine Wohnung in exzellenter Lage, gut zu erreichen, aber trotzdem ruhig ... und vor allem leistbar. Und wenn man dann neu in einer Stadt ist und noch keinerlei Kontakte hat, dann ...“

„Und wer hat Ihnen mein Haus empfohlen? Das würde mich schon sehr interessieren, weil ...“ – im letzten Moment änderte er seine Antwort, da „... weil ich offenbar den Ruf habe, ein Depp zu sein, der seine Wohnungen viel zu billig verschleudert“ ihn nicht nur jeder zukünftigen Mietverhandlungsbasis beraubt, sondern ihn obendrein als minderwertigen Gesprächspartner im Rahmen ihrer beruflichen Zusammenarbeit erscheinen lassen hätte.

„... weil dem oder der müsste ich dann erklären, dass die Mieten in meinem Haus eher im höherpreisigen Segment liegen. Allein schon wegen der zahlreichen Zuschläge, die ich bei so einem Objekt ganz legal verlangen darf. Wenn Sie nur bedenken, dass ...“ – es war beeindruckend, wie sich Doktor Lirtscherers Gesicht in Bruchteilen von Sekunden verändern konnte. In seinem Normalzustand glich es einer alpinen Felsformation bei unsicherer Wetterlage, wogegen es jetzt an liebliche Bergwiesen unter den Wolken eines drohenden Gewitters erinnerte – „... dass es da viele Möglichkeiten gäbe. Aber natürlich ist auch ein gutes soziales Klima unter den Mieterinnen und Mietern nicht zu verachten." Halb resignierte. Zum gewinnorientierten, harten Vermieter würde er wohl nie taugen. Es genügte bereits ein Anflug weiblicher Betrübtheit, um seine finanzielle Zielstrebigkeit dahinschmelzen zu lassen.

„Ach Gott, ja, das ist sehr lieb, dass Sie das sagen. Dann dank ich recht herzlich, die Details meines Einzugs können wir ja nachher besprechen. Aber vorher kommen wir nun zu den Objekten unserer Begierde, also zu den Toten."

Halb nickte lebhaft-bekümmert, zum einen war er froh, sich wieder auf gewohntem Kriminalisten-Terrain zu befinden, zum anderen hatte er sofort die Bilder der drei Leichen vor sich. Er hoffte, sich nicht im friedlichen Gesichtsausdruck von Frau Grasinger getäuscht zu haben, der vermuten ließ, dass die Opfer ohne große Schmerzen gestorben waren. Er konnte sich nur allzu gut erinnern, wie ihm vor über zwanzig Jahren der damalige Gerichtsmediziner den Tod durch eine Parfum-Spritze lustvoll abstoßend beschrieben hatte. Bei den Mengen, die der Mörder 1990 und 1991 injiziert hatte, sei es trotz der Betäubung zu schweren Krämpfen und Einschränkung der Atmung bis zum Ersticken gekommen. Aber vielleicht war es diesmal weniger grausam zugegangen, vielleicht hätte der Täter ...

„Also, wozu sich die Frau Polgar, die Frau Grasinger und die Frau Schmid überhaupt noch umgebracht haben, ist mir völlig schleierhaft. Die waren vom Krebs derart zerfressen, keine von den dreien hätte noch länger als drei Monate gelebt. Und bei den Mengen an Morphinen, die die schon vor ihrer letzten Tat intus gehabt haben dürften, kann ich mir auch nicht vorstellen, dass die das aus einer akuten Schmerzüberflutung heraus getan haben. Wenn, dann wäre natürlich Verzweiflung ein denkbares Motiv. Auf jeden Fall liegt bei allen drei Frauen ein klassischer Medikamenten-Selbstmord vor, sonst nichts!“

Halb brauchte einige Sekunden, um die Bedeutung von Doktor Lirtscherers Worten zu verstehen.

„Das gibt’s nicht! Sie wollen mir allen Ernstes einreden, dass es sich nicht um Mord handelt? Sondern um Selbstmord? Das ist doch gar nicht möglich, weil auf den Spritzen waren keine Fingerabdrücke. Und es ist ja wohl höchst unwahrscheinlich, dass eine Selbstmörderin sich zuerst eine Injektion voller Parfum setzt und die letzten Augenblicke ihres Lebens dann benützt, um ihre Fingerabdrücke abzuwischen, das Tuch schön säuberlich in der Tasche zu verstauen und sich dann friedlich in diese seltsame Position zu begeben, in der wir alle drei Leichen gefunden haben. Abgesehen davon, dass sich das zeitlich kaum ausgehen dürfte – bei der hohen Ethanolkonzentration, wie sie in so einem Parfum vorkommt, ist doch mit einem sehr raschen Wirkungseintritt zu rechnen. Das dauert höchstens einige Sekunden.“

Doktor Lirtscherer schien schon etliche heftig widersprechende Polizisten erlebt zu haben, sie reagierte nur mit einem leicht indignierten Kopfschütteln.

„Na gut, dann einigen wir uns auf Beihilfe zum Selbstmord. Auf jeden Fall waren das keine echten Morde! Was auch die Tatsache zeigt, dass ich in den Körpern der Toten keinen Hauch von diesem ‚sent-aine de plaisirs‘ oder von irgendeinem Parfum gefunden habe. Die Spritzen, die daneben gelegen sind, waren schlicht und einfach Requisiten. Noch etwas – den drei Frauen ist mit großer Wahrscheinlichkeit kein extra Betäubungsmittel verabreicht worden, weder gewaltsam noch hinterrücks. Alle hatten leere Mägen, es gab keine Spuren irgendwelcher Speisen und auch keinen einzigen Hinweis auf eine Verletzung. Es tut mir leid, Ihnen Ihr schönes ‚Mord-Gebäude' zerstören zu müssen, aber ich kann nur sagen: In dem Fall ist es auf keinen Fall ein Fall! Was mich übrigens zu einer Frage führt, deren Antwort mich zwar nichts angeht, aber schon sehr interessieren würde."

„Fragen Sie nur, Frau Doktor. Im Moment weiß ich zwar nicht einmal, ob ich noch irgendetwas weiß, aber vielleicht weiß ich ja gerade die Antwort auf Ihre Frage. Wer weiß."

Doktor Lirtscherer betrachtete ihr philosophierendes Gegenüber zuerst mit unpersönlich-naturwissenschaftlicher Neugier, bevor sie Halb beruhigend anlächelte.

„Rein aus Neugier, wieso waren Sie und Ihr Team absolut überzeugt davon, dass es sich bei den drei Toten um Mordopfer handelt? Ich meine, die Auffindungssituation war doch gar keine so ‚mörderische'. Wieso waren selbst Profis wie Sie der festen Überzeugung, dass es sich nur um Mord handeln kann?"

„Vermutlich genau deshalb" – Halb versuchte immer noch, die Splitter seines explodierten Gedankengebäudes zu sortieren. „Wir waren betriebsblind. Wir haben die Spritze und die Zettel gesehen, und schon waren wir wieder voll im Schema der Parfum-Morde drinnen. Und wie dann auch noch diese geheimnisvollen Zeichen aufgetaucht sind, da ... apropos! Ich bin noch so durcheinander, dass ich fast auf eine der wichtigsten Fragen vergessen hätte: Haben Sie auch bei der ersten Toten, bei Frau Polgar, dieses seltsame Symbol entdeckt? Wenn ja, wo?"

„Ja, fast an derselben Stelle wie bei der zweiten Leiche. Etwas weiter unten, am Rücken zwischen den

Schulterblättern. Auch mit Lippenstift aufgemalt. Warten Sie, ich muss hier irgendwo die Fotos haben. Oder wollen Sie sich das Ganze in natura ansehen? Die Leiche ist noch recht frisch und ich kann sie Ihnen so hindrehen, dass Sie nur diese Stelle sehen ..."

„Nein, danke, Frau Doktor! Mir genügen die Fotos. Wenn Sie so nett wären, sie dann auch meinem Büro zu mailen."

„Ja gerne. Ach Gott, ja, hier hab ich sie versteckt."

Die Bilder waren sehr gut ausgeleuchtet, weshalb der inzwischen wohlbekannte, wenn auch etwas abgewandelte Zinken deutlich zu erkennen war. Wieder zeigte der Pfeil über den Kopf der Toten hinweg, als ob auch hier der Täter seine Fluchtrichtung verraten hätte wollen.

Was den Fall allerdings noch mehr verkomplizierte, denn offensichtlich gab es jetzt gar keinen Täter. Nicht einmal einen einzelnen, geschweige denn etliche „Mordbrenner"!

„Ich hätte noch eine Frage. Dauert nur eine Minute. Darf ich?"

Doktor Lirtscherers Lachen klang wie berstendes Holz.

„Aber immer doch. Ich würde es doch nicht wagen, meinem zukünftigen Vermieter eine Antwort schuldig zu bleiben. Abgesehen davon ist der Großteil meiner ‚Kundschaft' sehr geduldig. Erst recht an einem Tag wie heute, an dem mein Vorgesetzter auf einer Konferenz in Salzburg ist. Also, was wollen Sie wissen?"

Halb zögerte einen Augenblick, er war sich nicht ganz sicher, in welche Worte er die diffuse Wissenslücke in seinem Gehirn pressen sollte.

„Es ist nämlich Folgendes ... die aktuellen Opfer waren also alle schwer krebskrank, sie hätten nicht mehr lange zu leben gehabt. Und das ist jetzt merkwürdig. Also – nein, nicht diese Tatsache, sondern ... ich weiß nicht, ob es ein seltsamer Zufall ist oder ob mehr dahintersteckt, auf jeden Fall gibt es in diesem Fall noch jemanden, der ebenfalls an einem Karzinom erkrankt ist und auch nicht mehr viel Zeit haben dürfte ...“

Doktor Lirtscherer tippte kurz auf ihrem Computer herum, bevor sie den Laptop zu Halb drehte.

„Sehen Sie, Herr Hofrat, rund ein Viertel aller österreichischen Todesfälle ist auf ein Karzinom zurückzuführen. Die Wahrscheinlichkeit, mehrere Menschen zu kennen, die damit zu kämpfen haben oder daran gestorben sind, ist daher sehr hoch. Ob es allerdings einen Zusammenhang zwischen Krebs und Mord gibt, kann ich Ihnen beim besten Willen nicht beantworten. Mordopfer sind meine Domäne, aber Mord die Ihre.“

Als Halb den bedrückenden Ort hinter sich gelassen hatte, atmete er befreit auf – selbst die Autoabgase schienen ihm Ähnlichkeit mit köstlicher Almluft zu haben. Wenn er fest die Augen schloss, hörte er sogar die Kuhglocken läuten ... und begann hektisch seine diversen Mantel- und Jackentaschen zu durchwühlen. Wie immer hatte er auch diesmal sein Handy irgendwo eingesteckt, weshalb er es erst nach mehrmaligem Klingeln fand. Immerhin schaffte er es, noch einen Blick aufs Display zu werfen, weshalb er nur mit gemäßigtem Grimm ins Telefon bellte.

„Frau Drobatschnig, was gibt’s denn so Wichtiges? Ich hab sensationelle Neuigkeiten und ... stimmt, Ihre Nachricht ist noch viel schlimmer! Wo? Gut, dann schicken Sie mir bitte einen Wagen zur Gerichtsmedizin, ich steh in fünf Minuten wieder dort vor der Tür.“

Noch während der letzten Worte hatte sich Halb umgedreht und das Tor aufgestemmt. Er rannte wie ein

Besessener den ganzen Weg zurück, sodass er erst nach Luft schnappen konnte, als er ins Zimmer von Doktor Lirtscherer hineinplatzte.

„Frau Doktor, bitte, Sie müssen mitkommen! Diesmal ist es ganz sicher kein Selbstmord, aber ich brauch eine Fachfrau, die mir das bestätigt. Bitte alles liegen und stehen zu lassen, wir werden gleich von einem Wagen abgeholt."

Dienstag, 10. Dezember 2013, 12 Uhr

Die herumstehenden Schachteln und Kisten ließen die Szenerie noch trostloser erscheinen. Diesmal war die Leiche nicht kunstvoll drapiert worden, Margit Lechner lag mit schreckgeweiteten Augen auf dem Rücken, die überdimensionale Spritze – mit Zettel – in ihrer linken Armbeuge. Der gesamte Tatort bot eine perfekte Kopie der 1990er-Morde, die Botschaft – „Der Duft der Vollendung" – kam ohne die Worte „Und wieder ..." aus, außerdem stand kein Datum auf dem Papierfetzen. Nur in einem – allerdings wesentlichen – Detail unterschied sich die Situation. Der Killer hatte mit einem anderen Parfum getötet: Halb erkannte nach kurzem Schnuppern, dass die Spritze nicht mit „sent-aine de plaisirs" gefüllt gewesen war.

„Ach Gott, ja, Herr Hofrat, also dafür hätten Sie mich nicht aus meinem schönen Seziersaal entführen müssen. Dass es sich hier eindeutig um Mord handelt, erkennt ja sogar ein blutiger Anfänger. Die Details – wie zum Beispiel, ob es noch andere als die sichtbaren Abwehrverletzungen oder die massive Beule hier links am Hinterkopf gibt – kann ich Ihnen natürlich erst nach der Obduktion berichten. Wobei, eines können wir gleich kontrollieren. Einen Moment … darf ich die Leiche schon bewegen oder erwürgen mich dann die Kriminaltechniker? Nein? Gut, dann …" – mit geübten Griffen in Gummihandschuhen drehte sie die Tote um und schob die Bluse so weit herunter, dass der Nacken und der obere Teil des Rückens zu sehen waren. „Kein Symbol! Das hab ich mir schon gedacht, weil das Tatmuster hier scheint mir doch ein ganz anderes zu sein. Wobei, ach Gott, ja, ich will Ihnen ja nicht in Ihre Suppe spucken, aber ich glaube nicht, dass ich den seltsamen Pfeil noch an einer anderen Stelle der Leiche finden werde. So, und wie komm ich jetzt wieder in mein Institut?"

„Der junge Kollege hier wird Sie zurückfahren. Herr Stallner, wären Sie so freundlich? … er war übrigens einer der Ersten am – jetzt muss ich wohl sagen: vermeintlichen – Tatort vom vergangenen Freitag. Und wenn wir schon dabei sind, darf ich Ihnen gleich mein ganzes Team vorstellen … und mich entschuldigen, dass ich das nicht gleich beim Hereinkommen getan habe. Ich gestehe, bei Mord vergesse ich immer auf meine ohnehin nur spärlich vorhandenen Manieren."

„Ach Gott, ja, Herr Hofrat, also das …"

„Doch, doch, Frau Doktor! Also, von links nach rechts – Kollege Haschek, Kollege Wilt, Kollege Mayer und Kollegin Planner. Wie unschwer zu erraten ist, Doktor Lirtscherer, die neue Gerichtsmedizinerin, die die Leichen der letzten Tage untersucht hat … und dabei auf eine heftige Sensation gestoßen ist. Und zwar Folgendes … Danke, Frau Doktor, auf Wiedersehen …" – mit dem Kopf deutete Halb zwischen der Tür und seinen Teamlingen hin und her, bevor er sich auf einen der Stühle setzte, die an der linken Wand in Reih und Glied auf ihren Abtransport warteten.

Dienstag, 10. Dezember 2013, 12.47 Uhr

„Und diese Frau Doktor Li... Li...“

„Lirtscherer.“

„Mein ich doch. Also die Dame ist sich absolut sicher, dass unsere bisherigen drei Opfer nicht ermordet wurden?“

„Sie hat sehr vernünftig argumentiert. Ich sähe daher keinen Grund, daran zu zweifeln.“

„Aber das würde bedeuten ...“

„Dass wir bisher mit fast jeder unserer Theorien falsch gelegen sind.“

„Mit einem Wort, wir sind im ...“

„Nicht im, sondern am, mein lieber Ingeniöhr! Wir sind wieder am Anfang. Könnte man meinen, ich aber glaube, dass uns der echte Mörder einen großen Gefallen getan hat. So tragisch es auch ist, dass Frau Lechner das nächste Opfer ...“

„Du bist dir also jetzt auch sicher, dass es Parcher gewesen war. Gewesen sein muss!“

„Toni, wieso?“

„Entschuldige bitte, wer sonst hätte unsere Margit Lechner töten sollen? Also, wenn das kein klarer Rachemord ist, dann weiß ich nicht.“

„Ich versteh schon, dass du sehr aufgewühlt bist, aber trotzdem – bitte denk logisch. Warum hätte Frau Lechner Spitzhuf-Johnny die Tür öffnen sollen?“

„Weil sie vielleicht gar nicht wusste, dass sie es mit ihm zu tun hat! Chef, der Mann ist ja auch um über zwanzig Jahre älter geworden, der sieht heute komplett anders aus. Außerdem kann er sich inzwischen hunderten kosmetischen Operationen unterzogen haben, und dann würde ihn nicht einmal mehr seine eigene Mutter wiedererkennen.“

„Soweit wir bisher wissen, hat Frau Lechner auf die Transportfirma gewartet. ... die ja dann auch gekommen ist und die Leiche gefunden hat. Es war die letzte von insgesamt drei Übersiedlungsfahrten, das heißt also auch, dass Frau Lechner die Mitarbeiter der Spedition kannte und von ihren orange-blauen Overalls wusste. Das wiederum bedeutet, dass sie Parcher nur dann geöffnet haben kann, wenn er sich so einen Overall besorgt hat. Laut den beiden Arbeitern sind diese Anzüge aber Spezialanfertigungen extra für ihre Firma ... die legt offenbar großen Wert auf ihre Corporate Identity. Von mir aus könnt ihr überprüfen, ob einem der Spediteure sein Anzug gestohlen wurde oder ob – noch unwahrscheinlicher – in letzter Zeit bei der Schneiderei ein zusätzlicher Anzug in Auftrag gegeben wurde."

„Aber wir wissen doch noch viel zu wenig! Vielleicht hat er sich als Interessent für ihre Wohnung ausgegeben und wollte sie ganz offiziell heute zu einem Besichtigungstermin treffen?"

„Gut, ich gebe mich geschlagen! Zumindest, was die Frage betrifft, warum Frau Lechner einem Fremden die Tür hätte öffnen sollen. Da könnte es eine plausible Antwort geben. Aber die weit wichtigere Frage ist doch, warum uns die drei anderen Frauen auf einem silbernen Tablett präsentiert wurden? Wer missbraucht drei todkranke Frauen, um ihre Selbstmorde wie die Taten eines wiederauferstandenen Psychopathen aussehen zu lassen? Und, noch wichtiger – warum hat er das getan? Und dann noch diese blödsinnigen Zinken-Zeichen – möglicherweise sind die tatsächlich eine an mich gerichtete Botschaft! Aber welche? ... und jetzt erzählt mir bitte nicht, dass diese drei Fälle nichts mit unserer heutigen Leiche, dem ersten echten ‚Wiederkehrer-Mord', zu tun hätten!"

Halb starrte auf die leeren Kisten, als ob er darin Hinweise oder noch besser die alles entscheidende Antwort finden könnte.

„Chef, ich stör nur ungern deine Gedankengänge, aber ..."

„Tu nur, Schwejk. Diesmal bin ich dir sogar dankbar dafür, weil ich komm einfach nicht drauf, was wir übersehen haben."

„Na dann ... trau ich mich noch mehr, dich an meine Theorie von gestern zu erinnern. Du weißt schon, die nach dem Motto ..."

„Wie verstecke ich einen Mord, den ich unbedingt begehen muss, am besten? Natürlich in einer Mordserie, die mich aus dem Kreis der Verdächtigen möglichst ausschließt."

„Genau. Vielleicht ist der Mord an Margit Lechner ja exakt der eine, den er tarnen will!"

„Und als Ablenkung serviert er uns vorher drei Leichen, die sich dann als keine Opfer von Gewaltverbrechen entpuppen? Lediglich die Frau, deren Beziehung zu ihm er verbergen will, lässt er uns eindeutig als Mordopfer erkennen? Das wäre eine dermaßen blöde Strategie, dass sie fast schon wieder genial ist."

„Weshalb du ihn bald durchschauen und verhaften wirst!" Schwejk hatte nur die bleierne Schwere auflockern wollen, aber er erkannte an den Blicken der anderen, dass ihm sein Vorhaben gänzlich misslungen war.

„Der Schwejk hat im Grunde ja Recht, wir alle sind neben der Spur. Das Wichtigste ist jetzt – wie bauen wir uns wieder auf?" Halb nützte seinen – wie er meinte, allerletzten – Elan und sprang mehr oder minder kraftvoll aus dem Sessel auf, um sich in Quizmaster-Pose vor seinen Teamlingen aufzubauen.

„Chef, ich fürchte, du willst jetzt nichts von Bier oder Wein oder Schnaps hören, oder?“

„Sag einmal, Ingeniöhr, du bist nicht nur neben der Spur, du bist ja schon komplett entgleist! Du ...“

„Verena, bitte! Tut’s nicht streiten! Zumindest nicht miteinander. Nein, ich wollte euch natürlich animieren, positiv zu denken. Nehmt euch ein Beispiel an mir. Ich liebe das Leben, und deshalb gehe ich jetzt in ein Tageshospiz!“

Erleichtert blickten sich die drei männlichen Teamlinge an, endlich hatten sie begriffen, wohin sie Halbs nur scheinbare Resignation führen würde.

Nur Verena sah ihn nachdenklich an.

„Du hast uns doch erzählt, wie schlecht es mit Grolf steht. Und jetzt willst du ihm die Nachricht vom Tod seiner langjährigen Sekretärin überbringen? Entschuldige die Frage, aber ... wozu?“

Halb holte tief Luft, doch statt einer Rechtfertigung folgte zuerst ein langgezogener Seufzer.

„Danke, dass du mich nicht direkt gefragt hast, ob ich Grolf nur quälen wolle. Aber ...“

„Chef, das hätte ich nie gesagt!“

„Aber gedacht! Und es wäre nicht einmal so falsch gewesen. In den ach so guten, auf jeden Fall alten Zeiten hätte ich weiß Gott was darum gegeben, mich eines Tages für alle seine Zynismen rächen zu können. Aber jetzt ... ich kann nicht genau erklären, warum mich allein schon der Gedanke, es ihm heimzuzahlen, abstößt. Natürlich habe ich in den letzten Tagen öfters daran gedacht, aber – großes Ehrenwort! – ich fände es nur zum Kotzen! Möglicherweise, weil er jetzt so entsetzlich schwach ist. Oh ja, im Gift-und-Galle-Spucken ist er immer noch ein Weltmeister. Aber eben ein sterbender. An so jemandem putzt man sich nicht seine

Schuhe ab! Aber vielleicht bin ich auch nur schon zu abgeklärt, um noch das lodernde Vergnügen einer guten Rache genießen zu können. Und bitte, glaubt mir jetzt, das ist nicht Fishing for Compliments. Das ist ... Toni, bitte hör mit dem unterdrückten Kichern auf, du versaust mir komplett meinen dramatischen Auftritt!"

„Entschuldige, Chef, aber bis zum ‚... schon zu abgeklärt' haben wir dir aufs Wort geglaubt, aber ..."

„Zu Recht! Den ersten Teil habe ich auch wirklich so gemeint."

„... aber spätestens ab dann hat es mich ... uns ... vor Lachen fast zerrissen. Ich bitte trotzdem um Entschuldigung, wir hätten uns angesichts einer so edlen Szene voll stiller Bewunderung zurückziehen müssen."

„Untersteht euch! Ihr kommt mit zum Grolf! Denn ... Verena, das ist jetzt die realistische Antwort auf deine Frage: denn ich will Grolf sehen, wenn er von Frau Lechners Tod erfährt. Ich bin mir nämlich ziemlich sicher, dass er mehr über Parcher weiß, als in den Akten steht. Und auch mehr, als er mir vorgestern im Kaffeehaus erzählt hat."

„Aber warum sollte er etwas für sich behalten? Das wäre ja ein Wahnsinn!"

„Nein, das wäre purer Egoismus! Denn vielleicht behält er gerade jenes Detail für sich, das er in das Puzzle einfügen kann, welches wir ihm – bildlich gesprochen – zum Geburtstag überreichen werden. Quasi den Schlussstein. Folgender Gedankengang: Grolf ist todkrank und daher nicht mehr in der Lage, einige noch ausstehende Informationen zu besorgen. Aber er will erst abtreten, wenn er den Parfum-Mörder ... und das kann seiner Meinung nach nur Parcher sein ... gefunden hat. Was macht er daher? Er weiß, dass zu seinem achtzigsten Geburtstag ein Fest ausgerichtet wird. Da er sich immer überschätzt hat, ist er sicher auch heute noch der Meinung, dass er uns alle über den Tisch ziehen kann ... dass er uns im Rahmen dieser Feier aushorchen kann, ohne dass wir das merken. Und wenn er alles, was er noch wissen will, zusammen hat, dann legt er sein letztes ‚Wissensteil' dazu und ..."

„... und jetzt hat deine Theorie aber ein Problem. Wie sollte er denn Parcher verhaften? Dafür ist er doch viel zu schwach."

Halb zögerte nur ganz kurz.

„Falls Parcher nie das Land verlassen hat und noch in der Nähe wohnt, könnte er ihm ein starkes geschmackloses Betäubungsmittel ins Essen mischen. Wie zum Beispiel Morphium."

Dienstag, 10. Dezember 2013, 14.36 Uhr

Das Haus Fichtelgasse Nummer 17 entpuppte sich als einer der Bauten, dessen Stärke in seiner Gesichtslosigkeit lag. Kaum, dass man daran vorbeigegangen war, hatte man es schon wieder vergessen. Wie passend, dachte Halb, als sich die Glastür auf Knopfdruck öffnete und er an der Spitze der kleinen Prozession das „Tageshospiz St. Cyriacus" betrat. Der erste Blick ließ ihn gleich automatisch seinen Kopf einziehen, der Gang war zwar hoch und breit, aber die geschmacklosen Braun-Grün-Grau-Töne erzeugten den Eindruck eines Schlauchs, der alles und jeden gnadenlos einsaugen würde. Rechts, zweimal nach links, dann nach rechts – die Pfeile gaben ein Gefühl der Sicherheit, auch wenn man sich ohnehin nicht hätte verirren können. Als sie die nächste Türe passierten, kam die Überraschung. Sie standen in einem großen Wintergarten, der sich zu einem Garten hin öffnete ... nein, kein Garten, vielmehr ein kleiner Park. Selbst jetzt im Dezember konnte man erkennen, wie schon bald zahllose Blumen in allen Farben spielen und den hässlichen Eingang vergessen lassen würden.

„Herr Halb, nehme ich an?“ Die Dame, die aus dem Nichts aufgetaucht zu sein schien, hatte eine angenehme Stimme.

„Ja, der bin ich. Frau Meyringer? Bitte nicht zu erschrecken, die Herrschaften hier sind meine Kollegen. Wie schon am Telefon besprochen, würden wir gerne unseren ehemaligen Vorgesetzten, den Herrn Hofrat Wolf, sprechen. Ginge das?“

Frau Meyringer führte die kleine Gruppe links vom Wintergarten einen Glasgang entlang, der weitere Blicke auf mehrere Beete bot. Trotz der schönen Aussicht fühlte sich Halb nicht wohl, weshalb er sich in seine Gedanken zurückzog. Dabei beschleunigte er unwillkürlich seine Schritte, sodass er schon nach wenigen Metern einigen Abstand zu Frau Meyringer und seinen Teamlingen gewonnen hatte, was ihm aber erst an der nächsten Wegkreuzung auffiel. Verlegen lächelnd wartete er einige Sekunden.

„Herr Hofrat, Sie brauchen sich nicht zu beeilen. Hier rennt keiner, wir pflegen hier alle genüsslich-gemächlich zu gehen, denn wir wissen: Wir haben Zeit! Und die, die sie nicht mehr haben, die brauchen erst recht nicht zu rennen.“

Noch während er über einen möglichen philosophischen Hintergrund dieser Worte nachdachte, kam Grolf aus einer der Türen heraus.

„Trüffelschnecke, du hast dir Verstärkung mitgebracht? Sehr vernünftig, weil bei einem vor Kraft strotzenden Mann wie mir weiß man nie. Dich, Schwejk, kenn ich ja noch. Und du bist der Toni, oder? Die beiden Küken hier sehe ich logischerweise zum ersten Mal, aber ich bin mir sicher, Sie haben schon viel von mir gehört. Wenn das allerdings von dir gekommen ist, Trüffelschnecke, dann können Sie mich nur für einen bösen Zyniker halten, der alle seine armen Untertanen unentwegt beleidigt hat. Nicht wahr? Ich seh's Ihnen doch an! Aber was bin ich doch für ein schlechter Gastgeber. Frau Meyringer, könnt ich bitte für meine Gäste Kaffee und noch etwas von diesem köstlichen Gugelhupf haben? Für mich natürlich einen Kräutertee, wir wollen doch nicht, dass ich irrtümlich ein paar Tage zu früh versterbe! Nein, das will ich derzeit auf keinen Fall, die Freude will ich niemandem machen! Ja, mein lieber Halb, es wird dir nicht erspart bleiben, meine große Feier zu organisieren. Und weißt du was? Ich bin dir wirklich dankbar, dass du das so widerwillig machst. ... doch, ja, du wirst es machen! Nicht nur, weil ich noch fleißig Kräutertee in mich hineinschütten und daher noch einige Wochen überleben werde, sondern weil du es nicht übers Herz bringen wirst, diese Aufgabe zu delegieren. Das weiß ich, weil du warst immer schon einer der Pflichtbewusstesten von uns. Und ich will dir jetzt die Freude machen ... jawohl, die Freude, dir zu sagen, wie sehr ich meinem Geburtstag entgegenfiebere. ... nein, nicht, weil ich auf die große Feier aus bin. Die kann mir gestohlen bleiben! Aber die Tatsache, dass du die ganze Arbeit hast, und dein Unwille, die halten mich am Leben. Und dafür bin ich dir wirklich dankbar! Ganz ohne Ironie. Und auf dein wunderbares Geburtstagsgeschenk freue ich mich auch sehr ... na, was ich dir am Sonntag gesagt habe. Das schönste Geschenk wird für mich sein, auch dich bei der Fahndung nach dem Parcher scheitern zu sehen. Dass ihr mir den auf keinen Fall bis in zehn Tagen schnappt! Hört mir gut zu! Auf keinen Fall ... und dann will ich von euch jedes Detail eurer erfolglosen Jagd hören. Wie das Schwein es eurer Meinung nach geschafft hat, diese armen drei Frauen umzubringen. Obwohl ja auch Parcher um über zwanzig Jahre älter geworden sein muss. Also ganz so fit wie damals wird der jetzt auch nimmer sein. Aber so ein Wrack wie ich ist er sicher noch nicht! Das wird ihm aber nichts nützen, ich werde ihn schon noch erwischen! ‚Wer zuletzt lacht', der Satz hat mich all die Jahrzehnte aufrechtgehalten. Niemand, wirklich niemand darf sich erlauben, mich derart lächerlich zu machen. Schon gar nicht ein dahergelaufener Zuhälter wie dieser Spitzhuf-Johnny! So eine Kakerlake zertrete ich doch selbst heute noch wie ... Danke vielmals, liebe Frau Meyringer. Wenn Sie's bitte hierher stellen. Ja, ich werde sicher noch ein Weile mit meinen lieben Freunden plaudern." Grolf wartete, bis sich die Betreuerin so weit entfernt hatte, dass sie seine Hasstiraden nicht mehr hören konnte. Aber noch bevor er wieder ansetzte, ließ Halb die Bombe platzen.

„Es gibt noch ein Opfer. Die Margit Lechner ist ermordet worden. Auf dieselbe Art wie damals. Parfum-Spritze, Nadel im Arm, Zettel auf Nadel. ‚Der Duft der Vollendung'. Wie dazumal bei der vierten Leiche."

Noch während er die Worte möglichst emotionslos aussprach, hatte ihn das schlechte Gewissen gepackt. Vielleicht waren Verenas Bedenken berechtigt, vielleicht würde Grolf diese Nachricht nicht überleben?

Als er sah, wie dieser nur eine Sekunde verharrte, bevor er seine spindeldürren Finger zu Fäusten ballte, wurde ihm leichter ums Herz. Zum ersten Mal in seinem Leben empfand er diese für Grolf so typische aggressive Geste als reine Freude. ... die allerdings nur kurz anhielt, denn als er die tonlose und dennoch brüchige Stimme seines langjährigen Vorgesetzten hörte, musste er unwillkürlich an „berühmte letzte Worte" denken.

„Jetzt ist er endgültig zu weit gegangen! Die Margit ... nein, die war ... so jemandem darf man nichts antun! Nicht ihr. Sie war wirklich ... ja, was war sie eigentlich für mich? Das Rückgrat und das Herz meines Berufes. Also alles – damit war sie alles für mich! Auf jeden Fall die wichtigste Frau in meinem Leben, nach meiner Mutter. Weißt du was – ich war mit ihr ein Leben lang per Sie. Und trotzdem ... oder vielleicht gerade deshalb – jetzt will ich endgültig nicht mehr leben! Aber ich muss! Ich muss noch so lange atmen, bis ich dieses elende Dreckstück, diesen Spitzhuf-Johnny, diese Bestie, dieses ..." – da er eine ähnliche Situation vor zwei Tagen erlebt hatte, reagierte Halb diesmal viel rascher. Als Grolf nach vorne sank, war er derjenige, der ihn auffing.

„Ingeniöhr, du bist der Schnellste von uns. Bitte lauf und hol diese ... Meyringer heißt die Dame. Und bring eine Decke mit."

Inzwischen hatten ihm die drei anderen geholfen, Grolf vorsichtig auf den Boden zu legen. Verena agierte zu konzentriert, als dass sie ihrem Chef einen Blick der Kategorie „Hab ich's nicht gesagt?" zugeworfen hätte. Ganz automatisch griff sie an Grolfs Hals, um nach seinem Puls zu fühlen. Als sie lächelte, begann sich Halbs Blutdruck wieder zu normalisieren. Noch bevor der Ingeniöhr mit Frau Meyringer im Schlepptau angekommen war, öffnete Grolf die Augen.

„Schon wieder? Also diese Attacken werden jetzt wirklich immer häufiger. Na ja, noch bin ich ja nicht tot! Darf ich bitten ..." – obwohl er nur mehr aus Haut und Knochen bestand, mühten sich die vier ganz gewaltig ab, als sie Grolf auf seinen Sessel setzten.

„Geht's wieder? Vielleicht hätte ich dir doch nicht von Frau Lechners Tod berichten dürfen?"

„So ein Blödsinn! Ich bin froh, dass du mir davon erzählt hast! Weil das ist das letzte Puzzlestück, das ich gebraucht habe, um ..." – verblüfft sahen Toni, Verena und Schwejk zu ihrem Chef. Das Erstaunen wich rasch einem Hauch von Bewunderung, die Halb allerdings nicht auskosten konnte.

„Um was, Grolf? Das letzte Puzzlestück, um was tun zu können?"

Grolf mobilisierte all seine Kräfte – sie reichten immer noch aus, um ihn stocksteif und abweisend sitzen zu lassen.

„Das würde dir so passen! Du glaubst, du kannst die Früchte meiner jahrelangen Arbeit einfach so im Vorübergehen ernten. Aber da hast du dich getäuscht! Ihr werdet nicht in die Geschichte eingehen, sondern ich! Ich ganz allein! Als der Mann, dem es letzten Endes gelang, alle seine Fälle aufzuklären. Auch den schwersten. Den, der ihn seinen Posten gekostet hatte. Am Schluss werde ich sie alle ..."

„Herr Hofrat, verzeihen Sie vielmals, aber ich hätte da eine Frage, die mich schon seit Jahrzehnten beschäftigt." Schwejk hatte als Erster erkannt, dass sie nur durch einen Themenwechsel wieder in ein halbwegs normales Gespräch zurückfinden konnten.

„Ah so, na dann ... ja, bitte um Ihre Frage."

„Chef, sei mir jetzt nicht böse, aber ... sagen Sie, Herr Hofrat, warum nennen Sie unseren Hofrat immer ‚Trüffelschnecke'? Ich wollte das zwar nie zur Sprache bringen, weil es meinen Chef vielleicht verletzen könnte, aber jetzt bin ich doch neugierig." Als Halb das Augenzwinkern sah, spielte er sofort die Rolle des Gekränkten.

Mit Erfolg ... Grolfs boshafte Augen blitzten sogleich um einige Grade heller.

„Das ist kein Geheimnis! Er war wirklich von Anfang an gut, er hatte diese spezielle Spürnase, die man sich nicht ‚anlernen' kann. Deshalb das Wort ‚Trüffel'. Andererseits war er von lähmender Langsamkeit. Er hat immer damit argumentiert, dass er lieber alles doppelt überprüfen würde, um ja nie, nicht ein einziges Mal, einen Fehler zu machen. Das ist mir maßlos auf die Nerven gegangen. Und so habe ich den zweiten Wortteil gewählt, und plötzlich hieß er statt Trüffelschwein eben Trüffelschnecke. Noch etwas, Schwejk. Von mir aus können Sie diese Geschichte gerne allen Leuten, die sie hören wollen, erzählen. Sie werden sehen, Sie kommen damit gut an. Und sie ist bisher so gut wie unbekannt, also ..."

„So, da wären wir endlich. Es tut mir leid, aber dieses Gebäude ist das reinste Labyrinth. Ohne den Herrn Steinfels hier hätte ich Frau Meyringer nie gefunden."

„Aber Sie hätten doch nur hier oder hier drücken müssen! Und da drüben ist auch ein Notknopf." Frau Meyringers Blick war eine seltsame Mischung aus Furcht und Ärger über die Dummheit mancher Leute.

Lächelnd schob Grolf seinen linken Ärmel in die Höhe.

„Seht ihr, seit meine Handgelenke so dürr geworden sind, trage ich mein Notarmband etwas weiter oben, beim Ellenbogen. Ah ja, ich hätte euch natürlich auch sagen können, dass da drüben in den Wandleisten alle zwei bis drei Meter Alarmknöpfe angebracht sind. Aber ich fand, das war eine sehr gelungene Einlage. Ihr etwa nicht?"

Halb spürte, wie in ihm der Zorn aufstieg ... und er sah, dass es nicht nur in ihm zu dampfen begann. Ein rascher Rundblick genügte, um sie alle wie auf Kommando aufstehen zu lassen.

„Ich glaube, dass wir jetzt besser gehen sollten. Offensichtlich ist unsere Gegenwart nicht gut für dich. ... und für uns wohl auch nicht! Daher – auf Wiedersehen an deinem Geburtstag. Frau Meyringer, danke vielmals! Wir ... oh, entschuldigen Sie“ – die Aufregung und der Zorn hatten Halb die zerbrechliche Gestalt übersehen lassen, die ein paar Schritte hinter dem Ingeniöhr stand.

„Chef, ich hab doch gerade eben gesagt, dass ich Frau Meyringer ohne die Hilfe vom Herrn Steinfels nicht gefunden hätte! Herr Steinfels, dieser Herr ist mein Chef, Hofrat Halb. Und da drüben, das sind meine Kollegen Toni Wilt und Franz Haschek ... den nennen wir aber nur Schwejk, wundern Sie sich nicht. Und die junge Dame ist Magistra Verena Planner. So, und jetzt darf ich Sie vorstellen: Der Herr Steinfels ist ...“

„Hat Ihnen unser junger Kollege auch erzählt, wie sein Spitzname lautet? Nein? Der Kollege Mayer heißt bei uns nur der ‚Ingeniöhr‘, und zwar mit ganz langem ö. Das verdankt er seinem Lieblingsausruf, er schreit nämlich immer wieder ...“

„Chef, ich schrei nie!“

„... er drückt immer wieder seine Verblüffung mit einem klassisch-wienerischen ‚Jööh!‘ aus. Und eine Zeitlang hat er so oft ‚gejööht‘, dass er ab da eben nur mehr der Ingeniöhr hieß.“

„Wie Sie sehen, Herr Steinfels, plaudert mein Chef manchmal unsere intimsten Geheimnisse aus! Dagegen kann man nichts machen. Aber manchmal hört er einem auch zu, nicht wahr, Chef? Daher darf ich Sie jetzt endlich gebührend vorstellen. Also, der Herr Steinfels ...“ – die kleine Zwischeneinlage hatte ihre

Funktion erfüllt. Zum einen stand Grolf nicht mehr im Mittelpunkt, weshalb er sich beleidigt, aber stumm zurückgelehnt hatte. Zum anderen hatte sich die allgemeine Spannung so weit gelöst, dass es nicht mehr unangenehm auffiel.

„... der Herr Steinfels ist der sogenannte ‚Lebenshelfer' vom Grolf. Ich mein, vom Herrn Hofrat Wolf."

„Sehr erfreut, Herr Hofrat. Ich hab schon dem Herrn Mayer kurz erklärt, dass wir hier unter einem ‚Lebenshelfer' diejenigen unter uns Tageshospiz-Gästen verstehen, die mit ihren Besuchen erst begonnen haben ... also, grob gesagt, noch nicht ganz so sterbenskrank sind und daher die ehrenamtliche Begleitung eines ‚erfahreneren Gastes' übernehmen. Ich persönlich nenne mich einen ‚Todfreund', aber ‚Lebenshelfer' klingt natürlich eleganter."

Halb drückte vorsichtig die ebenfalls schon sehr abgemagerte Hand.

„Es ist mir wirklich eine Ehre, Sie kennenlernen zu dürfen. Ganz ehrlich, ich bewundere Sie, dass Sie diese würdige, aber sicher nicht einfache Aufgabe übernommen haben, meinen ehemaligen Vorgesetzten auf seinem letzten ... also, ich wollte sagen ..."

„Trüffelschnecke! Benimm dich nicht wie eine Jungfrau in der Hochzeitsnacht! Wir alle wissen, weshalb ich hier bin ... aber macht euch keine Hoffnung, ich sterbe nicht vor meiner großen Feier – auf Wiedersehen in zehn Tagen! Und vergesst nicht, ich will alle, absolut alle Informationen, die ihr noch zusammentragen könnt! Weil ... und wenn es das Letzte ist, was ich noch mache: Ich kriege dieses Schwein! Aber nur ich, ich ganz allein! So, jetzt aber – Frau Meyringer, Herr Steinfels, helfen Sie mir bitte in den Ruheraum. Mein Abgang, wenn auch nur für heute!"

Mittwoch, 11. Dezember 2013, 8.39 Uhr

„Guten Morgen!“ – Halb schloss möglichst leise die Bürotür, um seinen schweren Kopf nicht zu sehr zu reizen. Diesen Zustand hatte er zwar keinem Tropfen Alkohol, dafür etlichen Tassen eines wunderbaren südindischen Darjeelings zu verdanken, zu dessen spritzigem und leicht floralem Aroma er bis drei Uhr früh seine Gedanken zum Fall hin und her gewälzt hatte.

„Guten Morgen!“ – die frostige Stimmung drang selbst durch seinen Wahrnehmungsschleier. „Also gut, ich bin wieder einmal zu spät, ich hab vergessen, das Handy aufzudrehen, weshalb ihr mich nicht erreichen konntet ... und, was habe ich sonst noch angestellt? Oder ... nein, bitte nicht schon wieder!“ – der Gedanke an ein nächstes Opfer ließ ihn gleich um etliche Grade wacher werden.

Toni erbarmte sich als Erster.

„Nein, nein, Chef, keine Angst, keine neuen Leichen. Aber ...“

„Was ist denn?“

„Hier bitte, lies!“

Zuerst griff Halb nach dem Dossier, legte es aber sofort auf den nächststehenden Schreibtisch.

„Das ist mir zu umfangreich! Bis ich die Laus gefunden habe, die euch über die Leber gelaufen ist, ist bei meiner derzeitigen Verfassung der halbe Tag um. Sagt’s mir lieber, was los ist.“

„Tja, also ...“ – das allgemeine Räuspern ließ Halb den letzten Rest seiner übermüdeten Nerven wegwerfen.

„Der Dienstälteste spricht. Schwejk, das bist du!“

„Chef, es ist uns natürlich nicht angenehm ...“

„Bitte! Hat Parcher sich gestellt? Oder ist er zufällig bei einem Autounfall ums Leben gekommen?“

„Nein, aber wir haben seine Fingerabdrücke gefunden.“

Halb starrte seine Teamlinge verwirrt an.

„Ja, aber das ist doch eine sensationelle Neuigkeit! Warum seid ihr dann so schlecht aufgelegt?“

„Weil ...“ – Toni hatte nach dem Konvolut gegriffen und blätterte wild in den Papieren. „Hier, Seite elf. Wir haben in Margits Wohnung nicht nur Parchers Fingerabdrücke, sondern auch noch die anderer Personen gefunden.“

„Da Frau Lechner meines Wissens nach keine Einsiedlerin war, ist das noch nicht ungewöhnlich. Also, wessen Fingerabdrücke?“

„Die Dame ist schon seit längerem in unserem System gespeichert. Du dürftest sie ... na ja, ganz gut kennen. Sie heißt Delia Schoitelmüller.“

„Delia! Wie? Schoitelmüller, ja, die ... die kenne ich. Ziemlich gut.“ Taktvollerweise forderten in diesem Moment alle Schreibtische die volle Aufmerksamkeit ihrer Besitzer, sodass Halb die Augen schließen und tief durchatmen konnte.

„Gut, das werde ich gleich klären. Und sonst? Kennen wir noch wen, von dem Spuren stammen?“

„Ja, Herr Hofrat, massenweise alte Kolleginnen und Kollegen. Aber das ist ja auch kein Wunder, Margits Apfel-, Topfen- und Mohnstrudel waren legendär. Selbstverständlich haben sie viele von uns gerne und regelmäßig besucht. Übrigens auch der Herr Hofrat Wolf.“

„Und Parcher? War der auch ihr Gast?“

„Das lässt sich nicht mit Sicherheit beantworten. Seine Fingerabdrücke waren seltsamerweise nur auf der äußeren Klinke der Wohnungstür zu finden. Drinnen ... nichts."

„Und ... also ... die von Frau Schoitelmüller ..."

„... auf zwei leeren weißen Blättern DIN-A4-Papier, die ziemlich einsam auf dem letzten verbliebenen Tisch in ihrer Wohnung lagen. Daumen, Zeige- und Mittelfinger der rechten Hand. Also, um genau zu sein, der Daumen auf der Oberseite des einen, Zeige- und Mittelfinger auf der Unterseite des anderen Blattes. Es sieht so aus, als ob Frau Schoitelmüller ihr die Blätter in die Hand gedrückt hätte."

„Was an und für sich noch kein Verbrechen ist. Aber ich hoffe, rasch Licht in dieses Detail bringen zu können. Frau Drobatschnig, bitte keine Telefonate in den nächsten Minuten."

Mittwoch, 11. Dezember 2013, 8.46 Uhr

„Ja, Delia, entschuldige bitte die Störung am helllichten Tag, aber ... nein, leider etwas Ernstes. Wieso finden sich deine Spuren bei unserem vierten Opfer?"

„Bei wem bitte?"

„Bitte reg dich nicht auf! Es gibt sicher eine ganz einfache Erklärung dafür, dass ..."

„Um Gottes willen, was für ein viertes Opfer? Und, Ludwig, bitte versuch jetzt nicht, mich zu schonen. Ich bin wahrlich kein kleines Kind mehr. Wer?"

Trotz ihrer Aufforderung zögerte Halb ein wenig.

„Ludwig! Wer?"

„Margit Lechner, sie war die Büroleiterin vom ..."

„Die arme Frau Lechner! Ja, die war vor einer Woche ... ja, genau, am Mittwoch, bei mir in der Bank. Wir kannten einander ja von früher ... na ja, von meiner einstigen Zeit eben. Sie war immer sehr nett zu mir, und als ich dann aus dem Milieu ausgestiegen bin, ist sie bei mir Kundin geworden. Obwohl mir das ja nicht so recht war, weil ich am liebsten mit niemandem aus diesen Jahren mehr zu tun haben wollte."

„Mit niemandem? Wirklich mit niemandem?"

„Ja, schon. ... also, natürlich mit einer einzigen Ausnahme! Aber bitte zwing mich jetzt nicht, dir am Telefon Liebesschwüre ..."

„Hat sie dir irgendetwas erzählt? Sie hat mich nämlich telefonisch zu erreichen versucht, weil sie mir unbedingt noch etwas mitteilen wollte."

„Leider nein. Die arme Frau! Ist sie auch ..."

„Ja, aber das darfst du eigentlich gar nicht wissen."

„Schrecklich! Aber ... jetzt kommt's mir erst. Wo habt ihr meine Spuren entdeckt? Ich war ja nie bei ihr."

„Auf zwei leeren Blättern Papier."

„Ah ja, ich hab ihr sowohl eine Informationsmappe als auch ein paar Blätter für Notizen gegeben. Offenbar hat sie auch die mitgenommen, mir ist das natürlich gar nicht aufgefallen."

„Gut, danke. Du weißt, wir werden noch einmal auf dich zurückkommen müssen, um ..."

„Ja, natürlich gebe ich meine Aussage zu Protokoll. Wann immer du mich sehen willst."

„Von mir aus immer ... also, auch zur Aussage."

„Lieb von dir. Bussi, baba!"

Als Halb aus seinem Zimmer trat, drehten sich fünf Köpfe mit betontem Desinteresse ihm zu.

„Ich muss euch leider eine traurige Nachricht überbringen. Frau Schoitelmüller" – zehn Augen weiteten sich mit mehr oder minder ausgeprägtem Entsetzen – „... kann zu unserem Fall nichts Konstruktives beitragen. Frau Lechner war eine ganz normale Kundin, die weißen Blätter dürfte sie letzte Woche bei einem Termin in der Bank eher irrtümlich eingesteckt haben."

„Chef, also wirklich!" – „Du kannst einen aber erschrecken!" – „Und das in der Früh!" – Halb kommentierte die Ausrufe der Erleichterung lediglich mit einem Grinsen.

„Chef, bitte! Komm her, schnell!"

„Ingeniöhr, wenn das jetzt eine Retourkutsche sein soll, dann ..."

„Nein, ich hab was!" – aufgeregt deutete Mayer auf seinen Bildschirm. „Ich hab noch ein wenig recherchiert. Wegen der Frage, ob es noch weitere Hinterbliebene der damaligen Opfer gibt. Ich hab euch ja schon berichtet ... drei Ehemänner, davon sind zwei tot und einer in Haft."

„In Bulgarien, wenn ich mich richtig erinnere."

„Stimmt. Aber jetzt kommt's. Das letzte Opfer, Carmen Pawlak ..."

„Die war nicht das letzte Opfer. Das war Frau Larczyk. Frau Pawlaks Leiche ist nur als Letzte gefunden worden."

„Wie auch immer. Auf jeden Fall hatte Frau Pawlak einen unehelichen Sohn namens Robert. Der war damals fünf Jahre alt. Sein Vater war Österreicher. Ob der noch lebt, weiß ich nicht, im aktuellen Melderegister finde ich ihn nicht. Aber ich kann dir sagen, wie der geheißen hat: Klaus Stallner."

Mittwoch, 11. Dezember 2013, 10.22 Uhr

„Aber was hätte ich denn tun sollen? Wenn ich Ihnen gesagt hätte, wer ich bin, dann hätten Sie mich doch von vornherein von den Ermittlungen ausgeschlossen! Und ja – natürlich wollte ich unbedingt dabei sein. Was glauben Sie denn? Selbstverständlich wäre es der größte Triumph meiner Karriere ... ach, was sag ich, meines Lebens, wenn ich den Parfum-Killer überführen würde. Den Mörder von sechs Frauen ... und meiner Mutter. Und wie es aussieht, von weiteren vier Opfern. Aber was Sie da andeuten, ist vollkommener Schwachsinn! Ich habe keinerlei geheime Familieninformationen über den Mord an meiner Mutter! Oder gar über Parcher. Allein schon deshalb, weil ich doch bei meinen Großeltern väterlicherseits aufgewachsen bin. Und die haben alles getan, um die Identität meiner Mutter vor mir zu verheimlichen. Glauben Sie denn wirklich, dass so wer zu meinem Opa und meiner Oma gepasst hätte? ‚Darf ich Ihnen meinen Enkel vorstellen ... ja, genau, seine Mutter war eine Prostituierte. Sie wurde ermordet, aber das stört uns nicht.' Meine Großeltern waren vom Land, sehr konservativ und streng katholisch. Die haben ja nicht einmal ihrem Sohn diesen Fehltritt verziehen. Obwohl mich mein Vater sofort zu sich genommen hat, als das ... eben das passiert ist."

Halb versuchte, im Gesicht Robert Stallners irgendein Anzeichen von Lüge zu entdecken. Aber die nur mühsam unterdrückten Tränen wirkten echt und sein Gestammel glaubwürdig, sodass nichts gegen seine Aussage sprach.

„Lebt Ihr Vater noch? Wenn ja, wo? Und Ihre Großeltern?"

„Mein Vater war Bauleiter, er ist vor neun Jahren bei einem Unfall in Bolivien ums Leben gekommen. Mein Opa ist schon lange tot, und meine Oma ... als Zeugin können Sie die vergessen. Pflegeheim, schwere Demenz."

„Und die Geschichte mit dem ‚method investigating'? Und mit Ihren Spezialkenntnissen über ‚sentaine de plaisirs'? Was war damit?"

„Das war alles genau so, wie ich es Ihnen erzählt habe. Klarerweise habe ich ab dem Moment Polizist werden wollen, ab dem ich von der Tragödie meiner Mutter gewusst habe. Und ab dem ersten Tag meiner Ausbildung hab ich mich mit dieser Mordserie beschäftigt. Wundert Sie das? Und deshalb ... ja, das ist vielleicht das einzige Detail, das ich verschwiegen habe. Ich war es, der im damaligen Jahrgang angeregt hat, als Projekt die 1990er-Morde zu wählen. Aber ansonsten ... ich schwöre es, ich habe nicht gelogen!"

„Okay, Herr Stallner. Wir wollen Ihnen einstweilen glauben. Aber eines kann ich Ihnen nicht ersparen ... ich werde Ihren Vorgesetzten anrufen, dass er Sie von diesem Fall abzieht! Und wenn ich ‚abziehen' sage, dann meine ich das auch so! Verstanden? Bitte keine Ermittlungen im Geheimen, so was geht immer entsetzlich schief!"

Stallner wusste nicht, ob er trotzig oder dankbar nicken sollte, weshalb die schlussendliche Kopfbewegung in einer seltsamen Schlangenlinie verlief.

„Am besten wäre es, wenn Sie sich Urlaub nähmen. Und wenn Sie wollen, können Sie uns Ihre private E-Mail-Adresse hinterlassen. Ich verspreche Ihnen, dass wir Sie sofort informieren, falls es etwas Neues gibt. Also dann, auf baldiges Wiedersehen!"

Als sich die Türe zögerlich hinter Stallners hängenden Schultern geschlossen hatte, ergoss sich über Halb ein wahrer Wolkenbruch von Worten.

„Chef, ob das wirklich klug war?"

„Ich geb dem Schwejk Recht! Wir haben keinen einzigen Beweis dafür, dass uns der Stallner nicht von vorn bis hinten angelogen hat!“

„Und ob er nicht doch irgendwelche Informationen zurückhält?“

„Oder gar derjenige ist, der die drei armen Frauen dazu gebracht hat, sich mit einer letzten Dosis Morphium ins Jenseits zu befördern, und ihnen den Zinken ...“

„Warum?“ Halb hatte inzwischen auf seinem Sitzball Platz genommen. Als er eine halbwegs stabile Position gefunden hatte, faltete er die Hände vor dem Bauch und federte nur ganz leicht, um nicht außer Atem zu geraten. „Warum sollte er das tun? Wir sind uns wohl einig, dass er für die Morde 1990 und 1991 nicht in Frage kommt ... da war er gerade einmal fünf Jahre alt. Und heute würde er wohl Himmel und Hölle in Bewegung setzen, um den Mörder seiner Mutter zu finden. Wenn er also über eine hilfreiche Information verfügen würde, die wir noch nicht kennen, hätte er sie entweder benützt, um selber den Täter zu fassen – was ihm in seiner Position ja nicht sehr schwergefallen wäre. Oder aber er hätte sie uns zukommen lassen, damit wir die Drecksarbeit erledigen. Aber nichts zu unternehmen, das wär das Dümmste, was er tun könnte! Und dass er Frau Polgar, Frau Grasinger und Frau Schmid dazu gebracht haben soll, sich umzubringen, damit er mir eine Zinken-Botschaft hinterlassen kann ... seid mir nicht böse, aber auch das ist völliger Blödsinn. Weil inzwischen müsste er ja erkannt haben, dass diese geheime Botschaft so geheim ist, dass ich leider nichts damit anfangen kann. Und das wäre ja wohl auch nicht in seinem Sinn. Nein, dieser junge Mann ist ...“ – ein lautes Piepen ließ die Gruppe erschrocken zusammenfahren. Nur der Ingeniöhr war mit zwei Sprüngen an seinem Computer und strich noch im Stehen über sein Touchpad.

„Ja! Jawohl! Ich hab's geahnt! Ich bin einfach ein Genie!"

Da Halbs Team im Umgang mit temporärem Wahnsinn geübt war, quittierte es auch diesen Ausbruch nur mit einem wohlwollenden Lächeln.

„Und verrätst du uns auch, warum wir dich gerade jetzt hymnisch bejubeln dürfen?"

„Nichts lieber als das! Vor langer, langer Zeit ... ich glaube, am Samstag, da hast du uns einen schönen Reisebericht aus der Vergangenheit geboten. Dabei hast du in einem Nebensatz erwähnt, dass es damals möglicherweise noch mehr Opfer gegeben haben könnte, da einige Prostituierte vermisst wurden. Daraufhin hab ich mich vor langer, langer ... nein, doch nicht ganz so langer Zeit, also vorgestern Nachmittag, nicht nur über die Hinterbliebenen und die drei irrtümlich Verdächtigten hergemacht, sondern mir auch die Vermissten und ihre Fotos angesehen. Kathi Kubal, Zuzana Novak, Jola Melnik, Julia Weiner und Maria Mittenau. Und dann hatte ich eine wirklich großartige Idee! Man kann heute anhand von Gesichtsparametern den Alterungsprozess einer Person berechnen. Das heißt, die Software entwirft mir ein Bild davon, wie eine bestimmte Person, die zum Beispiel seit zwanzig Jahren vermisst wird, heute aussehen könnte. Man kann in der Datenbank aber auch verschiedene Gesichter abgleichen – man lässt also so und so viele Bilder durchrattern, und wenn der Rechner – ebenfalls anhand bestimmter Gesichtsparameter – eine Identität erkennt, zeigt er das an. Daher habe ich sukzessive alle Gesichter der damals Vermissten auf den aktuellen Stand gebracht, ich habe also berechnet, wie sie heute aussehen könnten. Und dann habe ich eben diese Gesichter mit Bildern aus Medienarchiven der letzten Jahre abgeglichen. Und tatsächlich ...“

„Wen hast du entdeckt? Und wo?“

Strahlend vor Stolz drehte der Ingeniöhr den großen Monitor seinem kleinen staunenden Publikum zu.

„Maria Mittenau nennt sich inzwischen Melanie Marolan und ist stolze Besitzerin eines zauberhaften Vier-Stern-Boutiquehotels in der Wiener Innenstadt. Das ‚Marolan's‘ hat nur die besten Kritiken im Internet.“

Mittwoch, 11. Dezember 2013, 11.30 Uhr

Die Lobby des „Marolan's“ war mit Raffinesse und Geschmack eingerichtet. Die Clubfauteuils waren zwar nur Kopien des legendären „Kubus“ von Josef Hoffmann, aber die gesamte Atmosphäre strahlte die vermeintliche Gastfreundlichkeit der „guten alten Zeit“ aus, wozu auch die zahlreichen Blumen- und sonstigen grünen Töpfe beitrugen. Frau Mittenau-Marolan passte ganz wunderbar in dieses Bühnenambiente, auch sie verkörperte eine Idealfigur, die sie wohl wahrlich nie gewesen war.

Sie schien tatsächlich eine klassische Wiener Gastgeberin zu sein ... zumindest so lange, bis sie sprach.

„Herr Hofrat, ich sag Ihnen ganz offen – nein, ich bin nicht erstaunt, dass Sie mich gefunden haben! Also, ganz ehrlich, wenn, dann bin ich eher überrascht, wie lange Sie und Ihre Kollegen dafür gebraucht haben. Über zwanzig Jahre! Ich bitt Sie, im Fernsehen finden die die Vermissten immer innerhalb einer Folge ... na, und die dauert doch höchstens eine Stunde. Meistens sogar nur fünfzig Minuten. Aber bitte, im realen Leben geht eben alles immer viel langsamer. Jetzt tät mich aber schon interessieren, wieso Sie mich gerade jetzt identifiziert haben? Hab ich was Falsches gemacht?"

Obwohl ihn Frau Mittenaus Stimme an ein Ohrenleiden erinnerte, musste Halb lächeln.

„Unterschätzen Sie nie meine Mitarbeiter! Ich habe vielleicht die besten der Welt."

„Ah so? Na ja, bitte, dann brauch ich Ihnen ja vermutlich meine Geschichte nicht erst zu erzählen, weil die haben Sie sicher schon vollständig ermittelt."

„Natürlich, Frau Mittenau. Sie kennen sich gut mit der Polizeiarbeit aus. Aber gerade deshalb werden Sie verstehen, dass Computer-Ergebnisse oft fehlerhaft sind, weshalb wir unsere Erkenntnisse gerne mit der Realität abgleichen würden. Wenn Sie so nett wären, uns einen kurzen Überblick über Ihre letzten zweiundzwanzig Jahre zu geben."

„Kurz gern, weil dann kommen schon die nächsten Gäste. Apropos ... das war eigentlich seit jeher mein Stichwort. Ich wollte immer schon die Besitzerin eines Vier-Stern-Hotels sein. Also, von so einem, in dem die Leute wirklich übernachten! ... nicht, dass Sie was Falsches glauben! Dieses Ziel hatte ich immer vor Augen, auch damals, in meiner Zeit als ... na ja, Sie wissen schon. Ich hab das auch früher positiv gesehen. Weil meine Kunden, die waren ja auch so was wie Gäste. Bei denen hab ich ganz gut studieren können, was denen ge- oder missfallen hat. Ich kann Ihnen sagen, ich hab mich schon damals grün und blau geärgert, wenn nicht alles picobello war. Und deshalb verstehe ich nur allzu gut, was meine touristischen Gäste von meinem Haus erwarten.

Was ich Sie übrigens auch noch fragen will ... wird's irgendwelche Konsequenzen für mich geben? Nein, nicht mehr? Das hab ich mir gedacht, da wird doch sicher irgend so eine Verjährung greifen, nicht wahr? Muss ja, weil das ist ja schon ewig her! Aber nicht, dass Sie jetzt glauben, ich wär so eine typische Wienerin, die alles in der Vergangenheit verklärt! Da hätten Sie sich aber getäuscht! Grauslich war das damals, pfui Teufel! Wie das mit diesen Morden begonnen hat, haben wir uns wirklich zu Tod gefürchtet. Weil die eine oder andere hat man ja ganz gut gekannt. Ich hab lange gebraucht, bis ich begriffen hab, dass ich – trotz der Angst – diese Situation zu meinen Gunsten nützen konnte. Allmählich kam mir diese Idee ... einfach offiziell tot zu sein. Das wär doch was! Ein reibungsloser Ausstieg aus dem Milieu, ganz ohne Streiterei mit den Zuhältern oder anderen Unannehmlichkeiten. Zuerst bin ich in die Dominikanische Republik abgezischt. Herrlich war's dort, meine neue Identität war überhaupt kein Problem. Dort hab ich dann in einem Luxushotel, so einem amerikanischen Schuppen, zu arbeiten begonnen. Bis es mir langweilig geworden ist. Vor acht Jahren hatte ich dann genug Geld zusammengespart, um wieder hierher zurückkommen zu können. Außerdem hab ich in der Zeit ein paar Reiseveranstalter etwas näher kennengelernt gehabt, die haben mir dann immer wieder recht zahlungskräftige Gäste vermittelt. Und so ist mein kleines feines ‚Marolan's' zu einem echten Geheimtipp geworden, und inzwischen ... Jessas na, Herr Hofrat, Sie werden mich doch nicht etwa zwingen, meinen alten Namen wieder anzunehmen? Oder die G'schicht am End in die Presse bringen? Eine ehemalige Hure als Hotelbesitzerin? Da hätte ich ja keine Gäste mehr! Oder vielleicht ..."

„Frau Marolan, wir werden Ihnen schon nicht schaden. ... erst recht nicht, wenn Sie uns etwas über die damaligen Morde erzählen können, was wir noch nicht wissen."

„Herr Hofrat, da verlangen Sie aber viel von mir! Ich hab mich ja natürlich bemüht, alles von damals möglichst gut zu vergessen. Weil ..."

„Und jetzt bemühen Sie sich eben, sich an alles von damals möglichst gut wieder zu erinnern. Ich geb Ihnen ein Stichwort: Johannes Parcher."

„Der Spitzhuf-Johnny! Mein Gott, der war eigentlich ein merkwürdiger Kerl. Am Anfang war der furchtbar, aber gegen Ende der Mordserie ist er ruhiger geworden. Schon beim Verschwinden von der Andersen Renate ... also, die war das sechste, nein, das fünfte Opfer damals, da war der richtig freundlich. Obwohl er zu der Zeit schon gesucht wurde. Erst nach dem letzten Mord ist er untergetaucht, das allerdings über Nacht – angeblich soll er plötzlich die Nerven verloren haben." Als ihr Blick ihre golden glitzernde Armbanduhr streifte, nahm er einen ähnlichen Farbton an. „Um Gottes willen, so spät schon! Herr Hofrat, ich schwör Ihnen, mehr weiß ich wirklich nicht. Also, nichts, was Ihnen helfen könnte. Glaub ich zumindest. Und jetzt kommen dann doch gleich meine nächsten Gäste. Also ... was soll ich sagen, falls Sie vielleicht einmal Gäste in Wien haben sollten, dann lassen Sie es mich bitte wissen. Ich würde mich beim Preis erkenntlich zeigen können, wenn Sie jetzt ..."

Halb war von dieser hartnäckigen Verlogenheit plötzlich massiv angewidert. Er hätte Frau Mittenau-Marolan zwar noch gerne eine Lektion wegen Urkundenfälschung erteilt, aber er wusste, dass er – vor allem medial – auf dem kürzeren Ast saß.

Offensichtlich waren ihm seine moralischen Ansichten so deutlich anzusehen, dass sich Verena bemüßigt fühlte, mit ein paar freundlichen Abschiedsworten einen allzu harten Abgang zu vermeiden.

„Darf ich Sie noch fragen, woher Sie diese wunderschönen frischen Orchideen haben? Ich stell mir das schwierig vor, die gerade jetzt im Dezember aufzutreiben?“

„Teuer, ja, schwierig, nein – Wien ist inzwischen beinahe eine Weltstadt. Sie kriegen hier fast immer fast alles. Kennen Sie zum Beispiel das ‚Blätterreich‘? Das wäre so ein Spezialgeschäft, die besorgen einem jegliche Orchidee zu jeder Jahreszeit.“

Mehr aus Langeweile denn aus abklingendem Zorn ließ Halb seinen Blick über all das „Unkraut“, wie er beinahe alles Grünzeug titulierte, schweifen. ... und blieb an einem einfachen Stamm hängen. Einem einfachen, armdicken Stamm, um den sich eine zähe Kletterpflanze mit länglich-ovalen Blättern rankte. Keine bunten Blüten, keine edlen Orchideen-Formen.

So einen Stamm kannte er!

Und zwar von einem Grabsteinsockel.

„Frau Mittenau ... Mittenau-Marolan, jetzt hätt ich doch noch eine Frage. Das hier, das ist ja wohl keine Orchidee, oder? Warum haben Sie denn dieses unscheinbare Klettergewächs da stehen?“

„Doch, Herr Hofrat. Das ist eine Orchidee. Und eine der berühmtesten noch dazu. Das ist nämlich eine Gewürzvanille, oder auch echte Vanille genannt. Wenn die blüht, dann hat sie ganz elegante grün-gelbliche Blüten und ...“

Mit einem Brüllen – „Mitkommen! Ich weiß jetzt, wo wir Parcher finden!“ – rannte Halb aus dem Hotel.

„Ich Idiot! Die Larczyk war der Grund, warum der Parcher plötzlich die Nerven weggeworfen hat und wie vom Erdboden verschwunden ist. Das Kind war von ihm! ... also, wäre von ihm gewesen. Und der Topf am Grab auch! Weil sie Orchideen so sehr geliebt hat! Und die Kerze vermutlich auch ... die hat noch gebrannt, er muss erst vor kurzem hier gewesen sein. Ich erklär euch das alles später, ja, ich versprech's, in allen Details. Toni, jetzt gib doch endlich Gas! Und ruft's bitte die Kollegen an, die sollen uns mehrere Streifen schicken. Zentralfriedhof, drittes Tor. Und sagt's ihnen auch, dass das absolut kein Witz ist! Nicht, dass die so wie vor ein paar Monaten glauben, das wäre ein blöder Scherz. Ah ja, noch etwas, die Kollegen sollen so Brettl-Computer mitbringen, wie ihr sie immer mit euch herumschleppt."

„Chef, meinst du unsere Tablets?"

„Ja, vermutlich. Solche Dinger eben, auf denen neuerdings jeder herumwischt, damit er weiß, welcher Wochentag ist. Und lasst euch bitte auch die neuesten Fahndungsbilder vom Parcher schicken. Die werden wir in ein paar Minuten brauchen."

Als sie angekommen waren, standen bereits vier Wägen und acht Polizisten parat.

„So, meine Damen und Herren, ich hoffe, Sie sind im Groben schon informiert. Folgendes ... wir vermuten, dass Johannes Parcher, den wir seit über zwanzig Jahren suchen, in der letzten Zeit öfters ein Grab hier in der Nähe besucht hat. Die Tote, die darin bestattet ist, heißt Agnieszka Larczyk. Ich würde vorschlagen, dass zwei Wägen zurück zum Tor zwei fahren und dort die Bilder herumzeigen. Ich weiß schon, die Wahrscheinlichkeit, dass ihn jemand auf diesen Fotos wiedererkennt, ist nicht sehr groß. Parcher ist um zwei Jahrzehnte älter geworden, er wird sicher weniger Haare haben, aber wir sollten es trotzdem probieren. Die anderen schwärmen bitte mit uns aus. Sie nach rechts, Sie nach links, wir gehen geradeaus ... dort hinten ist das Grab."

Mittwoch, 11. Dezember 2013, 16.45 Uhr

„Danke! Wir brechen die Aktion ab, der kommt heute nicht mehr. Und wir sollten uns jetzt beeilen, der Friedhof sperrt um 17 Uhr zu." Mühsam krabbelte Halb hinter dem Gebüsch hervor und rieb sich seine durchfrorenen Hände. Nachdem die Aktion mit den vier Streifenwägen sich als nicht erfolgversprechend herausstellte, hatte er mit seinen Teamlingen beschlossen, sich um Larczyks Grab herum zu verstecken und zu warten, ob Parcher nicht doch noch vorbeikäme.

„Und was jetzt, Chef?"

„Heiße Wanne, heiße Dusche, heißer Tee, heißer Kaffee! Wer immer was immer will. Ich lade euch ein ... also nicht auf die Wanne-Dusche, aber auf den Rest. Vorher ruf ich noch beim Grolf an, ich will ihm nämlich heute Abend noch ein paar Fotos von unseren drei Selbstmörderinnen zeigen. Laut Doktor Lirtscherer hatten die ja alle Krebs – es ist zwar nicht sehr wahrscheinlich, aber vielleicht hat Grolf sie gekannt und kann mir etwas über sie berichten."

Verena sah ihn voller Mitleid an.

„Du gehst freiwillig zum Grolf? Hat dir die gestrige Vorstellung nicht gereicht?"

„Doch, aber der Fall ist derart verworren, dass ich nach jedem noch so dünnen Strohhalm greife." Halb fingerte nach seinem Handy. „Bitte, was bedeutet das, wenn auf dem Display dieser eine Balken nur ganz kurz ist und ... Himmelmondundwolkenbruch, warum gibt denn dieses blöde Ding gerade jetzt seinen Geist auf?"

„Chef, könnte es sein, dass du den Akku schon länger nicht aufgeladen hast? Das wäre die einfachste Erklärung – und außerdem würde sich der Schaden ganz leicht ..."

„Jaja, das wird schon der Grund sein. Aber da ich annehme, dass ihr eure Handys viel mehr liebt als ich meines und sie daher mit Strom versorgt, könnte ich ja eines der euren ... geh, Ingeniöhr, du hast doch sicher das neueste und tollste Modell, das alle Funktionen beherrscht. Damit wird es vielleicht sogar einem Technik-Deppen wie mir möglich sein, ein Telefonat zu führen. Darf ich bitten. Oder, noch besser, wählst du mir gleich die Nummer von dem Tageshospiz. ... die hast du doch sicher eingespeichert?"

„Natürlich, Chef, bitte sehr, bitte glei..." – das letzte Wort ging in einem seltsamen Quäken unter, das Halb auf Anhieb vertraut vorkam. Bei näherem Hinhören erkannte er ein paar Wortfetzen, die sich monoton wiederholten.

„Todesluft, Lustduft, Atemhauch ... und leichengeile Schweine! Todesluft, Lustduft, Atemhauch ... und leichengei..."

„Mist, verdammter!" – der Ingeniöhr hatte sich seine Handschuhe heruntergerissen und wie verzweifelt auf den Tasten herumgedrückt.

„Bitte, was war das?" Halb war zu entgeistert, um sich ein Schimpfwort abzuringen.

„Bitte nicht gleich explodieren! Ich weiß schon, dass das nicht sehr niveauvoll ist, aber mir ... was soll's, mir hat eben diese Pressekonferenz vom Grolf irgendwie gefallen! Also, die Sprachmelodie, die hatte so etwas Modern-Offensives ..."

„Du meinst Idiotisch-Aggressives."

„... so etwas eben. Als ich das gehört hab, hat das sofort in mir zu schwingen begonnen. Als eine Art Rap, Gangsta-Rap."

„Du meinst dieses Westküsten-Ostküsten-Hip-Hop-Gestammel, in dem das Leben eines Gangsters verherrlicht wird? Also, wenn ich das dem Grolf erzähle, bringt der dich noch heute um."

„Bitte nicht, Chef, erzähl's ihm nicht! Wobei ... auch egal. Jedenfalls habe ich mir aus einigen von Grolfs Passagen und anderen Sprachschnipseln einen Handy-Klingelton zusammengeschnitten, der echt cool rüberkommt. ... also bei meinen Freunden."

„Und weil dich einer dieser coolen Freunde soeben angerufen hat, bin ich in den Genuss ..."

„... meines neuesten Klingeltons gekommen. Genau!"

„Na gut. Ich glaub, ich muss mich sogar bei dir bedanken, du hast mich nämlich auf eine glänzende Idee gebracht."

„Ach wirklich? Das freut mich aber" – dem Ingeniöhr war seine Verunsicherung deutlich anzuhören.

„Ja. Weil jetzt werde ich immer, wenn mich wer nach dir fragt, zuerst einmal diese Minimelodie summen. ‚Todesluft, Lustduft, Atemhauch ... und leichengeile Schweine!' Und wenn mich dann wer für verrückt hält, werde ich ihm erklären, dass du es bist, der das zu seiner Signation, zu seinem Leitmotiv ..."

„Gnade, Chef, Gnade!"

„... zu seinem Leitmotiv bestimmt hat. Dann werde ich genüsslich mit den Schultern zucken und lapidar meinen, dass ich euch nie in eurem Geschmack bevormunden wollte. Und jetzt stelle ich mir vor, wie mich Straka oder einer der Sektionschefs oder die Frau Innenministerin nach dir, mein lieber Ingeniöhr vulgo ‚Todesluft, Lustduft, Atemhauch ... und ...'"

„Chef! Du hast gewonnen! Sag mir, was ich tun muss, damit ich dieser Schmach entgehen kann?"

Halb tat so, als müsste er lange nachdenken.

„Du löschst das! Und zwar sofort! Aber erst ‚später-sofort', weil ‚sofort-sofort' rufst du im Tageshospiz an und verbindest mich mit dem Grolf!"

Mittwoch, 11. Dezember 2013, 17.30 Uhr

„Verena, du hattest vollkommen Recht! Sollte ich je noch einmal daran denken, Grolf irgendetwas fragen zu wollen, erwarte ich von dir, dass du mich erschießt."

„Chef, bitte reg dich nicht so auf! Natürlich war er wieder bösartig, aber vergiss doch nicht – der Mann stirbt! Vermutlich ist das kein besonderes Vergnügen, da muss man ihm schon die eine oder andere Gemeinheit nachsehen."

„Die eine oder andere schon. Aber wie der mich jetzt am Telefon abgefertigt hat ... einen schlimmen Lausbuben behandelt man besser! ‚Du willst von mir wissen, ob ich diese Frauen kannte? Ich soll sie mir also ansehen? Das wird übers Telefon nur schwer möglich sein!' – der hat mich nicht einmal ausreden lassen. Am liebsten hätt ich ihm was entgegengeschnauzt, aber dann habe ich mich natürlich wieder zurückgehalten. Und als ich ihm gesagt hab, dass wir genau deshalb vorhatten, ihn noch einmal im Tageshospiz zu besuchen, hat er nur lapidar gemeint: ‚Aber schnell, weil ich geh immer um 18 Uhr nach Hause. Und wenn ich weiß, dass du kommst, dann ... vielleicht auch schon früher!' Und da soll ich mich nicht aufregen?"

Als sie in die Fichtelgasse einbogen, mussten sie zähneknirschend zur Kenntnis nehmen, dass heute wirklich nicht ihr Glückstag war. Sie kurvten über zwanzig Minuten durch gefühlte hundert Seitengassen, bevor sie endlich einen legalen Parkplatz fanden. Beim Aussteigen lächelte Halb, als ob er gerade vor den Galgen treten würde.

„Nehmt bitte eure Tablets mit. Auf denen kann man doch auch einen Stadtplan einblenden, oder? Ich frag deshalb, weil ... wenn wir uns in diesem fremden Stadtteil verirren, dann könnten wir mit unseren modernen Brotkrumen den Weg zurück zu unserem Hexenhaus auf vier Rädern finden."

Mittwoch, 11. Dezember 2013, 18.11 Uhr

„Wie bitte? Aber er hat doch gewusst, dass wir herkommen. Da kann er doch nicht einfach so ..."

„Herr Hofrat, bitte regen Sie sich nicht auf. Der Herr Hofrat Wolf ist eben sehr auf seinen Rhythmus bedacht und deshalb hat er um Punkt 18 Uhr das Haus verlassen. Wie an jedem Tag, an dem er uns besucht."

„Frau Meyringer, wissen Sie wenigstens, wo der Herr Wolf wohnt? Ich kann mich zwar noch gut an seine Adresse erinnern, aber dort hat er vor über zwanzig Jahren gewohnt. Ich weiß nicht, ob er heute noch ..."

„Also, offiziell dürfen wir natürlich keine Daten unserer Gäste weitergeben. Aber in Ihrem Fall ... sagen Sie mir doch einfach die Adresse, die Sie kennen, und ich nicke. Oder nicht."

„Haistergasse 65, in einem der weißen Einfamilienhäuser. Wobei, er hat schon damals davon gesprochen, dass er lieber in eines der kleineren übersiedeln würde ... die standen weiter vorne und müssten daher eine niedrigere Hausnummer haben."

„Wie gesagt, ich schüttle nur den Kopf, darf Ihnen aber nichts verraten. Nur so viel – Haistergasse 65 ist falsch. Und ... ja, er hat uns erst vor kurzem erzählt, er sei vor genau zwölf Jahren um doppelt so viele Häuser umgezogen."

Halb begriff sofort.

„Typisch Grolf! Zwölf Jahre, also 24 Hausnummern – 65 minus 24, er muss also jetzt im Haus Nummer 41 wohnen."

Frau Meyringer nickte so heftig, dass Halb sich Sorgen um ihre Halswirbelsäule machte.

„Danke vielmals, aber vermutlich ist es besser, ihn erst morgen aufzusuchen, um ihm diese Fotos zu zeigen" – Toni reichte die Bilder mit so viel Schwung an Halb weiter, dass eines davon zu Boden fiel. Ganz automatisch bückte sich Frau Meyringer danach.

„Wer ist das? Mir kommt vor, ich habe dieses Gesicht schon einmal wo gesehen. ... oh, das hätte ich jetzt nicht sagen dürfen, vermutlich bin ich jetzt gleich eine Verdächtige?"

„Nein, nein, keine Angst, wir sind zwar so gut wie immer im Dienst, aber wir halten nicht jede und jeden von vornherein für Verbrecher. Aber da Sie den Eindruck haben ... darf ich Sie bitten, kurz nachzudenken, woher Sie diese Dame kennen könnten? Bitte bedenken Sie, das Foto hier zeigt sie als Tote, im wahren Leben ..."

„Herr Hofrat, ich habe hier schon oft genug den Tod gesehen. Ich kann mir durchaus das Leben dazu denken. Aber ich habe eine bessere Idee! Folgen Sie mir bitte unauffällig."

Mittwoch, 11. Dezember 2013, 18.22 Uhr

„Hier bitte, mein kleines Reich. Und hier …" – Frau Meyringer griff nach einem von fünf Fotoalben – „sind unsere ‚Lebensschätze'. So nennen wir die Fotos, die uns unsere Patienten von ihren Rehabilitationen mitbringen. Ich muss jetzt leider noch meinen letzten Rundgang machen, aber Sie können hier nach Lust und Laune blättern. Ich bin mir sicher, dass keiner der hier Abgebildeten etwas dagegen hätte, wenn Sie in diesen ‚Schätzen' stöbern."

Fünf Alben – wahllos griffen Verena, Toni, Schwejk, der Ingeniöhr und Halb nach einem der schweren Trümmer und begannen darin zu blättern.

„Chef, schau, hier! Das ist doch dieser Mann, der als ‚Lebenshelfer' vom Grolf fungiert, der …"

„Ja, das sieht ganz nach dem Herrn Steinfels aus. Wie der hier strahlt. Was macht der da gerade? Ist das wirklich eine Felswand, wo der hinaufklettert?" Vorsichtig blätterte Halb um. „Na bitte, schaut euch das an! Der gute Mann ist auf jedem dieser Fotos von anderen Damen umgeben. Wohlgemerkt, Damen! Plural! Und wie auch die alle lächeln. Nicht zum Aushalten. Dabei sind die da im …" – er klappte das Album kurz zu und versuchte, die verblichene Schrift auf dem Ordnerrücken zu entziffern – „… im ‚ccm – Cancer Center Madeira'. Erstaunlich, wie glücklich die alle sind. Lauter Aktivitäten, die ich nicht einmal als Gesunder machen würde. Da, beim Raften. Und hier, da radeln sie durch die Gegend. Und diese Kletterwände, die kann ich mir nicht einmal am Foto ansehen. Ah, hier kommen etwas ruhigere Fotos. Da frisst einen allerdings der Neid, bei der Blumenpracht! Eine Gemeinheit, gerade jetzt im grauen Dezember. Wartet, da steht etwas unter dem Bild ... auch schon ziemlich blass, die Schrift. ‚Pregetter's Garden, Madeira'. Na gut! Hat wer von euch in seinem Album irgendetwas gefunden? Nein, dann werden wir uns still und leise ...“

„Nein, Herr Hofrat, das brauchen Sie nicht. Ich bin schon wieder zurück. Sie haben keine der Gesuchten gefunden? Es tut mir leid, dann habe ich mich offenbar geirrt. Aber ... na ja, bei den vielen Menschen, denen ich begegne, da kann es einem schon einmal passieren, dass man glaubt, jemanden zu kennen. Ah ja, noch etwas! Seien Sie bitte nicht zu böse auf den Herrn Hofrat Wolf, weil ... Sie wissen ja, jedes Wort, das man mit jemandem wechselt, könnte das letzte gemeinsame sein. Und wer will schon im Streit voneinander scheiden?“

Mittwoch, 11. Dezember 2013, 19.05 Uhr

Der Tag war wie verhext – selbst auf dem Weg zu ihrem Wagen liefen sie einer Horde von Touristen in die Arme, die ihnen vehement zahllose Wien-Pläne unter die Nasen hielten. Da unter den fernöstlichen Gästen einige hübsche junge Damen waren, übernahm der Ingeniöhr gerne die Aufgabe, ein typisch wienerisches, aber dennoch international taugliches Restaurant zu empfehlen.

„Yes, you have to go here ... no, to the left ...“ Halb und die anderen lehnten sich in aller Ruhe an eine Hausmauer – gerade heute war es schön, sich endlich einmal an den Fehlern eines anderen ergötzen zu dürfen. Der Ingeniöhr geriet immer tiefer in den „Informationsstrudel“, er drehte Straßenkarten um, deutete mehrmals in eine Richtung und zeigte immer wieder auf den Pfeil, der auf den Plänen Richtung Norden zeigte.

Mit leise bösartigem Grinsen summte Halb vor sich hin.

„Todesluft, Lustduft, Atemhauch ... und leichengeile Schweine! Todesluft, Lustduft, Atemhauch ... und leichengei...“

Als er sich mit der flachen Hand gegen seine Stirn schlug, bekamen das aufgrund des allgemeinen Lärmpegels nur Verena und Schwejk mit, die unmittelbar neben ihm standen. Erst als er zum zweiten Mal an diesem Tag seine Stimme zum Dröhnen brachte und „Ich Depp, ich bin blind wie ein Grottenolm! Mein Gott, wie hab ich das nur übersehen können!“ brüllte, zuckten auch Toni und der Ingeniöhr inmitten der Asiaten zusammen.

„Verena, ich brauch einen Streifenwagen in die Haistergasse 41. Und du ... ja, du, Ingeniöhr, jetzt komm endlich her und zeig mir auf deinem Tablet noch einmal deine Lieblings-Pressekonferenz. Toni, Schwejk, Ingeniöhr ... ihr schaut mit mir mit. Ich bin neugierig, ob euch das, was wir mehr als zwanzig Jahre lang übersehen haben, auffällt. Ton und Bild ab, bitte.“

„Und wenn Sie von der Presse noch so oft behaupten, wir hätten unsere Arbeit nicht getan, ist mir das völlig egal! Aber so was von ... und Ihre Vorwürfe, wir hätten zumindest anhand dieser blödsinnigen Botschaften etwas herausfinden müssen, die können Sie sich auf den Hut stecken! Ob da irgendein Anfangs- oder Lustduft, ein Duft des Friedens oder was auch immer für ein letzter Atemhauch genannt wird ... egal! Ist mir schon wieder völlig egal! Mit diesem Hinweis kann man keinen Mörder fangen! Wenn, dann sind Sie von den Medien schuld, weil Sie Ihren Lesern und Zuschauern nicht eindringlich genug klarmachen können, dass sich alle Österreicherinnen und Österreicher, vermutlich auch alle Deutschen gefälligst nach einem einzigen Mann umzusehen haben. Nach Johannes Parcher! Spitzhuf-Johnny, das ist der Mörder! Aber wir können ihn nicht finden, wenn uns die Medien dabei derart behindern. Und das tun Sie, weil Sie immer verraten, was unsere nächsten Schritte sein werden. Manchmal glaube ich fast, dass Sie alle nur daran interessiert sind, Parcher zu schützen, ihn zu warnen. Wissen Sie was, ja, das ist es – es ist Ihnen recht, wenn noch weitere Morde geschehen! Denn darüber lassen sich bluttriefende Artikel schreiben, die sich wunderbar verkaufen. Ja, das ist es, Sie alle sind in Wirklichkeit einzig und allein leichengeile Schweine!“

Halb war so erregt, dass er sich nicht an seine Teamlinge wandte, sondern direkt zum kleinen Bildschirm vor sich sprach.

„Begreift ihr jetzt, was wir die ganze Zeit übersehen haben? Denkt daran – die Pressekonferenz fand Anfang Dezember 1991 statt, die Leiche von Carmen Pawlak wurde aber erst Ende Dezember 1991 gefunden. Sie wurde erst nachträglich als das vorletzte, sechste Opfer identifiziert. Ich hab euch doch erzählt – bei ihr gab es eine Ausnahme. Sie war die Einzige, in deren ‚poetischer Botschaft‘ weder das Wort Luft noch Duft vorkam, sondern ‚ein letzter Atemhauch‘. Wie also konnte Grolf das schon zwei Wochen vorher wissen? Das ist kein typischer Versprecher, und einem Präzisionsprofi wie Grolf wäre so etwas schon überhaupt nicht passiert! Das bedeutet also, dass ..."

„Nein!"

„Doch!"

„Aber das ist nicht möglich!"

„Offenbar schon. Der Mörder war ... nein, er war es nicht nur, es muss eindeutig Grolf gewesen sein. Oder er muss zumindest von den Morden gewusst haben!" Ohne jeglichen Triumph blickte Halb auf das Häuflein der Entsetzten. „Und noch etwas, meine Herrschaften. Ingeniöhr, kannst du bitte auf jedem unserer Handys je eines der Tatortfotos der letzten Tage einblenden? Polgar, Grasinger und Schmid. Ja, danke, genau so. Und jetzt bitte noch eine Wien-Karte."

Als ob nichts gewesen wäre, wandte sich Halb nach den aus Schreck und Neugier erstarrten Asiaten um.

„Could we have one of your maps, please? It would be very important. Thank you ... oh, just one."

Vorsichtig breitete er den Plan auf der Kühlerhaube eines Luxusschlittens aus, dann legte er die Handys mit den Tatortfotos genau dorthin, wo die Wohnungen der drei Selbstmörderinnen gelegen waren. Zuletzt platzierte er die kleinen Displays so, dass die Zinken-Pfeile auf den Leichen nach Norden wiesen.

Alle drei zeigten auf ein Grätzel ... das Grätzel, in dem auch die Haistergasse lag.

Toni hatte sich als Erster so weit in der Gewalt, dass er wieder fragen konnte.

„Aber wer zum Teufel hat diese armen drei Fast-schon-Toten ermordet und so drapiert?"

„Ich glaube nicht, dass sie ermordet wurden. Erinnert euch – Frau Polgar, Frau Grasinger wie auch Frau Schmid hatten einen geliebten Menschen durch einen Unglücksfall beziehungsweise ein Verbrechen verloren.

Ich stell mir das so vor … als sie gefragt wurden, ob sie bereit wären, ihre letzten Lebenstage dafür zu opfern, um einen Serienmörder zu entlarven, haben sie sich spontan dazu bereit erklärt. Sie haben einfach das Gift geschluckt. Der … nennen wir ihn ‚Organisator' der makaberen Mörderjagd, hat dann – selbstverständlich in Handschuhen – die Spritze daneben hingelegt, den Zettel aufgespießt und das Zeichen aufgemalt. Aber! Derjenige, der uns auf Grolf aufmerksam machen wollte, wusste, dass er ihn uns nicht auf dem silbernen Tablett servieren durfte. Wir sollten nur alarmiert werden und den Fall noch einmal aufrollen, um dann auf Grolf zu stoßen. Wer immer das inszeniert hat, kannte meine Neigung, mich in ungewöhnliche Details zu verbeißen. … sie waren schlicht und einfach nur als Köder gedacht."

„Köder? Aber von wem? Und warum gerade jetzt?"

„Das werden wir gleich wissen. Ich hab da so eine Idee."

Mittwoch, 11. Dezember 2013, 19.43 Uhr

Als sie in der Haistergasse parkten, sahen sie ihn bereits vor seiner Haustür stehen.

„Trüffelschnecke, wie bist du draufgekommen?"

„Die Pressekonferenz. Da hast du dich …"

„Ich weiß. Und ich habe seit damals kaum mehr eine Nacht ohne Alpträume gehabt. Teils aus Angst, teils aus Scham und … auch wenn du mir das nicht glaubst, teils aus Verzweiflung über meine Taten."

„Stimmt, das glaube ich dir nicht. Aber versuch bitte trotzdem, uns den Grund für diese Scheußlichkeiten zu erklären. Warum?"

Noch bevor Grolf zu seiner – aller Wahrscheinlichkeit nach selbstherrlichen – Verteidigung ansetzen konnte, hatten sie die Wohnung betreten. ... und sahen Herrn Steinfels, der aus einem anderen Zimmer ins Vorzimmer gekommen war.

„Der erste Mord war ein Zufall – eigentlich hasse ich Prostituierte, aber irgendwie brauchte ich sie. Im Ostblock war das praktisch, da konnte ich mich abreagieren, ohne mich im Geringsten verantwortlich fühlen zu müssen. Aber dann kam das verdammte Jahr 1989 ... und damit arbeiteten plötzlich etliche von denen in Wien. Und prompt erkannte mich eine davon – das war Gabriela Nagy, dieses miese Luder! ... nein, nein, sie war keine ‚meiner' ehemaligen Huren, aber sie hatte in einem meiner Stammbordelle im Nebenzimmer gearbeitet und mich daher öfters gesehen. Und dann ... wollte sie mich erpressen! Sie wollte, dass ich eine Anzeige gegen sie verschwinden lassen solle. Der Rest war Pech. Ich hatte mir gerade ein starkes Schlafmittel gekauft, da ich schon damals kaum eine Nacht durchschlafen konnte. Und sie hatte blöderweise genau am Tag vor unserem Treffen Geburtstag gehabt. Da lagen noch etliche Geschenke herum, darunter auch diese Küchen-Spritze. Und ein großer Flakon von diesem sauteuren Parfum. Das hatte ihr Zuhälter ihr geschenkt! Ja, das fand ich besonders originell.

Na ja, ein paar Tropfen von meinem Medikament in das Champagner-Glas, und dann ... Ich wollte es nach dem Mord eines Perversen aussehen lassen, daher hab ich ihr das Parfum gespritzt. Natürlich intravenös – damit haben wir ja dank unserer Drogentoten genug Erfahrung" – Grolf seufzte theatralisch. „Als ich meine Tat begriffen hatte, war es schon zu spät ... und gleichzeitig hatte ich erkennen müssen ... und, ja, eigentlich auch erkennen dürfen, dass ich etwas konnte, wozu nicht viele im Stande waren. Ich konnte morden! Es war nicht so, dass es mir Freude gemacht hätte ... beileibe nein. Aber ich konnte es ... das war schon etwas Besonderes! Und was man kann, das macht man auch, wenn es wieder notwendig ist. Und ich hatte das Unglück, dass es leider immer öfter notwendig war! Die Situationen glichen einander dermaßen, das war geradezu unheimlich – es wurden immer mehr, die mich aus verschiedenen Bordellen hinter dem Eisernen Vorhang gekannt hatten. Und sie alle wollten – ironischerweise unabhängig voneinander – mich um einen ‚kleinen Gefallen' bitten. Nichts Besonderes, nur eben ein ‚kleiner Gefallen'. ... wie ich diese Worte hasste! Die Zweite wollte Drogen ... ich könnte sie ihr doch gratis aus der Asservatenkammer besorgen ... die hatte zu viele Krimis gesehen! Die Dritte war ganz direkt ... fünfzigtausend Schilling, oder sie würde meine persönlichen ... na, sagen wir ‚Neigungen' ... an die Medien verraten. Und so ging das weiter. Bis zu Larczyk. Sie war die Einzige, die nichts für sich erpressen wollte. Sie forderte einen neuen ‚offiziellen Pass' ... für ihren Geliebten, für Parcher. Spitzhuf-Johnny ... für diese armselige Kreatur hat sich so eine wunderschöne Frau eingesetzt! Da musste sie auch sterben! Alle mussten sie sterben! Diese unverschämten Trampel – da blieb mir ja jeweils nur mehr Mord übrig. Es war zwar nicht ganz leicht, die Spuren zu manipulieren, aber ... was tut man nicht alles in so einer Situation. Zum einen wollte ich einige Leichen verschwinden lassen ... was mir immerhin bei dreien gelungen ist. Das Lustige war, dass auch bei einem Mörder gilt: Wer hat, dem wird gegeben. Denn die Mittenau und die Novak – die habe ich nicht umgebracht! Wirklich nicht – deren Verschwinden ist dem ‚Parfum-Mörder' zu Unrecht untergeschoben worden. Und weil ich es eben nach einem Psychopathen aussehen lassen wollte, hatte ich von Anfang an die Zettel mit der Pseudo-Poesie ... wie soll ich sagen ... angeheftet. Und außerdem konnte ich mühelos den Verdacht auf den Spitzhuf-Johnny lenken ... das war einfach, ich musste ja nur die entsprechenden Gerüchte streuen. Nach dem Tod seiner Geliebten und seines ungeborenen Kindes ... ja, ich war einer der wenigen, die von der Beziehung wussten – nach ihrem Tod war der dann einfach verschwunden. Es gab Gerüchte, wonach er einen Nervenzusammenbruch erlitten habe. Das habe ich auch wieder schön gefunden! Ein Zuhälter mit einem Nervenzusammenbruch ... wegen einer ermordeten Prostituierten. Ich hätte ihn wirklich allzu gerne gefunden, um ihm ins Gesicht zu lachen und ihm zu sagen, was er doch für ein Waschlappen ist. Aber natürlich war es einfacher, ihn nicht zu fassen ... und ihn damit zum idealen Ziel sowohl aller echten Verdächtigungen als auch aller gefälschten Spuren zu machen. Aber ... ich weiß, dass das jetzt der Gipfel der Ironie scheint, wenn ich euch sage, dass ich keine der Frauen der letzten Woche umgebracht habe."

„Du meinst, keine von den ersten drei. Aber deine ehemalige Sekretärin, die hast sehr wohl du getötet! Warum?"

„Aus zwei Gründen. Sie hatte mich naiverweise angerufen, weil sie – beim Aufräumen – auf für sie unverständliche Briefe gestoßen war. Briefe, in denen stand, dass ich dich, Trüffelschnecke, weghaben, nach Deutschland abschieben wolle. In Wirklichkeit bist du mir zu gefährlich geworden, damals wie heute. Wenn sie auch dir von diesen Briefen erzählt hätte ... du hättest schon die richtigen Schlüsse gezogen. Langsam, aber unvermeidlich! ... was mir ja zugegebenermaßen auch immer wieder imponiert hat. Aber in dem Fall wären deine Fähigkeiten eine Katastrophe gewesen. Und ich wollte auf keinen Fall vor meinem Achtziger entlarvt werden. Ob ihr es mir glaubt oder nicht, ich hätte kein Problem gehabt, danach gefasst zu werden, aber ich wollte – und will – um jeden Preis diese große Feier erleben!

Und da gab es noch einen Grund für den Mord an Margit ... ja, ich habe die Größe, dir, Trüffelschnecke, eben dieses Motiv zu gestehen! Du warst der, dem ich am allerwenigsten den Triumph gönnen wollte, die damalige Mordserie spät, aber doch aufzuklären. Jeder ... nur nicht du! Aber ich schwöre, in den letzten Tagen habe ich nur die Margit ... ... Und diese Tat ist mir schwer genug gefallen, weiß Gott! Von den drei anderen Frauen hab ich keine einzige getötet, wirklich, ich schwöre es ... soweit das bei mir noch zählt."

„Wir wissen, dass du die Damen Polgar, Grasinger und Schmid nicht angerührt hast. Das wäre auch unlogisch, warum solltest du dich selber belasten? Das hat ein anderer getan. Wobei, auch der hat sie nicht getötet. Sie waren nur Köder, um eine Schnecke anzulocken ... schmackhafte Köder, quasi Trüffel. Für eine Trüffelschnecke eben! Auch diese Zinken hatten nur die Funktion, mich anzuspornen. ... und auf das letzte Detail, die Ausrichtung der Leichen auf deine Adresse hin, da wäre ich beinahe nicht draufgekommen. Erst, als ich begriffen habe, dass der Mord an deiner ehemaligen Büroleiterin nicht in die Reihe passte, wurde mir das klar.

Dieser Regisseur einer abenteuerlichen Mörderjagd, er ist eben ein Meister der Verstellung, ein brillanter Kopf. Weißt du was, Grolf, derjenige ist ein besserer

Stratege als du. Oder würden Sie das als Beleidigung empfinden, Herr Steinfels? Oder sollte ich lieber ‚Spitzhuf-Johnny' zu Ihnen sagen, Herr Parcher?"

Die Welt schien stillzustehen. Lediglich die rasch wechselnden Schattierungen der Gesichtsfarben zeugten von der Lebendigkeit der zu Stein Erstarrten.

Mühsam hob Parcher seinen Kopf.

„Herr Hofrat, wie sind Sie auch darauf gekommen?"

„Letztlich waren es die vielen Blumen. Der Topf mit der Vanillepflanze auf dem Grab Ihrer Geliebten. Eine unscheinbare Pflanze, zumindest in dem Stadium. Allerdings habe ich das erst verstanden, als mir Frau Mittenau erklärt hat, dass dieses nichtssagende Kletterdings in ihrer Hotellobby eine Orchidee sei ... noch dazu Vanille. Da hab ich auch erst wirklich begriffen, was mir Deli... also, eine ganz besonders liebe Informantin eigentlich erzählt hatte. Agnieszka Larczyk, Grolfs letztes Wiener Opfer, wollte mit einer anonymen großen Liebe ein völlig neues Leben anfangen ... der anonyme Mann waren Sie, Herr Parcher! Frau Larczyk war von Ihnen schwanger – das Kind hätte Peter oder Petra heißen sollen. Das war auch der Grund, warum Sie mit Ihrer – eigentlich ganz unpassenden – Liebe zu Altgriechisch sich ‚Steinfels' genannt haben. Denn ‚Peter' beziehungsweise ‚Petra' heißt ... Stein, Fels.

Und dann Ihre Fotos im Tageshospiz aus Madeira, aus dem ‚Pregetter's Garden' ... ich habe noch im Auto auf dem Tablet nachgelesen, das ist ein Orchideengarten. Die Blumen erinnerten Sie an Ihre große Liebe Agnieszka Larczyk.

Apropos diese Fotos. Wenn ich mich nicht irre, waren auf den Bildern auch die drei Damen zu sehen, die Sie dann gebeten haben, sich als scheinbare Mordopfer zu einer letzten Verfügung zu stellen, richtig? Die haben Sie alle in dieser Rehab-Einrichtung auf Madeira kennengelernt. Und die Fotos konnten Sie ganz gefahrlos ins Album kleben, denn die Gesichter waren wirklich nur schwer zu erkennen ... auf jedem Foto hatten die Damen Fahrrad- oder Rafting- oder Bergsteiger-Helme oder eine Badehaube auf. Sehr geschickt, Herr Parcher.

Aber auch die Frage, warum gerade jetzt scheinbar neue Morde nach dem alten Muster verübt wurden, hat eigentlich nur auf Sie gedeutet. Die Antwort ist ebenso einfach wie sozusagen doppelt. Weil Grolf demnächst stirbt ... und weil auch Sie nur mehr kurz zu leben haben. Bauchspeicheldrüsenkrebs – Sie wissen es selber am besten, da hat man keine Chance.

Übrigens – da gibt es noch ein letztes Puzzlestück, das ich nicht kenne. Woher wussten Sie, dass Grolf Ihre Agnieszka ermordet hat? Theoretisch hätte er Sie, Herr Parcher, ja auch nur deshalb fälschlicherweise verdächtigen können, weil er wirklich von Ihrer Schuld überzeugt gewesen war."

Parcher verzog seine Mundwinkel – es war ein schauriges Lächeln, das in die Tiefen seines jahrzehntelangen Leidens blicken ließ.

„Natürlich hatte mir meine Nischi von ihrem Plan erzählt, Grolf zu erpressen. Glauben Sie mir, ich habe alles getan, um ihr diese ... diese Scheiß-Idee auszureden! Aber sie hat sich nicht davon abbringen lassen. Es könne gar nichts schiefgehen, bei der ..."

„... bei der Glückssträhne, die sie gerade hatte. Ja, ich weiß, das hat mir Frau ... das hat mir meine Delia erzählt. Sie wissen, wen ich meine?"

„Ich glaub schon, Herr Hofrat ... lassen Sie sie mir bitte ganz lieb grüßen! Ja ... und wie meine Nischi dann ebenfalls von dieser Drecksau, diesem ‚Parfum-Killer', ermordet wurde, war mir alles klar. Aber damals konnte ich mich beim besten Willen nicht wehren oder gar rächen! Wer hätte schon einem mehrfach verurteilten Zuhälter geglaubt, wenn er einen hochrangigen Polizisten dieser Morde bezichtigt?“

„Ich verstehe. Und als Sie Grolf – vielleicht durch den größten Zufall Ihres Lebens – in diesem Tageshospiz nach Jahren der Trauer und der Wut wiedergetroffen haben, und er Sie verständlicherweise nicht erkannt hat, haben Sie das wohl für einen Wink des Schicksals gehalten. Es war offenbar doch Ihre Pflicht, sich noch zu rächen, aber seltsamerweise wollten Sie den Mörder Ihrer Geliebten und Ihres ungeborenen Kindes nicht töten. Warum nicht?“

„Herr Hofrat, Sie werden es mir nicht glauben, aber ...“

„Probieren Sie’s einfach aus.“

„Trotz der ganzen Polizeiüberwachung bin ich zu Agnieszkas Begräbnis angereist. Natürlich von Kopf bis Fuß verkleidet – nicht einmal ich selber hab mich wiedererkannt. Und da ... als Agnieszka vor mir im Sarg lag, wurde mir klar, dass nicht der Tod, sondern das Weiterleben die größte Strafe sein kann.“

„Und deshalb sollte ich Grolf entlarven und ihm die letzten Tage zur Hölle machen?“

„Zu dessen achtzigstem Geburtstag, ja – ein idealer Moment, um noch etwas Gerechtigkeit zu erfahren! Herr Hofrat, Sie waren immer ein höchst unangenehmer Gegner, aber immer korrekt. Und verspielt ... wenn man Ihnen ein merkwürdiges Detail hingeworfen hat, dann haben Sie sich darin verbissen, dass es eine Freude war.“

„Danke für das Kompliment, aber selbst die Wahrheit wird Herrn Wolf nicht mehr lange quälen, weil ...“

Ein Röcheln ließ sie sich blitzschnell umdrehen, aber selbst Verenas und Schwejks geübte Sanitäter-Griffe konnten nicht mehr verhindern, dass Grolf die letzten seiner Schlafmittel-Tropfen geschluckt hatte und lautlos von seinem Sessel auf den Boden gerutscht war.

Als der Notarzt kurz darauf eintraf, konnte auch er nur mehr Grolfs Tod feststellen.

... und alles tun, um Parcher zu stabilisieren, der ebenfalls zusammengebrochen war.

Auch Halb, sein Team und die beiden Polizisten bemühten sich, „Spitzhuf-Johnny" die letzten Minuten seines Lebens so bequem wie möglich zu gestalten.

„Herr Hofrat, ich hätte noch zwei Bitten."

„Und zwar?"

„Könnte ich zur Agnieszka ins Grab dazugelegt werden?"

„Ich glaube, das lässt sich machen."

„Danke. Und ... bitte keine Orchideen. Ganz ehrlich, ich kann den Duft nicht mehr ausstehen."

„Welche Blumen hätten Sie denn ..." – Halb sah, dass er die letzte Frage selber beantworten musste. „Rosen, ich glaube, wir nehmen rote Rosen."

Freitag, 20. Dezember 2013, 19.30 Uhr

„Jauch-ze-het, fro-ho-lo-cket!" Halb war sogar zu nervös, um auf seine nassen Hände zu achten. Er hatte die letzten Tage so viel geübt, dass er hoffte, ohne allzu grobe Schnitzer durchzukommen. Aber er hatte nicht mit einem so großen Publikum gerechnet.

Dafür war der Applaus laut und frenetisch! Da Verbeugungen einfach nicht zu Johann Sebastian Bach und seinem „Weihnachtsoratorium" passten ... schon gar nicht in der Art, wie er es gerade gespielt hatte, deutete Halb nur ein dankbares Nicken an.

„Ludwig, in dir stecken ja noch verborgene Talente! Vielleicht sollte ich dich für die Leitung eines ganz neuen Europol-Arbeitskreises vorschlagen? Wie wär's damit?"

„Ernst, das hier ist eine Weihnachtsfeier! ... oder eigentlich ... eine umgewandelte Geburtstagsfeier ... aber egal – es ist auf jeden Fall ein fröhlicher Abend! Und da kommst du mir mit einem Europol-Arbeitskreis daher? Schäm dich!"

„Ludwig, du warst ... mmmmh!" Als sich nicht nur die von Delia stürmisch geküsste Wange rot färbte, mussten alle grinsen.

„Chef, das war wirklich großartig! Dürfen auch wir dir ... mmmmh?"

„Noch so eine Idee, und ich lass euch alle ins Archiv versetzen! Und zwar auf immer und ewig!"

„Nein, bitte nur das nicht! Gnade, Chef, Gnade!"

„Du, Ingeniöhr, hast überhaupt nichts zu melden! Aber schon gar nichts! Ich sage nur: Todesluft, Lustduft, Atemhauch ... und leichengei ..."

„Chef!" – er hatte den Ingeniöhr selten so entsetzt gesehen, weshalb er seine Gangsta-Rap-Einlage sofort beendete.

„Entschuldigen Sie vielmals, sollte hier nicht eine Geburtstagsfeier stattfinden? Eine, die jetzt zu einer Totengedenkveranstaltung umgewandelt werden müsste? ... zu einer fröhlichen Totengedenkveranstaltung voller Jubel?"

Die Stimme der Person, die gerade den Raum betreten hatte, war nicht laut, aber die Worte genügten, dass sich alle wie elektrisiert herumdrehten.

„Herr Parcher! Nein, das gibt's doch nicht! Wieso ... Sie hier? ... also, ich meine, wir freuen uns wirklich, Sie in unserer Mitte ..."

„Herr Hofrat, bitte keine Wortverrenkungen! Ich bin noch ein letztes Mal von der Schaufel gehüpft. Und glauben Sie mir – ich genieße es unendlich, wieder ich sein zu dürfen. Nach über zwanzig Jahren Versteckspiel."

„Dann kommen S' doch bitte gleich her ... ganz offiziell. Ich hab Ihnen nämlich was zu sagen. ... und ich verspreche Ihnen, es passt zu einer Weihnachtsfeier." Straka hatte als Erster seine Fassung wiedergewonnen und winkte Parcher zu einem der Tische, die sich vor Köstlichkeiten bogen.

„Meiner Meinung nach werden Sie sich wegen Paragraf 298 StGB verantworten müssen. ‚Wissentliche Vortäuschung einer mit Strafe bedrohten Handlung' – bis zu sechs Monate Freiheitsstrafe, aber vielleicht auch nur eine Geldstrafe ... die können wir Ihnen nicht ersparen. Weil Sie hätten diesen Zirkus mit den drei armen Frauen natürlich nicht abziehen dürfen. Ich weiß schon, sonst hätte unser aller Ludwig nicht angebissen, aber ... trotzdem. Aber keine Angst, so eine ‚Wissentliche Vortäuschung' ist kein Beinbruch, und wir werden schon dafür sorgen, dass Sie ..."

Parcher legte seine ausgemergelte rechte Hand auf Strakas wohlgenährten Unterarm.

„Herr Hofrat, ich freue mich wirklich, dass Sie sich so für mich einsetzen. Aber glauben Sie mir, ich bin inzwischen so weit, dass mir jede Anklage völlig egal ist. Außer einer ... und der entkommt keiner von uns. Ich hab sie halt schon bald vor mir ... wir werden sehen!"

„Ja, Herr Parcher ..." – sie alle suchten fieberhaft nach einer Möglichkeit, vom – für eine Weihnachtsfeier wohl unpassendsten – Gesprächsthema schleunigst wegzukommen. Aber angesichts der Ereignisse der letzten Wochen war das kaum möglich.

„... dann erzählen Sie uns doch bitte, haben Sie eine Ahnung, was mit der Frau Novak geschehen ist? Von Frau Mittenau wissen wir, was aus ihr geworden ist. Gott sei Dank keines von Grolfs Opfern! Also muss die doch irgendwo auf der Welt gelandet sein. Oder?"

„Das ist sie ... und zwar in der Schweiz. Sie ist doch tatsächlich mit einem reichen Freier, der sich unsterblich in sie verliebt hat ..."

„Herr Parcher, jetzt wollen Sie sich aber über uns lustig machen! Solche Geschichten gibt es nicht in der Realität!"

„Doch, glauben Sie mir! So einen Kitsch lass ich mir doch nicht einfallen. Die Zuzana ... also Frau Novak, die ist damals bei Nacht und Nebel ausgerissen. Damit war sie allen Konflikten ..."

„Mit ihrem Zuhälter?"

„Aber nein, mit der Steuer! ... allen Konflikten ausgewichen. Sie lebt jetzt als angesehene Geschäftsfrau irgendwo in der französischen Schweiz. Und Mittenau ..."

„Ja, danke, ihr Schicksal kennen wir bereits. Ah ja, da gab es noch ein Detail, das uns ein wenig zur Verzweiflung gebracht hat. Sie haben doch auf den Zetteln auch die Geburtstage der damaligen Opfer Nummer eins und drei notiert. Aber das mittlere Datum, das konnten wir nicht zuordnen."

Parcher dachte kurz nach, dann huschte ein ironisches Lächeln über sein Gesicht.

„Mein Gott, das war die Sandra, Sandra Kowalska. Die war so eitel, die hat sich damals um ein paar Jahre jünger gemacht. Irgendwann ist es ihr gelungen, ihr Geburtsdatum komplett zu fälschen. Nicht nur das

Jahr, sie hat auch einen anderen Tag gewählt, weil ihr der einfach besser gefallen hat. ... und diese Daten hat offenbar die Polizei in ihre Akten übernommen. Ich Depp aber muss in meinen Unterlagen das echte Datum stehen gehabt haben ... das hab ich dann auch auf den Zettel geschrieben. Arme Sandra, arme alle!"

Die darauffolgende Stille drohte die Stimmung kippen zu lassen. Halb überlegte, ob er nicht einfach das Glas erheben und ...

„So, aber jetzt hör ich schon auf! Weil ... ich hab alles erledigt! Alles erlebt! Bis auf eines ... ein letztes Weihnachtsfest. Auch wenn ich nicht immer ein Chorknabe war – bitte glauben Sie mir ... ich wünsche allen gesegnete Weihnachten!"

„Gesegnete Weihnachten!" – selten hatten diese beiden Worte so viele unterschiedliche Bedeutungen gehabt.

Freitag, 30. Mai 2014, 11 Uhr

Es war ein strahlender Tag.

Während er die kleine Schaufel mit Erde ausgoss, überlegte Halb, ob seine Erinnerung an das winterlich gedeckte Grab mit der frischen, wenn auch gefrorenen Vanille oder der geballte Frühling um ihn herum – trotz der offenen Grube vor ihm – besser zum Begräbnis von Johannes Parcher passte.

Der Frühling! Auch, weil alles sang und blühte, weil diese Überdosis an Lebensfreude die Melancholie des Augenblicks erträglicher machte.

Aber abgesehen davon ... die aufgeworfene Erde, in deren Tiefe die Überreste des Sarges von damals noch zu erkennen waren – ihre Brüche wirkten dank des hellen Sonnenscheins nicht wie verwundet, vielmehr wie ...

„... ein ewig liebend Sehnen, das tröstend sanft umschließt.

Benetzt von Gottes Tränen nun hier unendlich fließt.“

Von wem diese Zeilen stammten? ... es war wieder einmal einer dieser Momente, in denen Halb von seinem „hintersten Hinterkopf“ gequält wurde.

Egal! Hauptsache, er wusste, was er heute Nachmittag für Delia kaufen würde! Das Bild, das sich vor ihm ausbreitete, würde ihn sicher daran erinnern.

Rosen, viele rote Rosen.

Dankesworte

Schreiben beschert mehrere Freuden.

Wie zum Beispiel das Vergnügen, manche Mitmenschen um ungewöhnliche Informationen bitten zu dürfen, ohne eventuelle Konsequenzen fürchten zu müssen. Wie zum Beispiel:

... die Kardiologin Dr. Claudia Sebald nach der tödlichen Dosis einer Parfum-Injektion fragen zu dürfen, ohne gleich verhaftet zu werden.

... den Anglisten Michael Emminger nach typischen Englisch-Fehlern fragen zu dürfen, ohne gleich als Dummkopf dazustehen.

... den Physiker Dr. Georg Schörner nach ungewöhnlichen Mordarten fragen zu dürfen, ohne zum zweiten Mal binnen kurzer Zeit verhaftet zu werden.

... die Pharmazeutin Mag. Helga Dobernig nach gerade noch verträglichen Dosierungen diverser Betäubungsmittel fragen zu dürfen und trotzdem noch auf freiem Fuß zu sein.

Für ihre Geduld und die hilfreichen Informationen – vielen lieben Dank!

Darüber hinaus danke ich auch diesmal wieder ganz besonders

- dem Team des Haymon Verlags, das vor allem in der Person meiner Lektorin Mag. Dorothea Zanon dieses Buch ermöglicht hat,
- meinem Schulfreund und „juristischen Berater" MMag. Volker Hornberg, der mit scharfem Blick und klaren Argumenten (oder umgekehrt) auch Hofrat Halbs dritten Fall begleitet hat und

– meiner Mutter Dr. Eva Wehle, die mich – wie immer – auch in Zeiten höchster Schreibwut motiviert und meine Stimmungen abgefedert hat.

Peter Wehle
Kommt Zeit, kommt Mord
Ein Wien-Krimi
312 Seiten, € 12.95
HAYMON taschenbuch 165
ISBN 978-3-85218-965-9

Ermittlungen mit Stil im Wiener Blutgassenviertel: Kaum kehrt Hofrat Ludwig Halb ins Bundeskriminalamt zurück, überschlagen sich die Ereignisse – ein Mann gesteht auf seinem Totenbett einen Dreifachmord, für den seit Jahren ein anderer einsitzt. Gleichzeitig flattert Halb eine unerwartete Erbschaft ins Haus. Zwischen Wiener Nobelbezirken, Kaffeehäusern und Rotlichtviertel muss er bald erkennen, dass nichts so ist, wie es scheint.
Peter Wehle hat mit Hofrat Halb einen liebenswerten Ermittler geschaffen, der beweist, dass man dem Bösen auf der Welt auch mit Stil zu Leibe rücken kann – ein Krimi voll Witz, Charme und verblüffender Wendungen.

„Geniale Ermittler à la Sherlock Holmes sind aus der Mode gekommen. Peter Wehle hievt mit seinem Hofrat Halb einen Vertreter dieser vom Aussterben bedrohten Spezies auf die Bühne des fiktiven Verbrechens."
Salzburger Woche, Michael Stadler

Peter Wehle
Mord heilt alle Wunden
Ein Wien-Krimi
288 Seiten, € 12.95
HAYMON taschenbuch 191
ISBN 978-3-7099-7815-3

Gemütliche Krimispannung zwischen Punschkrapferln, Kaffeehäusern und Kunstmuseen: Andreas Kandler ist seit über zwanzig Jahren Nachtwächter in einem großen Wiener Kunstmuseum. Aber jetzt meint er durchzudrehen, denn: Ein Bild spricht zu ihm. Genauer gesagt spricht es bedrohliche Warnungen aus, die den völlig verstörten Wächter zur Polizei treiben. Hofrat Ludwig Halb, Spitzenkriminalist mit Altwiener Charme, hat für solche Schauermärchen eigentlich keine Zeit. Doch als der erste dubiose Todesfall im Umfeld des Museums passiert, nimmt der beliebte Hofrat seine Ermittlungen auf.